COCHINCHINE

Dans la même collection b i s

Littérature française

Du même auteur
La Maison blanche
Clavel soldat

Brigitte Le Treut
Lumière du soir

Littérature allemande

Ricarda Huch
Le Dernier Été

Ernst Jünger
Lieutenant Sturm

Ruth Klüger
Refus de Témoigner

Littérature hongroise

Magda Szabó
La Porte
(Prix Femina étranger 2003)

Dezsö Kosztolányi
Alouette
Anna la douce
Le Traducteur Cleptomane

Littérature italienne

Annie Messina
Le Myrte et la Rose

Aldo Alberti
La Ligue des dames pour le transfert de la papauté aux Amériques

Littérature espagnole
Mémoires du Capitán Alonso de Contreras

Littérature russe

Gaïto Gazdanov
Chemins nocturnes
Éveils

Littératures nordiques

Hjalmar Södeberg
Le Jeu sérieux (Suède)

LÉON WERTH

COCHINCHINE

Présentation de
JEAN LACOUTURE

VIVIANE HAMY

Première édition : Rieder, 1926

ISBN 978-2-87858-216-1

LÉON WERTH, LE PRÉCURSEUR
par Jean Lacouture

À l'entreprise de résurrection de Léon Werth que poursuit hardiment Viviane Hamy, nul ouvrage ne pouvait mieux m'inciter à contribuer que ce *Cochinchine* où je retrouve des lieux et des visages, des situations même auxquels est liée ma propre vie – et où je découvre un écrivain inexplicablement exclu de nos mémoires.

Tous les lecteurs d'*Europe*, qui fut après la Première Guerre mondiale l'une des entreprises collectives les plus honorables en vue de couper court à la Seconde en brisant dans l'œuf la poussée des fascismes, connaissaient le romancier, l'humoriste, le critique d'art que fut Léon Werth, compagnon de Romain Rolland et de Georges Duhamel, de Panaït Istrati et de Maxime Gorki.

Nous qui lisions plutôt la *NRF*, nous tenions surtout Léon Werth pour le copain, le témoin, le fidèle d'Antoine de Saint-Exupéry, dont la gloire lui importait apparemment plus que la sienne. S'être voué si modestement à la célébration de l'auteur de *Vol de nuit* ne nous paraissait pas le signe de sa vertu, mais plutôt des limites de son talent. En quoi nous nous trompions, laissant glisser dans l'oubli, après la guerre, ce grand témoin du siècle.

D'où la joie très neuve qu'on éprouve à lire aujourd'hui ce livre paru en 1926, en écho, si l'on peut dire, de la très sonore aventure indochinoise d'André Malraux. On n'essaiera pas de poser Werth en rival de l'auteur des *Conquérants*. Qu'ils aient vécu presque simultanément les mêmes expériences, réagi aux mêmes abominations, que le collaborateur d'*Europe* soit devenu lui aussi un inventif commentateur des peintres de son temps, n'implique pas une équivalence artistique.

Mais un homme au moins rattache Werth à Malraux. Il s'appelait Paul Monin, avocat au barreau de Saïgon. C'est lui qui entraîna le pilleur de temples khmers dans l'action politique en Indochine, dont l'auteur du *Miroir des limbes* assure qu'elle fut à l'origine de tous ses engagements ultérieurs. C'est ce même Monin qui invita Werth en Indochine, qui organisa son voyage, prit les rendez-vous, lui fit rencontrer Nguyen-An-Ninh, directeur de *La Cloche fêlée*, qui était alors le plus notoire des opposants cochinchinois à l'arbitraire colonial. Ainsi se manifeste une continuité entre les deux écrivains voyageurs, hommes libres instruits par un homme libre.

Léon Werth n'était pas un conformiste. Et ce n'est pas de lui qu'on pouvait attendre la moindre complaisance pour les injustices coloniales, à la Dorgelès ou à la Tharaud. Le voyant partir pour l'Indochine des amiraux et gouverneurs, on pouvait prévoir qu'il ne ménagerait pas la colonisation plus que venait de le faire André Gide au Tchad et au Congo. Mais sa relation est encore, lue aujourd'hui où nous avons tout appris et tout vu, où nous connaissons Sartre, Fanon, Guérin et Jeanson, terrible.

Dès les premières pages, nous voilà giflés avec le petit marchand de journaux qui propose sa feuille au compagnon européen de Werth, frappés comme le coolie-pousse qui ne court pas assez vite au gré du soldat qu'il transporte, rabroués à l'exemple du serveur de restaurant trop lent ou du vendeur malhabile. La docilité avec laquelle les Annamites se laissent ainsi humilier nous surprend certes, nous qui avons été instruits de la révolte de Yen-Bay (cinq ans après le passage de Werth) et de Dien Bien Phu : le sadisme colonial vivait ses dernières bonnes années. Mais les grondements annonciateurs de la révolte étaient encore sourds.

L'homme qui incarne ici le refus est le doux Nguyen-An-Ninh. Les compagnons du futur Hô-Chi-Minh nous parlerons plus tard de lui comme d'un complice du régime colonial, ce qui est fort injuste. Ninh ne remettait pas plus profondément en cause la présence française que ne le faisaient alors Monin et Malraux. Il réclamait qu'elle fût la présence de la France et de ses valeurs, non de ses poisons. Rêve absurde? Il fut celui de trois générations d'honnêtes gens, de Jules Ferry à Paul Rivet. Mais chez Léon Werth, on sent percer un rejet plus radical. On le voit plus proche déjà, par l'indignation, de l'oncle Hô que de son ami Ninh.

Que ce terrible reportage ait fait scandale en son temps comme allait le faire sept ans plus tard l'*Indochine SOS* d'André Viollis (préfacé par Malraux), on ne s'en étonnera pas. Werth travaillait évidemment pour les bolchevicks, à moins que ce ne fût pour l'Intelligence Service... Mais pour qui travaillaient donc, ou allaient le faire, le Gide du *Retour du Tchad*, le Céline du *Voyage au bout de la nuit*, le Montherlant de la *Rose de sable*, l'Albert Londres de *Bois d'ébène*, et jusqu'à l'aimable Guy de Pourtalès qu'allait suffoquer la grossièreté des buveurs d'absinthe de la rue Catinat ?

Les sanctions de l'histoire sont tombées. On ne se

donnera pas le ridicule d'écrire « Si on avait écouté Werth! » On « n'écoute » pas les écrivains, ni les journalistes, ni même les élus sortis de leur spécialité. Mais il est toujours bon de lire un honnête homme, surtout quand il a du talent, et que ses pronostics ont pu être vérifiés. Alors, lisons Léon Werth, ne serait-ce que pour rendre justice à ce magnifique précurseur de nos réquisitoires contre ce type d'injustices.

Roussillon, décembre 1996

À Paul Monin

Mon cher ami,

Un jour vous m'avez dit :

« Venez donc en Extrême-Orient. Il y a justement un bateau qui part après-demain. »

J'aime les voyages. Cependant j'ai hésité. Mais je suis parti.

J'espère que vous retrouverez dans ces notes un peu de ce pays que vous aimez et quelques répulsions qui sont les vôtres.

Tout ce que j'ai vu, je l'ai dit. Et quand j'étais indigné, j'ai fait effort pour ne conter que les faits et non pas mon indignation.

Vous l'aviez prévue, quand nous étions encore à Paris. Aujourd'hui, je ne vous pardonnerais pas, si vous en aviez douté.

L'Annam eût peut-être aimé l'Europe et la France, si beaucoup d'Européens vous eussent ressemblé.

Cette terre d'Extrême-Orient, vous la connaissez bien. Je voudrais croire que vous connaissez aussi bien la France, quand vous espérez dans un de ses gouvernements pour chasser de là-bas jusqu'au souvenir du « colonial ».

À BORD

C'était à l'heure du déjeuner. Je ne sais comment les passagers furent avertis. Quelques-uns se levèrent de table et regardèrent par les hublots. On ne voyait au loin qu'une ligne noire et des points, quelques traits d'encre au ras de l'eau. C'était une barque presque immergée, des pêcheurs annamites naufragés. Je n'avais jamais vu de naufrage. Et j'avoue que la seule idée, sans image réelle, d'un homme perdu en mer suffit à occuper fortement mon imagination. Il y eut dans la salle à manger un léger mouvement, mais peu d'émotion, une curiosité moins apparente que celle des badauds attirés par un accident de taxi. Le paquebot est solide. Le paquebot va droit son chemin, sans roulis, sans tangage. Le paquebot va de Marseille à Shangaï. Les passagers aussi. Et c'est l'heure du déjeuner. Les naufragés auraient pu choisir une autre heure. Cependant le commandant et les officiers du bord ont interrompu leur repas, se sont levés de table. Ils disparaissent. Les passagers maintenant sont plus émus. L'événement devient intérieur au navire.

Le paquebot semble avancer de flanc, très lentement. Du pont, je distingue maintenant dans la barque un enfant et deux hommes. L'un d'eux grelotte. Un troisième est à l'eau. Il nage en s'appuyant à un tronçon de mât brisé. L'homme et le mât font à la barque une sorte de queue sombre.

La barque n'est plus très loin. Mais sans voiles ni rames et pleine d'eau, les pêcheurs ne peuvent la diriger. Le nageur abandonne son mât et s'approche du paquebot. On lui jette une corde. Il la saisit et en tient l'extrémité dans sa bouche. On pensait qu'il allait immédiatement se faire hisser à bord. Mais il s'éloigne, retourne à la barque et l'amarre à la corde. Il veut aussi sauver la barque.

Un canot à la mer, comme dans les récits de voyage. À la rame, les matelots du bord le dirigent vers la barque naufragée. Le canot saute les vagues. Il en fait l'ascension et redescend. En vérité il enjambe, il se hisse, se cramponne à la vague. D'un mouvement lent. On a le sentiment qu'une dernière vague se formera qu'il ne pourra franchir.

Enfin le canot de sauvetage touche la barque de pêche. Les deux hommes et l'enfant, aidés par les marins, passent dans le canot.

Je ne décrirai pas les mouvements qui s'accomplirent pendant ces quelques minutes : l'approche du canot, les hommes des deux embarcations se joignant, se penchant, s'accrochant, ces bras tendus comme pour une étreinte, le marin saisissant l'enfant. Et la mer ballottant tout cela. Et l'émotion d'angoisse et puis l'apaisement.

Les pêcheurs grimpent à bord. Ils sont ruisselants, à peine grelottants.

Ils étaient ainsi depuis cinq heures du matin, le corps dans l'eau.

– Fais-les vite sécher, dit le second.

On leur donna des bleus. Ils se réchauffèrent sur le pont des troisièmes.

Longtemps fixée sur l'espace de mer où les deux barques se joignirent, mon attention se détendit. Je fus de nouveau un passager parmi les passagers. J'attendais une parole, je cherchais un regard, moins peut-être ou davantage. Ce qui s'était passé imposait je ne sais quel besoin d'accord humain, d'échange, de contact.

– On a perdu une heure… dit quelqu'un, tout près de moi.

Je me retournai. Je ne sus point qui avait dit cela.

J'errai sur le pont. Et cette phrase, je l'entendis deux fois… trois fois… quatre fois. Elle n'étonnait personne. Elle circulait sur le paquebot comme la seule vérité de cette heure.

Avant d'entrer au fumoir, un passager dit sur un ton plaisant :

– On a sauvé quatre tiers de vies humaines.

Ce n'était qu'une plaisanterie et sans doute traditionnelle. Un missionnaire l'entendit comme moi. J'ignore si elle l'étonna autant.

L'intendant, le juge, le capitaine d'Infanterie coloniale et l'avocat général s'installèrent à la table de bridge :

– Je devais faire le point… Si au lieu de battre atout, je battais simplement mes piques d'entrée?

– En quoi voulez-vous que ça me gêne, roi sur valet?

– Bien joué, dit-il en portugais.

– Je n'ai pas un poil de sec…

Dans quelques heures nous serons à Saïgon. C'est le vingt-cinquième jour de traversée. Je ne suis plus étonné de la qualité des conversations et des plaisanteries. On parle de bridge, de soldes et d'abonnements. Les femmes comme les hommes. Les plaisanteries sont celles que l'on attribue aux commis-voyageurs, tant qu'on n'a pas voyagé sur un paquebot des Messageries Maritimes, en compagnie de fonctionnaires coloniaux.

Ils constituent un type : le passager. Ils font penser surtout à ces touristes boutiquiers qu'on rencontrait avant la guerre dans les hôtels modestes des petits trous pas chers. Ils étaient pris de l'ivresse de la villégiature. Ils n'avaient point l'habitude d'être servis. On les servait. Ils se plaignaient. Ils étaient exigeants. On aurait cru des princes, des princes mal élevés.

Ils n'avaient manifesté aucun instinct de férocité. Un peu comiques simplement. D'un monde périmé. Cette sorte de bourgeois que présentait la comédie du Théâtre-Libre.

– De Saïgon à Shangaï, dit Mme F., je n'aurai plus de bridge. Il faudra bien que je lise.

Celui-ci raconte son ennui des voyages, la monotonie de la mer. Mais il lutte :

– Aux escales, pour m'intéresser à quelque chose, je fais l'effort de faire un peu de photographie.

– Le tout, c'est d'avoir une femme bien élevée, dit Mme L., en se tapant sur la cuisse.

Et, malgré la mer et malgré les machines, j'entends le bruit de la main sur la cuisse.

Soudain, sans précaution, elle me demande si j'aime la mer. Elle m'oblige à lui répondre :

– Je ne regarde jamais la mer, madame, c'est du temps perdu.

Comme le paquebot était mouillé en rade de Singapour, le juge contemplait, par-dessus la rambarde, les Malais qui, d'une barque à l'autre, se lançaient à la rame une balle de tennis et plongeaient pour chercher les *cents* qu'on leur jetait des ponts. Il leva l'avant-bras et, de la main tapant sur son biceps, il fit aux Malais un geste qui ne se peut comparer qu'à celui que font aux belles passagères les coolies arabes qui travaillent sur les rives du canal de Suez. Et il le répéta jusqu'au départ du paquebot. Si bien que je me demandai si ce geste était professionnel ou s'il symbolisait en quelque façon la justice coloniale.

Mais l'avocat général est d'une gravité terrible et puérile.

Sans doute je préfère le vieux Chinois qui fait métier de bonne d'enfant et qui le soir joue tout seul avec le jeu d'architecture ou bien regarde la mer. Mais c'est affaire de goût.

Deux heures avant Saïgon je rencontrai sur le pont un fonctionnaire métis, qui aussitôt me parla des naufragés :

– Il n'y a pas beaucoup de commandants qui auraient fait ça... Ça m'a beaucoup étonné...

Déjà je n'osais plus lui dire : « Si un commandant était assez stupidement cruel, assez esclave de son horaire pour ne point tenter de sauver des hommes perdus en mer, tous ses passagers l'y contraindraient. » Je ne voulus pas le croire. Je protestai.

Le fonctionnaire métis me répondit :

– Pour des Européens peut-être... pas pour des Annamites.

Quelques jours plus tard j'interrogeai un notable commerçant qui, depuis vingt ans, vivait à Saïgon. Il me répondit :

– Cinquante pour cent des commandants n'auraient pas stoppé. Ce chiffre, si l'on veut être très favorable à l'Européen. Pour moi, soixante-dix pour cent.

Je ne veux point attribuer trop de rigueur à ce langage emprunté à la statistique. Et j'entends à l'avance les protestations indignées des grandes compagnies de navigation, les protestations de quelques coloniaux plus sensibles ou plus hypocrites que les autres. Et le fait que j'ai rapporté serait en faveur de leur protestation. Peut-être ce fonctionnaire et ce négociant se trompaient-ils. Mais l'accord du métis et de l'Européen, fût-il un accord dans l'erreur, cet accord est un signe colonial.

⁂

Le Donaï est en courbes. Le bateau tourne. On ne croit pas qu'on suit une rive. Il semble qu'on contourne des îles. De longues îles, couvertes de feuillages serrés à ras de l'eau. Palétuviers et palmiers… mais je n'en distingue pas les formes. Ce n'est qu'un enchevêtrement de frondaisons en boules proches, que parfois domine un étoilement de palmes. Monotone et mélancolique paysage, paysage d'inondation, sous un ciel qui, en Europe, annoncerait l'orage.

On me montre, à la jumelle, un hameau : des huttes, des personnages d'estampe, des buffles, une barque sous un découpage de hautes palmes. L'image s'isole dans l'étendue des verdures presque aussi nue qu'une étendue de sable.

On m'avait dit : « Vous serez peut-être déçu. Après l'éblouissement tropical de Colombo, la monotonie des choses et le poids du ciel… »

Et le passager type s'est approché de moi. Il me montre, avec un geste de rage, la ligne des palétuviers et il me dit :

– C'est joli, hein?

Comme il s'ennuierait en Bretagne.

Mais quel faible crédit on m'accorda!

Déçu? Pourquoi? Parce que ça ne ressemble pas aux pays charmants des livres? Parce que ça n'a ni commencement ni fin et que le passager type n'y trouve pas son motif.

Cependant, il faut que je m'accoutume à cette absence de la mer. Si pénétrée qu'elle soit de l'humidité atmosphérique, si mêlée qu'elle soit aux courbes du fleuve, c'est la terre formant ses innombrables objets. C'est le déterminé et le fini de la terre. Quelques maisons, des arbres lointains sur un sol plat.

Cela pourrait être un paysage des environs de Bourg-en-Bresse, s'il n'y avait point les palmes et l'eau. Mais ce n'est qu'un instant. Le fleuve-lac pénètre en labyrinthe dans les terres posées en radeau. Le paysage plat, qui déjà m'envahit de langueur et de mollesse, ne semble point consistant. Il me semble qu'on pourrait le plier.

La chaleur ne procède point par attaques brusques. En France, au mois de juillet, on étend la main, comme pour évaluer la température d'un brasier. Ici, on touche la chaleur comme on touche l'eau d'un bain. Elle ne brûle pas. Elle joue presque en sourdine. On ne voit pas sa source. Elle ne coule pas net d'un soleil limité. Elle est partout.

Sur la rivière, le glissement des sampans, bateaux-roulottes. Sur la rive, un mur blanc, un mur éblouissant. Ce sont les Européens, coude à coude, qui sont venus pour l'arrivée du paquebot. L'Angkor approche. Je distingue maintenant les races en groupes photographiques : Européens, Hindous, Annamites.

SAÏGON

Saïgon ressemble vaguement à un Passy dont toutes les maisons seraient ornées de balustrades Louis XIII et de chapiteaux macaroniques. Les villas entourées de jardins clos de grilles font penser aussi à quelque ville d'eaux. Saïgon plaît ou déplaît comme Vichy peut plaire ou déplaire. Parfois les notes d'un piano s'égrenant dans la rue évoquent un bourg provincial. Une Européenne étudie son morceau. Les coloniaux nomment Saïgon la perle de l'Extrême-Orient. Ils sont en vérité un peu trop fiers d'une grossière ornementation architecturale et de leurs installations hydrothérapiques.

Les intérieurs des riches Saïgonnais sont ornés de vases de Gallé et de coussins modernes, qui semblent brodés par une couturière de village qui n'aurait jamais regardé que les images du supplément du *Petit Journal.* Un Dufayel annamite régla strictement leur aménagement et leur décor : meubles, plateaux, broderies et bouddhas ne constituent même pas une sorte d'exotisme à rebours. Car à Paris les rayons Chine-Japon des Grands Magasins n'atteignent point à ce ridicule dans la camelote. Souvent une fumerie complète cet ensemble. Elle est selon le rêve d'un plâtrier de village et d'une midinette qui aurait de mauvaises lectures.

Ce premier soir, je suis présenté à un grand industriel américain. Il est ivre. Il a l'œil tombant du poivrot. Il s'accroche à l'auto, monte sur le marchepied, me saisit par le bras :

– Whisky… Venez boire un verre…

L'auto démarre. Il est toujours sur le marchepied. L'auto s'arrête :

– Un verre…

Il prononce *vouère.* C'est le seul mot français qu'il connaisse.

La légende du colonial alcoolique? Mais non… c'est le seul ivrogne absolu que j'ai connu à Saïgon. Je suis pour l'instant entouré de Français classe moyenne, aimables, gentils, pleins d'idées moyennes, mais ni bavards ni prétentieux. Tous sont prêts à mettre à ma disposition leur expérience coloniale. Ils m'enseignent les plus beaux sites et les plus belles excursions. Et leur obligeance est la même à me révéler l'âme annamite. J'ajoute que je suis parmi des Européens pour qui les Annamites aussi ont une âme. Et les conversations du bord m'ont prouvé déjà qu'ils sont une exception. Mais moi, qui ne connais pas du tout l'âme annamite, je m'étonne déjà de ce que cette âme annamite soit si simple, si facile à atteindre, qu'on la puisse aussi aisément faire coïncider avec de rondes formules. Et je sens bien que, malgré tout, cette âme m'est présentée comme une âme de seconde zone. Cependant personne ici ne refuse aux Annamites les qualités proprement intellectuelles. On sépare volontiers de la masse ceux qui ont fréquenté nos universités et qui se sont rendus dignes de nos diplômes.

Sur le pont du bateau, on me disait simplement : « L'Annamite est fourbe. »

Ces trois mots donnaient pleine satisfaction aux besoins de psychologie ethnique du Passager.

Ici on me dit : « L'Annamite est intelligent et rusé. Il a le sens de la justice. Ne le punissez jamais injustement. Mais si la punition est juste, il l'accepte. Elle ne provoque point de révolte en lui. Bien mieux, il vous méprisera si vous ne la lui infligez pas. »

Tout cela est vague, je ne sais pas de quelles punitions il s'agit. Ni de quels Annamites. J'ignore tout des relations entre les Européens et les Annamites. De ces conversations il résulte simplement pour moi que ces Européens s'attribuent sans hésiter soit un sens inné, soit une connaissance intégrale de la justice. Cela implique peut-être un peu de naïveté, une confusion peut-être entre le sens de la justice et certaines conventions d'Europe. Je ne sais point encore que cette naïveté ou cette confusion sont sympathiques. Je n'ai point encore rencontré les Européens dont l'orgueil sera précisément d'être injuste ou cruel.

Ceux-là blâment toute cruauté envers l'Indigène, envers ce personnage mystérieux pour moi qu'on appelle l'Indigène. Ils réprouvent cet Européen qui tua son boy pour l'avoir frappé au niveau de la rate.

« On recommande, m'a-t-on dit, de ne jamais frapper les Annamites dans la région de la rate. » Voilà donc une première notion, et précise, que je dois à l'Européen de là-bas sur la physiologie de l'Annamite. L'Annamite a la rate fragile. C'est bien. Quand je voudrai tuer un Annamite je viserai la rate.

Ils ne trouvent point convenable de frapper un pousse à coups de canne ou à coups de pied, pour accélérer son allure. Ils tiennent également qu'il n'y a point de justice à ne le point payer ou à le payer en coups.

J'apprends que les Annamites n'osent guère se promener le soir au jardin botanique. Ils ont peur des soldats. J'apprends aussi qu'il y a quelques semaines un soldat tua un pousse, pour le voler. Mais cela ne prouve rien. Il y a des meurtres aussi en Europe.

Et déjà me voici riche en histoires coloniales. Je sais des anecdotes sur les Pleyel et les bidets d'argent massif des gouverneurs. Déjà on m'a conté l'affaire du Monopole du port de Saïgon, le projet de cession du port au groupe Candelier [1], qui provoqua contre le gou-

1. Par un décret du 2 janvier 1914, Saïgon bénéficiait de l'autonomie administrative et financière (c'était le premier port français à jouir de ce statut). En 1919, le gouverneur général de l'Indochine, Maurice Long, engagea personnellement et sans en référer au département des Travaux Publics d'Indochine, un fonctionnaire de la métropole, M. Paul Candelier, ingénieur des Ponts et Chaussées, pour mener diverses études d'intérêt public en vue de la modernisation du port de commerce de Saïgon-Cholon.

Les travaux n'aboutirent à rien, mais les services de M. Candelier furent largement rémunérés. Par la suite, un projet de concession relative à l'exploitation du port de commerce de Saïgon-Cholon fut établi par le gouverneur général d'Indochine en faveur d'un « groupe Candelier », concession rédigée en ces termes :

« Concession relative au transport dans le port de Saïgon-Cholon des paddys, riz et dérivés et des maïs pour l'exportation et à divers travaux et services. »

En fait, Paul Candelier était mandaté par une société privée, la Compagnie générale des Colonies, ayant des rapports plus qu'étroits avec la Banque d'Indochine. La concussion fut révélée par le *phu* de Cholon.

Par la vertu de la formule très floue « divers travaux et services », la modernisation du port de Saïgon par la société détenant le monopole de son exploitation aurait signifié, dans les faits, le monopole du transport des riz et paddys sur toutes les voies d'eau créées ou à naître du réseau Saïgon-Cholon, en bref sur tout le système hydrographique cochinchinois.

Le scandale fut énorme, l'opinion publique annamite et une partie de la population européenne se constituèrent en

vernement général une révolte imprévue d'une opinion publique ignorée. La haute administration eut contre elle non seulement la population annamite, mais une partie de la population européenne. Suis-je venu en Extrême-Orient pour examiner critiquement des affaires financières?

Cependant j'entends dans le jardin le cri du *càcké** qui est un gros lézard. On dirait le cri d'un petit chacal. Et j'ai mangé des letchis, qui ont l'aspect de boules de chocolat millénaires et qui contiennent trois goûts enfermés l'un dans l'autre : le goût du pruneau, celui du chocolat et celui du camphre.

Le boy silencieux, au visage fermé, nous sert en glissant.

Connaîtrai-je jamais quelque chose de ce pays?

Demain j'irai me promener.

Quand je rentre à l'hôtel, les margouillats fuient sur les murs du couloir. Ce sont de petits lézards qui ressemblent aux tarentes de Provence.

*
**

L'atmosphère est lourde et poisse aux choses. Les fleurs des flamboyants s'étagent en touffes de grenadine et de minium. Les fleurs éclatantes d'Europe poussent en serre ou dans les jardins. Mais ici c'est au haut d'un arbre.

groupe de pression, la presse locale prit le relais pour manifester son indignation. L'affaire s'étala sur plusieurs années pour aboutir au décret du 23 janvier 1927 par lequel l'administration du port de commerce Saïgon-Cholon était confiée à un conseil d'administration, lui-même placé sous la présidence du président de la chambre de commerce.

* Les mots suivis d'un astérisque sont répertoriés dans le glossaire en fin de volume.

Des chauffeurs indigènes sont couchés sur le siège des autos de luxe. Leurs pieds nus dépassent.

Un coolie-pousse s'arrête. Une dame européenne monte dans le pousse et son chien aussi, un chien de magasin de chiens.

Trois adolescents annamites passent, se tenant par la main.

Autour des petits marchands, qui vendent à même le trottoir des fruits en brochettes et je ne sais quelle gelée sucrée, des hommes, des femmes, des enfants jouent aux cartes sur l'asphalte, sur la terre, quelquefois sur une natte.

Le marchand de soupe chinoise agite sa clochette ou frappe sur une moitié de bambou. Claquement de castagnettes, mais non pas martelantes, à son liquide.

Près du marché, des marchands en plein vent rabotent de la glace qui tombe dans les verres où se forme une étrange boisson givrée.

Quelques femmes indiennes. Un sampot à rayures est roulé autour de leur corps. Sur les sampots jaunes et roses, le jaune marque en or éteint.

J'entre au marché. Mangues et jaquiers, oies et paonnes, carry, gâteaux blancs et jaunes de chrome, vernis et gluants, noix de coco, socques de bois, babouches de cuir luisant comme du caoutchouc, *cài-ào** pendus, pipes tonkinoises, bâtonnets d'encens pour les rites, couteaux à bétel, images chinoises pour orner l'autel des ancêtres et qui s'enroulent autour d'un bâtonnet.

Plus loin, des baquets de poissons. Mais les poissons s'évadent des baquets. Bizarres poissons-serpents qui rampent au sol. Ou bien ils avancent par sauts et convulsions. Ils barrent le chemin. Les marchandes ne s'en inquiètent pas. En Extrême-Orient le poisson sans doute vit dans l'air.

Ce n'est point ici l'éblouissement soudain du marché de Colombo, ce sentiment du miracle et de la vie confondus. Le monde là-bas semblait transposé et transfiguré. J'étais dans une autre planète, dans une autre lumière. J'éprouvais le même choc que si l'on passe d'un élément dans l'autre, de la terre dans l'eau. J'étais baigné. Je pénétrais dans une lumière de cathédrale, mais sans dur jeu de verrières interceptantes. On ne sait quoi de rose glissait du toit, glissait des parois entre les cloisons de palmes sèches. Une extraordinaire sensation d'irréalité dans le feu, dans un feu léger de flammes roses et bleuâtres. Les fruits étaient gigantesques et les légumes monstrueux. Des torses nus, des torses noirs, des bras nus, des visages semblaient naître sur l'instant de l'amoncellement des fruits et des herbes géantes. Le dieu aux cent bras devenait vraisemblable.

Ici le monde extérieur ne se ferme point ainsi à nos habituelles facultés d'observation et de discernement. Il n'exige point une sorte d'adhésion quasi mystique. L'atmosphère n'est ni de brasier ni d'apothéose. Il y a des ciels gris, nuageux, travaillés. Si l'on peut tomber d'insolation, c'est sous un soleil qui souvent se cache.

Ici les jaquiers ont l'air d'avoir terminé leur croissance. Au marché de Colombo, les haricots géants semblaient s'allonger devant moi et les sphères des fruits s'enfler. Ici les êtres même, les personnages se dessinent, se cisèlent avec des finesses angulaires, des sécheresses et des précisions merveilleuses d'insectes.

Les jeunes marchandes ont l'air de princesses, d'enfantines princesses en longues tuniques noires. Les vieilles, au milieu des mangues ou des noix de coco, semblent des antiquaires qui ne toucheraient jamais qu'à des pièces uniques. Les vieux montrent une sorte d'absolu dans la vieillesse. Cette vieillesse semble fixée, éternelle. Ce vieux aux rides en treillage… on ne pense point qu'il ait jamais été différent. Que sa vieillesse est loin de la vieillesse européenne, où l'on sent, où l'on voit la désagrégation.

Ces mains, ces poignets, cette sèche subtilité dans les formes, ces bras qui semblent dessinés… Cette impassibilité et ce sourire, cet hermétique sourire, ce sourire sans confidence et sans effusion. Comment concilier ce sourire et cette gravité? Ce sourire précise, cisèle le visage, mais ne le livre pas. Le sourire d'Europe contiendrait-il trop d'abandon, une familiarité, une indiscrétion? Souvent l'Européen semble gêné d'avoir souri. Son visage, après le sourire, brusquement se tend et se raidit. Ici les visages peuvent aller jusqu'aux extrêmes limites du sourire, jusqu'à ces limites où l'Européen voit un grimacement. Leur détente est naturelle, sereine, facile comme une ondulation d'eau.

Je pense aux Halles centrales d'une grande ville européenne. Je pense aux vendeuses guerrières, charnues, intumescentes. Je revois les boudins des doigts, cette chair comme levain à pétrir dans les jupes et les corsages. Je pense aux coloniaux et à leurs femmes que j'ai tout à l'heure rencontrés dans les rues de la ville. Et soudain j'ai la vision d'une Europe éléphantiasique.

Tout me donne ici le sentiment d'une extraordinaire aristocratie. J'ai honte de mes pattes et de mes pieds d'Européen. Cette fierté d'être blanc qui semble le trait dominant du Passager et que déjà j'ai pu constater chez le colonial, elle m'abandonnerait, si jamais je l'avais connue.

Je m'arrête aux étalages de vaisselle, assiettes, bols, soucoupes et compotiers, ustensiles pour coolies et *nhaqué**. Belles formes ornées, au pinceau, de traits bleus qui courent selon une rapide calligraphie, qui parfois se coupent à angle droit, font deux brèves lignes sobres dans l'espace de la faïence, qui plus souvent s'enroulent et s'enchevêtrent en pistes grasses jusqu'à couvrir complètement le blanc ou reproduisent lointainement, transportent dans l'abstrait plutôt que dans la stylisation quelque chose qui fut une fleur, une feuille ou même le dragon légendaire.

C'est dans ces bols que, dans la rue, les coolies-pousse accroupis mangent leur riz. L'Européen colonial et l'Annamite francisé méprisent cette grossière vaisselle. Ils préfèrent une orfèvrerie d'un Louis XV international et des assiettes de bazar à décor du Sentier.

Je me penche vers les piles au sol. Je choisis… je choisis. Enfin je puis toucher de beaux objets, des objets. Je me sens sauvé, lavé des chinoiseries et cambodgeries que vendent les marchands de la rue Catinat et qui sont l'ornement des demeures coloniales. La marchande, la distante princesse aux longues mains flexibles, à la longue tunique me regarde à peine. Qu'elle est peu mercantile et lointaine! En quel monde vit-elle, que je ne connais point encore?

Quand mon choix est achevé, la marchande immobile, sans un mouvement de son corps, j'allais dire sans un mouvement de son visage, la marchande me sourit. Elle sait quelques mots français. Elle parle une drôle de grêle mélopée, entre nez et gorge, très douce et dont les sons enfantins n'ont pas l'air d'être ossifiés.

Un enfant près d'elle, un enfant léger m'a aidé à tout emporter jusqu'à ma chambre d'hôtel.

Quelques mois plus tard, une dame coloniale qui collectionne les *saksuma** des Galeries Lafayette me dira à Paris :

– Pauvre monsieur… vous n'avez rapporté que de la vaisselle de pauvre.

Je suis bien souvent retourné au marché. Je rôdais parmi les princesses enfantines qui vendent des mangues et des pots, qui sont vêtues de noir et qui portent des bijoux d'or rouge. Ce sourire, cette perfection du sourire, cette distance et cette amabilité… Que de classes sociales il faut franchir pour trouver cela en Europe. Et peut-être ne l'y trouve-t-on qu'au-delà de toute classe.

Comme je montais l'escalier de l'hôtel, j'entendis une sorte de hurlement répété, le cri d'une âme qu'on déchire, la suprême révolte d'un être poussé à bout.

– Une piastre soixante… une piastre soixante… Tu entends… pas plus… une piastre soixante.

Je n'ai jamais entendu autant de colère dans une voix humaine.

Il y eut un silence. Puis une voix douce et gutturale murmura, psalmodia.

Puis j'entendis des bruits sourds, répétés, une sorte de bruit que je n'avais jamais entendu en Europe, des bruits de coups.

Puis deux coolies passèrent dans le couloir. L'un d'eux s'épongeait avec son mouchoir. Ils rejoignirent dans la rue le conducteur d'une charrette à bœufs. Ils ne parlèrent pas. Ils avaient l'air navré du « Pauvre Pécheur ».

Il fallut bien que je descendisse déjeuner. Au moment où je rejoignais une table où mangeaient quelques Européens, j'entendis le gérant européen de l'hôtel qui hurlait à son *kai**, qui réprimandait un boy :

– Ne crie pas, fous-leur sur la gueule.

⁂

Est-il cinq heures, six heures, sept heures du matin?... Je ne sais plus. Je ne retrouve plus au temps les nettes divisions d'Europe. Le temps n'est plus superposable à une horloge. Il a une autre qualité. Cependant c'est l'heure du réveil.

Loin du centre de la ville. Devant les compartiments et les cases on fait flamber les cierges rouges montés sur bâtonnets. Puis on joue avec les enfants.

Un compartiment habité par des Indiens. Ils franchissent la porte. Ils commencent la journée. Ils s'assoient sur le banc, sur le lit de camp. Ils restent ainsi. C'est tout.

C'est comme une tourbe de soleil levant, une vapeur lourde, un beurre de soleil.

Je vais vers le marché. La fumerie est ouverte pour les boys cuisiniers. Tout le long d'une boutique de tailleur, des femmes accroupies cousent. Je ne vois que les mains, les mains parfaites.

Dans la boutique noir et or du pharmacien chinois, les fauteuils et les guéridons gardent leur carré et conservent – si j'ose dire – leur station debout. L'ornement ne noie pas la forme. Il s'intercale dans les vides, joue le rôle de support ou de jonction secondaire. Il est fait de fleurs assemblées, sans réalisme, sans anecdote. Il est proche en esprit de l'ornement gothique. Mais, chez le bijoutier, les mêmes meubles sont incrustés de nacre et s'ajourent et se dentellent et se contorsionnent selon les règles d'un faubourg Saint-Antoine tonkinois.

Je voudrais bien essayer d'une chique de bétel. J'oserai. Elles sont deux marchandes, une vieille, une jeune, derrière la planche où sont étalées les feuilles de bétel, les noix d'arec, le pot de chaux blanche et le pot de chaux rose, d'un rose magnifique. La plus jeune des marchandes roule la noix dans la feuille. Je lui demande le prix. Elle me répond :

– Cadeau… vous.

Je mâche. C'est d'abord un goût de racine, puis de noix. Mais je crache rose. Pas rouge sang comme eux. Il faudra que je recommence. Ce n'est pas du tout la couleur. Il me reste dans la bouche un goût de feuille mâchée.

Le dénuement pelé de la zone, après la porte de Clignancourt. Mais sous un ciel extrême-oriental. Moins d'âpreté, moins d'outrance. Point de désolation revendicatrice. Ce terrain vague, ce terrain pâle où pousse un seul aréquier est entouré de masures basses. Des poulets maigres cherchent leur vie. Des chiens pelés remuent on ne sait quoi. Des enfants entourent un bœuf de charrette et rient, parce qu'il pisse.

Plus loin, des cases, des paillotes s'alignent au long d'un fossé rempli de vase. Un petit pont joint chaque seuil au chemin. Je distingue dans l'ombre des paillotes l'autel des ancêtres et parfois, sur un lit de camp, une robe blanche, un arc de sourcil, un bras nu. L'arc de sourcil des images chinoises.

Plus loin, une rivière, un *arroyo**. D'un bord à l'autre se penchent des palmiers. L'*arroyo* minuscule s'élargit en mare où deux chevaux nains se baignent, où une jonque est amarrée.

La terre du chemin est rose. Il est bordé de palmes hautes. Chaque paillote est dans les palmes. Des enfants se balancent dans des hamacs. Les femmes jouent de la guitare à deux cordes. Aussi longtemps que je me promènerai, aussi longtemps j'entendrai le son de la guitare à deux cordes. Devant une paillote, une jeune femme, guidant les doigts de sa petite fille, lui apprend à jouer. Tous les mouvements sont d'une absolue nonchalance. Mais ce que nous appelons nonchalance en Europe implique on ne sait quel relâchement, on ne sait quel affaissement, du découragement peut-être. Ici cette nonchalance enveloppe une grâce précise, une angulaire perfection du geste, sans courbes vaines.

Le baiser annamite nous étonne d'abord. Une jeune femme près de moi embrasse son enfant, son *nho**. Les lèvres ne cherchent pas le meilleur contact définitif et la meilleure prise, et ne s'appliquent point en ventouse. Le nez aide les lèvres. Ce n'est point un baiser qui pétrit, c'est un baiser qui sent et qui aspire.

Je m'arrête devant le jardin du Chinois. Sur de gros troncs bas des pousses naines. Sur des rocailles noirâtres, où s'enracinent des plantes vertes, des ponts de porcelaine sont jetés, où sont collés des personnages minuscules, des sortes de santons.

Le Chinois m'invite à entrer dans sa paillote. Il apporte des verres. Il m'offre une boisson exotique, de la bière. Il sait une vingtaine de mots français et les joint en heurtant et embrouillant les syllabes sans prononcer les *r*. C'est un boucher. Il me montre la photographie de son ami français, son ancien patron. Il voudrait connaître mon métier :

– Quoi monsieur travailler?

Je suis resté longtemps dans l'ombre de la paillote avec mon ami le Chinois. Je n'étais guère gêné par la difficulté que nous avions à nous entendre. Entre les hommes qui ne parlent point la même langue et qui s'ignorent au point d'ignorer les réalités et les conventions qui les séparent, on ne sait quoi d'élémentairement humain se crée, qui les rapproche et comble le silence.

La porteuse d'eau chinoise a passé. Sa veste, son pantalon sont taillés dans la même étoffe que les bleus des mécaniciens. Elle porte la natte et deux bracelets de jade laiteux entourent ses poignets. Elle est belle. Déjà je reconnais dans les beaux visages chinois une délimitation des traits, une détermination, un achèvement supérieurs. Visages en formule close, qui s'opposent à je ne sais quelle indécision du visage annamite, plus fragilement individuel, d'un charme moins sévèrement humain, d'une grâce moins austèrement fixée.

Les deux seaux sont aux extrémités d'un long bambou posé sur l'épaule. La porteuse n'est point écrasée sous le fardeau. Le fardeau la prolonge dans l'espace. Elle est sans contact apparent avec le fardeau. Paniers, caisses ou seaux pendent aux bouts du bâton souple. La porteuse s'avance avec une grâce d'équilibriste. On n'a point le sentiment d'une contraction musculaire, ni de la résistance d'une masse corporelle. C'est un équilibre délicat. Ce n'est point par la force que se résout ici le problème de porter un poids, mais par un heureux calcul d'équilibre, j'allais dire par la grâce.

À nouveau j'ai longé les paillotes, accompagné toujours par les sons de la guitare à deux cordes. À la fin de ce rêve dans les palmes, avant la zone du Clignancourt d'Extrême-Orient, une prostituée en tunique violette, devant des masures en crépi, attend à l'angle d'une invraisemblable ruelle.

⁂

J'ai acheté ce matin à l'échoppe du Malabar un exemplaire de *La Cloche fêlée*, journal hebdomadaire dirigé par Nguyen-An-Ninh[1]. J'y trouve des allusions locales que je ne comprends pas et ces lignes de Nguyen-an-Ninh extraites d'une conférence sur « l'idéal de la jeunesse annamite » :

« Ce qu'il nous faut, ce n'est pas des imitations serviles qui, loin de nous libérer, nous attachent à ceux que nous imitons. Il nous faut des créations personnelles jaillies de notre sang même ou œuvres d'une réaction qui s'est opérée en nous. On a souvent parlé du rôle éducateur, civilisateur de la France représentée par la caste dirigeante actuelle. On a rendu de rampants hommages aux "porteurs de lumière", aux "faiseurs de miracles en Asie", comme si des rustres envoyés par le ministère des Colonies et non par la France intellectuelle pouvaient, comme avec une pâte, façonner en peu de temps l'âme d'une race en œuvre parfaite. On a parlé de miracles français en Asie, on a fait un livre intitulé : *Le Miracle français en Asie*. Et qu'est ce miracle? C'est un miracle en effet que de pouvoir en un court laps de temps faire descendre jusqu'à l'ignorance épaisse un niveau intellectuel qui s'était déjà beaucoup abaissé. C'est un miracle que de pouvoir, en un si court laps de temps, précipiter un peuple aux idées démocratiques dans la servitude complète. Qui pourrait soutenir que ce n'est pas là un miracle, un miracle social, la réalisation subite d'un état que des peuples avaient mis des milliers d'années à poursuivre?

1. Nguyen-An-Ninh (1900-1943) : « Le plus influent des intellectuels du Sud entre 1920 et 1940. Il fut l'éveilleur de toute une génération. » (D. Hémery). Il lance *La Cloche fêlée* – rédigée en français – le 11 décembre 1923 avec le journaliste métis Dejean de la Bâthie. L'écho en fut considérable. Elle cessa de paraître en juin 1924.

Car l'ignorance et le non-agir ne sont-ils pas les deux conditions premières du bonheur? Parler du rôle éducateur, du rôle civilisateur des maîtres de l'Indochine, décidément, messieurs, cela fait sourire. Ceux qui représentent officiellement la France en Indochine ne peuvent parler que de constructions dispendieuses, de voies ferrées, d'entreprises ruineuses de câbles sous-marins, de l'entretien de sa formidable armée de fonctionnaires, d'emprunts nationaux annuels, bref de l'exploitation à outrance de l'Indochine, de l'exploitation entendue dans les deux sens du mot. Son rôle doit être avant tout économique, c'est-à-dire dévorant. Mais lorsqu'il s'agit de questions plus délicates, d'éducation, de formation intellectuelle, la France doit se montrer hésitante en abordant de tels problèmes. Elle ne peut que nous apporter son héritage intellectuel, pour contribuer à la nourriture de nos chercheurs et créateurs. L'assimilation exige la liberté dans le choix, une liberté absolue. Toute contrainte amène l'indigestion et les indigestions peuvent tuer… »

Paul Monin me conduit chez Nguyen-An-Ninh, chez M. Ninh. Je me demande qui est ce Ninh? Ressemble-t-il à un vieux mandarin? Est-il un de ces Annamites francisés, coiffés du casque colonial et dont les « blancs » et les souliers vernis ont dans leur coupe parfaite une précision de pièce mécanique? Je ne connais rien de ce Ninh, sinon quelques lignes. Je ne sais rien de lui sinon qu'il est capable de distinguer entre la civilisation mécanique et la civilisation. Des coloniaux, je ne sais pas grand-chose encore, sinon que pour la plupart d'entre eux cette nuance est insaisissable. Quel est ce Ninh, ce directeur de journal?

Un compartiment, parmi les compartiments qui se

juxtaposent identiques, à l'alignement, une boîte parmi les maisons-boîtes. Nous entrons. Nous passons entre les carcasses et la machine qui tire *La Cloche fêlée*. Nous passons en « nous serrant ». Nous passons en nous faisant étroits. Il y a à peine de la place pour un Annamite. Ce n'est point assez large pour l'Européen buffle.

M. Ninh apparaît et nous introduit dans la pièce du fond, qui suit en enfilade. M. Ninh... Un personnage en tunique blanche, un personnage d'aspect angélique. À un œil d'Européen, les traits du visage d'abord semblent enfantins, à cause de la petitesse du nez et des courbes des joues.

La pièce donne sur une courette où j'aperçois le tonneau rempli d'eau et cette sorte de grande cuiller en noix de coco, qui servent pour les ablutions. Elle contient un lit de camp et une petite table encombrée de papiers et de livres. Les murs sont couverts de rayonnages remplis de livres. Au-dessus des rayonnages, quelques images indiennes, telles qu'on en voit dans les pagodes et qu'on en vend à Colombo, un portrait de Tagore, une photographie d'un tableau du XIVe siècle italien.

Je vous demande pardon, cher M. Ninh, je vous demande pardon, Ninh, mon ami, de cet inventaire. Cette précision européenne, cette fausse précision peut-être ici est nécessaire. J'avance avec prudence. Je raconte avec naïveté les étapes successives de la faible connaissance que j'ai pu – le plus souvent grâce à vous – acquérir de l'Extrême-Orient.

Nous nous abordâmes par les idées. Vous m'avez dit : « L'oppression nous vient de la France, mais l'esprit de libération aussi. »

Je parcourus du regard les rayonnages de livres.

Je lus au hasard : Renan, Nietzsche, Flaubert, Kant, Platon, les *Propos* d'Alain…

« Si les coloniaux, me dites-vous, ne nous ont point apporté la culture d'Europe, on ne peut guère leur en faire grief. Ils ne la connaissent point. »

Nous n'échangeâmes que peu de mots. Je sentais mieux que jamais que la culture européenne est une sorte de trésor caché, que la masse européenne n'en a même pas le pressentiment et que, dès qu'elle se vulgarise, elle n'est plus qu'un misérable instrument d'amplification ou de propagande. Vous le saviez plus fortement que moi peut-être. Je regardais vos livres. Il m'arrive rarement de croire aux livres. Dans cette minute vos rayonnages remplis de livres me donnèrent une émotion à laquelle je ne m'attendais pas. Je découvrais, je retrouvais directement la vertu du livre. Par ces livres, comme par deux voyages en Europe, vous saviez que l'Europe n'est point exactement semblable à son image coloniale. Européen, je pouvais me présenter à vous sans trop de honte.

Nous décidâmes de nous revoir. Le lendemain, par discrétion, je n'allai point chez vous. Mais le soir, comme je rentrais à l'hôtel, je trouvais dans ma chambre trois *mang** que vous aviez apportées, trois petites pommes que l'on eût dit en jade.

⁂

Je suis depuis bien peu de jours à la « colonie ». L'Europe me manque. C'est un fait. Ce n'est point un fait simple. Je n'ai point la nostalgie de l'Europe quand je me promène dans les quartiers indigènes. J'ai vu la brousse. L'Europe ne me manquait pas. Dans cette nouveauté du climat, des choses, des êtres, je n'arrive point à imaginer ce que pourrait être l'ennui. Mais l'Europe me manque, quand je suis avec des Européens. L'Annamite et le Chinois restent mystérieux pour moi. L'Européen d'ici est sans mystère, facile à lire. Mais il n'a plus rien d'européen. Je ne sais quel voyageur a raconté l'histoire d'un nègre qui se promenait tout nu, coiffé d'un chapeau haut de forme. Ce nègre croyait ainsi participer à la civilisation des Blancs. Ce que ce nègre pouvait imiter de la civilisation européenne, c'est à peu près ce que les coloniaux en ont gardé.

Vous entendez bien qu'il y a des exceptions. J'ai connu à la colonie tel avocat, tel ingénieur, tel commerçant même qui n'avaient rien perdu de leur structure et de leurs mœurs européennes. Je retrouvais en eux cette liberté d'esprit et ce nuancement sans lesquels l'Européen ne peut se sauver que par une sorte de sainteté. Ils jugeaient avec sévérité les coloniaux. Avec sévérité, mais avec réserve et discrétion. Ils se savaient, ils se sentaient des exceptions. Capables de discuter une idée, ils n'avaient point le courage de protester contre la coutume et les mœurs. Ils méprisaient le gouvernement général et l'administration. Ils ne craignaient point de révéler les abus et les crimes et un système fondé sur le crime et l'abus. Mais ils étaient fonctionnaires. Leur métier n'est point de protester et l'héroïsme n'est point une vertu quotidienne.

Les coloniaux ne sont qu'une caricature d'Européens. Les plus fins d'entre eux sont parfois capables de saisir les étapes de cette transformation. On en donne d'ordinaire des causes inexactes : le climat, le soleil, l'isolement, le cafard, l'alcool, l'opium. En vérité il n'en est point d'autre que la tradition et la coutume. Il y a une tradition des mœurs coloniales. Elle est plus forte que la protestation de la raison et du cœur. R. m'a longuement exprimé son dégoût de la brutalité et de la grossièreté des coloniaux envers les Annamites. Nous nous mettons à table. Un nouveau boy, qui comprend à peine quelques mots de français, lui fait repasser du gigot au lieu de la salade qu'il a réclamée. R. hurle au boy penché qui lui tend le plat : « Tu es bête comme dix mille cochons. » Le caractère de R. supprime l'insignifiance de cette anecdote. R. est un homme bien élevé et que je crois d'une nature généreuse. Mais il a subi la contagion. Et les mots ne sont rien. Mais le ton ne se peut exprimer. R. a hurlé littéralement. On eût dit un homme en proie à une rage démente.

C'est que tous, du gouverneur au gendarme, ayant connu en Europe la contrainte sociale ou la discipline, sont devenus en Asie des potentats. Voici, privés de contrainte extérieure, des hommes qui n'en connaissent point d'autre. Ils sont aussi les victimes d'un formidable décalage social. Ils subissent l'ivresse du nouveau riche à un degré qui n'est point imaginable en Europe. Car ils n'ont pas seulement cette puissance que donne l'argent. Ils ont la puissance. La couleur de leur peau et la saillie de leur nez leur confèrent une immédiate royauté. J'ai entendu la femme d'un petit fonctionnaire, servie par quatre boys, maudire la colonie dans une crise de foie et s'écrier : « Ah, vivement la France et laver ma vaisselle. »

L'Européen d'ici est semblable au vin qu'il boit et qui ne rappelle le vin que par l'étiquette et le nom. Mais un jour je fis une visite à une dame d'une cinquantaine d'années, qui depuis trente ans suivait son mari aux colonies. Elle avait traversé les océans, les brousses, elle avait passé sa vie dans les villas coloniales à colonnades. Elle avait été servie par des boys noirs et par des boys jaunes. Elle avait connu les coloniaux aux voix aboyantes. Et elle n'avait rien perdu de sa structure européenne. Et le mot d'Europe ici est trop vaste. Cette dame était restée locale. Exactement conforme au type de la bourgeoise de sous-préfecture vers 1895. Elle avait vécu sans acquisitions et sans pertes. Elle était comme une fleur séchée entre deux pages d'un livre. Et, par contraste, au milieu d'un groupe qui n'était ni européen ni asiatique, je fus quelques minutes charmé par cette image de l'Europe, qui sans doute n'était ni exaltante ni complète, mais qui du moins était véritable.

Leur grossièreté est intolérable. J'ai souvent envie de leur dire : « Tuez… ayez le courage de tuer. Tuez des Annamites. Vous manifesterez ainsi que la vie d'un Annamite ne vaut pas celle d'un chien. On saura la pensée qui est au fond de vous. Mais votre grossièreté, je ne puis la souffrir. Elle me fait honte. L'Européen qui parle ainsi à un chien, on le tient pour un homme bas. Il me suffit pour l'instant que vous m'accordiez qu'un Annamite vaut un chien. »

J'avais méconnu la mission sociale du chauffeur de taxi. Quand il n'était point d'une absolue courtoisie, il m'arrivait de prendre parti contre lui. Mais le monde est ainsi fait. Un chauffeur de Belleville manque ici pour assainir la rue, pour créer des mœurs. Je ne dis pas qu'un Européen moyen ait une idée très nette de la civilisation spirituelle. Mais l'Européen d'ici en a perdu toute notion. Si on lui parle des Annamites, il vous répond : « Le réseau de pénétration routière et fluviale… La mise en valeur du pays… » Et les mauvais esprits parmi les coloniaux ajoutent : « La création des canaux, des voies ferrées et des routes fut toujours liée à des scandales financiers. » Un vieil avocat colonial me montrait avec admiration l'autobus Saïgon-Cholon conduit par un Indien. Il me disait, la main tendue vers l'engin mécanique :

« Voyez… Après cinquante ans de conquête… Ils confondent tous Europe, moteur et phonographe. »

Ils vivent dans un pays dont la civilisation peut-être stagnante, peut-être pourrie, a pénétré la masse comme jamais ne fut pénétrée la masse européenne. Entre cette civilisation qu'ils ignorent et l'esprit d'Europe qui les abandonne, ils vivent aussi démunis que des sauvages. Ils en ont l'obscur sentiment. Un ingénieur, depuis trente ans à la colonie, me dit :

– Je souffre quand je retourne en Europe. Je supporte mal l'oisiveté des congés. Et surtout je suis dégoûté par l'ignorance des gens de la métropole… On me pose des questions comme celles-ci : « Mangez-vous du pain?… Avez-vous des lits? »

Un rustre l'interrompt et dit naïvement :

– Ils croient qu'on est des sauvages…

Ils s'indignent de l'absurde idée qu'on se fait en Europe de leur vie matérielle. Ils ont des glacières et des locomotives. Mais ils ne voient pas que l'ignorance d'Europe, par image et par symbole, exprime leur dénuement, un dénuement qu'ils ne connaissent pas. L'exceptionnel colon annamitisé a perdu l'Europe. Mais il a acquis quelque chose. Le colonial a perdu l'Europe, mais il n'a rien gagné en échange.

***

J'étais tenté de ne citer que des faits. L'impression de brutalité, de grossièreté, de trivialité qu'ils eussent donnée eût été juste. Ils eussent exprimé un état des mœurs. Mais je ne veux point isoler mon témoignage ou risquer de le priver de ses nuances. Il ne suffit point de constater la grossièreté et la brutalité des mœurs coloniales. Il faut saisir aussi que cet état des mœurs est un progrès sur l'état précédent et qu'il est en transformation. Il ne s'agit pas de juger le fait moral de la conquête. Cela ne mène à rien.

Vers 1895, si un soldat de l'Infanterie coloniale tuait un Annamite, cela lui coûtait, pris sur sa « masse », quarante francs, qui servaient à payer les frais d'enterrement.

Vers 1895, on construisit la route de Phan-Thiet à Djirin. À Yaback existait un commencement de route, sentier entre montagne et ravin. Les chevaux avançaient en tournant la tête vers la roche. Le passage était moins dangereux à cheval qu'à pied. C'est par ce sentier que l'on fit défiler un groupe de quatre cents condamnés politiques tonkinois. Le chef de milice, ancien sous-officier de coloniale, avait reçu l'ordre d'en supprimer le plus possible. On les fit passer, par groupes, enchaînés les uns aux autres. Je connais un témoin qui vit un groupe traînant deux cadavres.

En 1898, on avait constitué une mission d'exploration pour l'établissement de la ligne de chemin de fer Saïgon-Hanoï. Les Moïs avaient mis les sentiers en état de guerre. Des flèches dissimulées dans les feuillages partaient par un déclic que provoquait le plus léger frôlement. Des pointes de bambou empoisonnées étaient dissimulées dans les sentiers. Les Européens étaient protégés par leurs souliers. Mais les tirailleurs allaient nu-pieds. Quelques-uns furent blessés mortellement. Les Moïs n'avaient point d'idéal ferroviaire. On brûla huit ou dix villages. Je sais un témoin qui vit un ingénieur, du nom de Blim, tuer à bout portant d'un coup de revolver, un enfant moï. L'un des témoins qui me raconta ce fait ajouta : « Ça m'a fait quelque chose… »

Pour les Moïs le gouvernement général de l'Indochine n'a point changé de méthodes. Dans la deuxième quinzaine d'avril 1924 on lança des bombes d'avions sur des villages moïs, soit entre Kan-Noum et Quan-Ngaï, soit entre Mera et Ban Butop. Il y a une trentaine d'années, on pénétrait après palabre dans la première de ces régions, qui obéissait au chef M'sao. M'sao exigeait un tribut : perles et fil de cuivre. On était conduit par un guide, la nuit, afin qu'on ne puisse pas repérer les passages. M'sao respectait les conventions établies pendant le palabre. M'sao tenait ses promesses. Depuis cette époque, on opéra quelques massacres de détail, on exigea l'impôt, en un mot on civilisa.

Je rapproche des faits d'importance et de qualité très différentes. Je ne les prends que comme images et types. Je désire ne point m'attarder au passé.

Je ne dirai point que ces massacres de Moïs sont répugnants. Dieu me garde de les réprouver au nom de l'humanité. Je redoute le jugement européen et le jugement colonial. J'ai peur du ridicule. Qu'on me permette – oh! non pas d'appeler la pitié sur les Moïs – d'invoquer la plus simple curiosité humaine ou le goût de l'observation scientifique. Qu'on nous garde quelques sauvages!

Il faut accorder quelque subtilité au gouvernement général de l'Indochine. Il est, dans une certaine mesure, capable de distinguer entre les Annamites et les Moïs. Les Annamites ne sont plus soumis légalement au régime du massacre. Il est certain que les mœurs se sont adoucies. Si l'oppression est une règle, la brutalité n'est plus qu'une coutume. On ne tue plus un Annamite pour quarante francs. Si un soldat maltraite un Annamite, à Saïgon du moins, si l'Annamite se plaint à l'autorité militaire, l'autorité militaire punit le soldat. J'ignore d'ailleurs la rigueur de ces punitions.

Il y eut même une circulaire Sarraut[1], qui scandalisa les vieux coloniaux, une circulaire qui interdisait de frapper les Annamites. Récemment un pousse non payé et rossé par un sous-officier de coloniale se plaignit à l'autorité. Le colonel fit confronter le pousse et le sous-officier. Le sous-officier fut puni de quelques jours de prison. Mais il faut qu'un pousse ose se plaindre ou que son énergie revendicatrice soit immédiate, à l'européenne.

Le dernier tortionnaire notoire est un ancien résident révoqué du nom de Darles, type curieux de sot cupide, cruel et mégalomane[2]. Il fut l'objet d'une interpellation à la Chambre. Darles fut révoqué. Mais il occupe une importante situation aux distilleries Fontaine. Il est le roi des grosses affaires et l'inspirateur du gouverneur de la Cochinchine.

Pour bien saisir les mœurs coloniales il faut noter que le gouverneur ne cachait point ses relations avec ce fonctionnaire révoqué, dont les actes de cruauté provoquèrent une révolte, avec ce bandit patenté. On pouvait voir, l'an dernier, Darles se promener dans Saïgon en compagnie du gouverneur, dans l'auto gouvernementale.

La brutalité européenne hésite, diminue. Le règne est aujourd'hui de la politique et de la finance. Où les muscles, où les armes jouaient, l'administration suffit à opérer.

Mais les Annamites distinguent maintenant entre le

1. Maurice Sarraut, homme politique français (1869-1943). Il fut nommé gouverneur général de l'Indochine entre 1911 et 1914 puis entre 1916 et 1919.

2. « Sachez… disait-il, parlant aux étudiants d'Hanoï, que, partout où j'irai je serai un homme puissant. » (*NdA*).

colonial et l'Européen. Et quelques coloniaux pensent qu'il serait temps d'établir un contact entre la France et l'Annam. Si non… Mais assez d'idées générales. Je vais à nouveau me promener devant les compartiments et les paillotes.

⁂

J'erre. Pénétrer n'est pas aussi simple. Je ne sais pas un mot de la langue. Les Européens ne peuvent m'être d'aucun secours. Ils ont sur l'Annamite ces notions *a priori* qui font partie du bagage colonial et qui s'achètent à Marseille en même temps que le premier « blanc » et le premier casque colonial.

J'erre. Mais une Europe falsifiée s'interpose d'abord entre l'Extrême-Orient et moi. Les monuments de la ville sont tous des panthéons Renaissance pour nouveaux riches. Jusque dans ma chambre, je retrouve une balustrade Louis XIII et de macaroniques chapiteaux.

Le grand Européen de gouvernement et d'administration, on ne le voit guère dans la rue. Il s'abrite dans ses palais et ses parcs. Et s'il passe, c'est en des autos rapides. Mais l'Européen moyen est visible, de la rue, aux heures d'apéritif. Non pas seulement à la terrasse des cafés. Devant la maison, sur le perron, derrière les grilles du jardinet tel qu'à Gagny ou Chelles-Gournay, la famille fait cercle autour de l'autel de l'apéritif. L'autel de l'apéritif est pour l'Européen ce que l'autel des ancêtres est pour les Annamites. Entendez bien que je ne suis ni statisticien, ni hygiéniste, ni psychiatre et que l'usage de l'apéritif ne m'intéresse que dans la mesure où il est trait de mœurs.

Voici donc réunis autour des bouteilles, des verres

et du seau à glace quelques Européens. En bien des villas de la banlieue parisienne, les Parisiens du dimanche s'assemblent autour d'une bouteille de vermouth ou de clandestine absinthe. Mais ici, la gamme est d'une déconcertante richesse. Je ne saurais dire exactement combien il y a de bouteilles sur la table. Je n'ai pas le temps de lire toutes les étiquettes : Noilly-Prat, Gentiane, Suze, Saint-Raphaël, Cinzano, Mandarin. Et Vieille Cure et d'autres encore. Et le cognac Martel qui, selon le goût de chacun, se mélange en proportions variables avec l'eau minérale Perrier. Il y a des Annamites qui doivent croire que la langue française ne comporte qu'un seul mot qui est « Martel-Perrier ».

Si la colonie creuse le colonial, souvent aussi elle le gonfle. Derrière cette grille, boulevard Bonnard ou boulevard Charrère, ils sont deux, l'homme et la femme. On les croirait à Lagny. N'était la température, je dirais qu'ils prennent le frais. Ils sont énormes, mais soufflés, gonflés. Leur peau n'est pas jaune, comme on se l'imagine en Europe. Les coloniaux de Vichy doivent se teindre, avant de commencer leur saison. Leur peau est d'un blanc décomposé, d'un blanc de lait tourné. Et l'énorme femme est enveloppée de soies légères, de soies impalpables, de soies pour bayadères. Tous deux ils sont faits de bourrelets de graisse enroulés et déroulés. Ils portent sur ventre et seins des visages mous comme de la vase. Et leurs petits yeux, leurs petits yeux perdus dans la masse, regardent avec insolence.

Insolence? Non… c'est moi Européen à peine débarqué qui lis de l'insolence, où il n'y a que parfait contentement de soi-même, certitude d'appartenir à la race supérieure qui est prédestinée, qui porte en elle la civilisation et qui doit en préserver le prestige. Les hommes de toutes les races sont vaniteux. Mais quand leur vanité reste individuelle, elle ne prête qu'à sourire. Quand elle prend forme collective, elle trouve en face d'elle d'autres vanités collectives. Elle doit lutter. Elle peut ainsi atteindre à la férocité ou même à la démence. Elle ne s'étale point dans une naïve tyrannie. La tradition du prestige européen a fait du blanc colonial une sorte de dieu parvenu.

Mais l'impassible et silencieux démon d'Extrême-Orient veille. Il n'opère point par revendication déclamatoire. Il est patient. Au seuil du compartiment, près de l'homme et de la femme européens, il a simplement placé, toute droite, immobile, leur bonne chinoise, au visage comme sculpté dans l'absolu, qui porte à chaque poignet un cercle de jade et qui semble, austère, délicate, une reine égarée.

Sous un ciel étouffé, lourd en couleur, chargé d'épais nuages laineux, la rivière de Saïgon et la rive aux arbres bas. Un cargo dressé. Décor fluvial et vie maritime.

Je flâne aux devantures des épiceries chinoises et des bijouteries annamites, où, sur deux files en profondeur, assis devant de petites tables, sur toute la longueur de la boutique, les ouvriers fabriquent des bracelets d'or rouge, trop ouvragés, et des bagues vulgaires, qu'une identique pierre rouge ornera.

Dans une boutique de coiffeur, un *nho* balance la *panka**, en appuyant son pied sur une planchette. Dans une autre boutique, une femme la balance à la main. À cette tâche monotone, ils n'ont pas d'impatience. Ni pour le repos, ni pour le travail, le temps ici n'est taylorisé. Le coiffeur ne s'occupe pas seulement des cheveux. Il est aussi nettoyeur d'oreilles. Avec de minuscules curettes, il pratique l'ablation du cérumen. Parfois le coiffeur est dentiste, comme le chirurgien fut barbier.

On voit dans les vitrines des bridges en or comme aux « Radium dentaires » de nos faubourgs.

Devant un compartiment misérable, une vieille Chinoise aveugle est assise sur un escabeau. Un enfant nu, au ventre bombé, joue près d'elle. C'est une boutique aussi. Mais il n'y a point de marchandises à l'intérieur. La boutique est constituée tout entière par la planchette qui ferme le compartiment, par l'étalage. On y voit un peu de chaux rose pour la chique de bétel, quelques bananes pourries, quelques gâteaux de farine de riz, tout blancs. C'est tout. Derrière la planchette se tient un Chinois souriant.

Et, tout au fond du compartiment misérable et sombre, où l'œil ne distingue aucun objet, le brûle-parfums et les candélabres de l'autel des ancêtres font une ombre d'or, la plus prodigieuse ombre d'or. Cette ombre, puissé-je la revoir en fermant les yeux, quand je serai dans la fraîche Europe.

J'ai pris le menton du *nho*. Le Chinois me montre ses richesses et soulève le couvercle du bocal où sont les gâteaux. Ce n'est point un acte de propagande commerciale. Il a compris ma curiosité. Il parle à la vieille aveugle qui, elle aussi, sourit.

Ce n'est que plus tard qu'on m'expliqua que les Chinois et les Annamites n'étaient point accoutumés au sourire ou au remerciement d'un Européen.

C'est un soir de Saïgon. Le ciel est bas, d'un bleu sombre où pointent du violet et du blanc. Ce ciel à gros nuages est d'une lourde matière, d'une couleur épaisse mais peu brassée. Les pousses glissent aux allées roses du jardin de ville. Les arbres sont à palmes, ou s'élancent d'une parfaite poussée rectiligne, ou se contorsionnent en troncs séparés. Les feuillages sont légers pour l'épaisseur des troncs. La nature fait de l'arbre chinois. Les êtres et les choses transparaissent, étrangement secs, dans une lourde atmosphère qui ne semble pas les toucher. Tout est sec, l'être et l'objet, mais comme pris dans une goutte d'ambre.

En Europe, je dirais que le temps est d'orage. Dans cette saison, c'est l'orage à demeure, un orage qui jamais n'éclate.

Ce ciel bas aux nuages détachés, ce crépuscule d'orage est sans mélancolie. La mélancolie est article d'Occident. On est pris d'on ne sait quelle langueur dans une nature à la fois exubérante et indifférente, comme absente d'elle-même…

Je rentre dans la ville. Des souffles d'air. Mais des souffles tièdes. Espacés. De lents coups d'éventail. Ni la *panka*, ni le ventilateur, ni le vent ne donnent la fraîcheur de la brise d'Occident.

Des chansons sortent du sol. Trois marchandes et un *nho* sont installés au trottoir, sur une natte, pour vendre trois morceaux de poisson sec. Le brasier rougeoie dans une casserole. L'une des marchandes chante. Et c'est la nuit.

Dans le couloir de l'hôtel, les margouillats effrayés, fuyant au mur, se réfugient au plafond.

L'Européen qui passe en touriste à Saïgon aura le sentiment que les relations des coloniaux et des Annamites sont à peu près celles des visiteurs d'une exposition coloniale avec les figurants des races exotiques. Il causera avec un gouverneur ou avec un patron d'hôtel, qui le renseigneront sur les finances de la colonie ou sur la politique du Pacifique. S'il est cordial et s'il a le goût de « s'approcher du peuple », il échangera quelques mots en sabir colonial avec son boy d'hôtel.

Quand il aura dit : « toi moyen… », il sera pris d'une ivresse linguistique. Le boy sourit. Le touriste connaît le peuple d'Annam. Le touriste a noté que le boy sourit et ne traîne point les savates comme un garçon d'hôtel européen. Le touriste circulera en auto sur des routes mieux entretenues que les routes actuelles de France. Conduite par un chauffeur annamite, l'auto tient sa droite. Ainsi circule avec elle l'ordre civilisateur. Ou bien le touriste se promènera en pousse. Au terme de sa course, il payera au coolie le prix réglementaire. Et si le coolie, tel un chauffeur de taxi parisien chargeant passé minuit, lui réclame vingt *cents* de plus, le touriste bienveillant déposera les vingt *cents* dans le creux de deux mains jointes. Ainsi il connaîtra de l'Indochine ce que connaîtrait de la France un Annamite qui, circulant dans Paris en auto, n'aurait jamais interrogé que le président du Conseil et le garçon d'étage de son hôtel.

Je voudrais bien n'en pas rester là. Mais qu'on m'excuse, si je n'apporte point des vérités définitives et de vastes généralisations. Je ne viens point chercher ici des certitudes de manuel ou d'interchangeables formules politiciennes. Je n'ai point de doctrine morale sur la colonisation, je n'ai point de système économique pour la mise en valeur des colonies. Je me promène et je n'ai pas pour l'instant d'autre méthode. Et je me promène souvent à pied. Ce qui est une manière de scandale. Les coolies-pousse n'y comprennent rien.

Je me promène seul le plus souvent. J'ai connu plusieurs fonctionnaires coloniaux avec qui j'ai pris plaisir à causer. Ils sont sensibles au charme de la terre indochinoise et de ses habitants. Ce sont des Français cultivés et de parfaite éducation. La plus brève conversation me les fait deviner sensibles et fins. Tous sont nets en ce qui concerne la haute administration. Ils la méprisent. Ils ne dissimulent pas leur mépris. Ils n'en dissimulent point non plus les motifs. Non point par eux, mais de source annamite, je sais que dans le cercle de leurs services, il leur arriva de s'opposer à des injustices envers les indigènes. Ils réprouvent également la brutalité coloniale. Mais s'ils méprisent ou réprouvent, ils ne s'étonnent plus. Je l'ai dit déjà. Il y a des mœurs coloniales. Il y a une coutume coloniale. Quelle que soit une coutume, elle est chose vivante, qui donc peut mourir, mais que l'indignation ne suffit point à tuer. Ces hommes ne sont point des adolescents exaltés. Ils ont une expérience coloniale. Ils ne la gardent point pour eux. Quand on les interroge, ils acceptent de répondre. Ils ne pensent pas qu'ils doivent au prestige européen d'approuver l'injustice ou le crime. Et la réserve qu'ils gardent n'est point toujours de prudence ou de lâcheté. Sans doute, où ils sont, il faut bien qu'ils vivent. Mais leur réserve, qui est bien rarement réticence, est faite aussi de pudeur. Je les comparerais volontiers à ces militaires professionnels, qui jugent leur métier mais n'ont point le goût d'en médire, tant qu'ils servent.

Ils ne sont point flâneurs. Ils sont pris par la vie de bureau. Hors de laquelle ils se reconstituent une vie aussi près que possible de la vie européenne. S'ils s'indignent, c'est surtout du scandale administratif ou financier. Et pour l'instant, si déjà l'administration s'occupe de moi, je ne veux pas m'occuper d'elle.

Parmi les Européens de la petite classe moyenne, il y a « les gentils ». Le peuple annamite les connaît. À Saïgon, il en connaît au moins une famille. C'est la famille de l'accordeur, marchand d'instruments de musique. Les parents et les enfants ne manifestent point d'orgueil colonial. On les dirait adaptés à la facilité, à la fluidité, à la simplicité de la vie extrême-orientale. Ils jouent en famille du piano et de la guitare. Les enfants s'en vont chez le Chinois boire un verre de tisane. Et j'ai vu la fillette de quinze ans allant en « commissions », légère et telle qu'une enfant dans un bourg de France où les vieux la tutoient. Ils apportent ici une Europe que ne connaissent ni le gouverneur, ni ses services de police politique.

On cite également un ou deux colons annamitisés. Mariés à une Annamite, ils vivent la vie annamite et en adoptent les coutumes. Et leurs filles se marient avec des Annamites. On m'a conté que l'un de ces colons, dont la fille veuve se remariait, invoqua son premier gendre, selon le rite, devant l'autel et lui adressa ces paroles : « Tu ne dois pas la blâmer si elle prend un nouveau mari. C'est toi qui es parti trop tôt. Et tu n'es plus là pour la protéger… »

Ces exemples n'ont point de valeur générale. Le colon, en Cochinchine tout au moins, est un mythe, un mythe européen. Le contact entre l'Extrême-Orient et la métropole est administratif, financier, militaire. Je n'ai point suivi en ses ramifications le grand commerce européen. Mais s'il y a des boutiques européennes à Saïgon, on en chercherait en vain dans les autres centres de Cochinchine. Il y a cinq à six mille Européens à Saïgon, quinze cents à deux mille dans les provinces et en Annam. Il y en a moins encore au Tonkin. Je n'ai point vérifié ces chiffres. Mais s'il vous plaît de les doubler, rien ne serait changé. Et si vous considérez que ces Européens ainsi dénombrés sont à peu près tous fonctionnaires, vous saisirez un peu de la cruelle fiction qu'on désigne sous ce terme de colonie ou de protectorat. À ce petit nombre d'Européens s'oppose comiquement l'abondance des journaux. Je crois qu'il y a autant de quotidiens à Saïgon qu'à Lyon. Ici le mécanisme de la presse est plus apparent et sans doute moins compliqué qu'en France.

Je dîne chez des Européens. Le ménage a trente ans de colonie. Ils sont exactement semblables à ce qu'ils eussent été, s'ils eussent vécu en vase clos dans une petite ville de France. (J'ai déjà parlé de l'aimable vieille dame et j'ai dit pourquoi je lui trouvais une sorte de charme, auquel j'eusse sans doute été, en Europe, moins sensible. Je connais dans la province française des bourgeois clos de murs qui sont exactement superposables au mari. La seule différence, c'est qu'il ne chasse point la perdrix avec des chiens, mais le coq sauvage ou la grosse bête.)

Quand j'eus pris congé, le boy m'apporta mon casque dans l'antichambre, me le tendit avec une extraordinaire révérence, une révérence de très humble à très puissant, qui n'est plus en Europe possible qu'au théâtre et dans un conte des *Mille et Une Nuits*. Même ce geste, je ne suis point encore capable de le juger. Et je ne sais pas comment il faut appeler cette marque de servilité ainsi sauvée par la grâce.

Je retrouve mon hôte quelques jours après à la terrasse d'un café. Je m'assieds à sa table. Un petit Annamite vendeur de journaux passe entre les tables. Il tend un journal à mon compagnon européen, qui le refuse. L'enfant n'insiste pas. Puis il repasse une seconde fois. Du revers de la main, le vieil homme jette à terre le journal. L'enfant ne proteste pas et le ramasse. Entendez bien que je ne cite point cette scène comme un exemple d'odieuse brutalité. Il m'est arrivé à Paris d'être agacé par l'insistance d'un vendeur de journaux ou d'une marchande de fleurs. Entendez que je crois ce vieil homme incapable de frapper un enfant. Et cependant ce geste insignifiant eut ceci de remarquable que personne n'y fit attention, qu'il ne fut remarqué ni de celui qui l'accomplit, ni de ceux qui en furent les témoins.

J'ai dit à mon compagnon :

– Auriez-vous fait cela à Paris, à la terrasse d'un café ?...

Il me répond en balbutiant. Il s'excuse. J'ai remué en lui quelque chose d'européen. Mais déjà je sais que ce quelque chose est moins fort que la politesse annamite qui résiste à tout, même à la haine. Je me promenais un matin avec mon ami Nguyen-An-Ninh dans les rues de Saïgon. Nous nous étions arrêtés devant un compartiment et Ninh me montrait un autel des ancêtres de forme ancienne. Alors apparut une vieille femme à cheveux blancs digne et simple comme sont en Europe certaines bourgeoises paysannes. Elle nous invita à entrer et nous offrit du thé. Je ne souffris point d'ignorer la langue annamite. Pendant ces minutes, cette vieille femme me donna plus qu'on ne donne avec des mots. Si le mot noblesse a quelque sens, l'admirable simplicité de cette femme était noble. Et quelle souriante réserve et quelle discrétion. Elle n'interrogea même pas Nguyen-An-Ninh sur l'étranger qui l'accompagnait.

Nous entrâmes dans un restaurant annamite où nous trouvâmes un groupe européen : un civil épais et braillard, sa femme et un jeune sergent calme et réservé. Le civil, à grands éclats de voix, criait au boy : « Nettoie-moi cette nappe... Donne-moi... donne-moi... » J'ai oublié les aliments que cet homme voulait qu'on lui donnât. Mais il en criait les noms dans le restaurant, comme s'il eût commandé un corps d'armée sur un champ de manœuvres. J'ai honte devant Ninh, j'ai honte pour l'Europe. « Je vous assure, M. Ninh, lui ai-je dit assez haut pour que le groupe m'entendît, je vous assure qu'en Europe on reconnaît l'éducation d'un homme à ce qu'on ne sait point ce qu'il mange quand on ne regarde point dans son assiette. »

Elles sont deux, une jeune Annamite et une grosse femme qui ressemble à un bouddha de bazar. (Cette corpulente Annamite est une exception.) Un coolie-pousse a abandonné son véhicule et s'est assis au bord du trottoir. La grosse femme s'assied dans le pousse et la jeune fille le traîne à grands éclats de rire. Puis elles changent le jeu. La jeune fille monte dans le pousse. Le bouddha s'attelle et, gélatine hésitante, s'ébranle lourdement. Cela dans un concert de rires enfantins. Le coolie-pousse sourit impassiblement.

Le gérant de l'hôtel prend son café. Le boy tarde à lui apporter le sucrier. « Du sucre… » hurle cet Européen. C'est un hurlement de poitrine et de gorge. Tout l'être appelle en une rage impatiente. Quand le sucrier est sur la table, il en soulève le couvercle, happe deux morceaux ensemble avec ses doigts épais, comme avec une gueule et les projette dans sa tasse de café. Les gestes sont d'une intolérable ignominie. Ce gérant n'est point absolument incapable de prononcer les deux mots de culture européenne ou culture française. Je ne crois pas qu'un voyou annamite puisse ainsi prendre du sucre.

Un soldat frappe un coolie-pousse qui ne veut pas « marcher ». Boulevard Bonnard, devant un magasin de soieries tenu par un Annamite et par sa femme, qui est lyonnaise. Cette jeune femme s'approche du soldat et, très doucement lui dit : « Voyons mon ami… soyez gentil… » Le soldat se retourne et lui crie : « Si vous vous êtes fait naturaliser *nha-qué*, moi pas… »

À dix heures du soir, boulevard Bonnard, un soldat à motocyclette veut passer entre une auto et un pousse. La place n'est pas suffisante. Le soldat doit descendre de sa moto. Il frappe le coolie. De sa fenêtre un boulanger européen proteste. Le soldat essaye d'enfoncer les volets de la boutique close.

Quelques explications sont nécessaires. Les coolies-pousse ne redoutent pas ceux qu'ils appellent les bons civils, ni en général les officiers. Mais ils n'aiment guère transporter des soldats. Souvent les soldats ne les payent pas et les frappent. J'ai souvent prié un ami annamite d'interroger devant moi des coolies-pousse. Non pas rue Catinat en plein jour. Mais la nuit, au cours de longues promenades. J'avais honte. Mais je voulais savoir. Tous les coolies-pousse ont répondu identiquement.

Devant le marché un premier soldat de coloniale, un Martiniquais, complètement ivre, insulte un sergent et un caporal de tirailleurs indigènes. J'ignore la valeur comparée des galons de tirailleur et des galons de l'armée métropolitaine. Et je laisse en suspens ce problème de hiérarchie militaire. Mais ce petit fait n'est point sans signification. Tous les Annamites savent que, si les Jaunes sont les Jaunes et les Blancs les Blancs, les Noirs des Îles doivent être tenus pour deux fois blancs. Ces Noirs en effet servent dans l'Infanterie coloniale au titre de citoyens français. Par rapport aux Annamites, leur situation est donc analogue à celle des cinq ou six cents Indiens venus des Indes françaises et qui, citoyens français servent au gouvernement de matière électorale. J'ai souvent entendu les meilleurs des coloniaux s'indigner de la basse vénalité de ces Malabars. J'ai toujours eu peur de ces généralisations. Et souvent je leur répondais : « Ne soyez pas trop sévères pour les Malabars. Rien n'est fragile comme un groupe humain. Pour le priver de ses qualités il suffit souvent de le transplanter. Voyez les Européens. »

Nous avions décidé, Nguyen-An-Ninh et moi, de passer la soirée à Cholon. Comme nous allions vers la station du tramway, nous rencontrâmes boulevard Bonnard un petit marchand de journaux, métis français, dont le visage était tuméfié et la chemise ensanglantée. Ninh l'interrogea. Il dit qu'il avait été frappé par un soldat et que ce soldat buvait dans un restaurant proche. Nous allâmes Ninh et moi vers ce restaurant. Mais le soldat venait d'en sortir et l'enfant nous le désigna. Je dois avoir une âme de fille publique sentimentale. Et je suis contraint d'avouer que le visage ensanglanté d'un enfant ne me donne point une complète satisfaction.

Je m'approchai du soldat. Il me fallut une grande attention pour comprendre son patois corse. Son large visage bestial était désaxé par l'alcool. Les traits fuyaient et les yeux vacillaient. Le soldat me jura que ce n'était point lui qui avait frappé l'enfant. « Je me respecte trop, me dit-il, pour me salir à frapper ça... » Et, pour manifester plus sûrement son mépris et l'impossibilité de l'acte qu'on lui imputait, l'homme fit le geste de terrasser l'enfant d'un coup de poing. L'enfant affirmait. Le soldat niait toujours. Ninh me dit simplement :

– Je pense que nous sommes vengés... Il a assez menti pour ce soir.

Mais la nuit d'Extrême-Orient et les lumières de Cholon ne me furent pas, cette nuit-là, légères.

⁂

Il faut distinguer entre les actes de répression, suite de la conquête : condamnations à mort après les révoltes, les actes de férocité individuelle et les actes de brutalité qui sont entrés dans la coutume. On a pu voir dans les rues de Saïgon des missionnaires qui, de la voiture, frappaient à coups de pied ou à coups de canne le coolie-pousse qui les transportait, afin qu'il courût plus vite. C'était le coup de fouet au cheval ou la pression sur l'accélérateur. Cela est pour le moins aussi caractéristique que les actes de férocité. De même en 1921 un prêtre giflait dans la cathédrale de Hanoï un indigène, qui ne quittait pas assez vite une des places réservées aux Européens.

Les faits que j'ai cités ne sont pas d'égale signification. Je n'ai guère fait effort pour les classer. Je les donne dans l'ordre où je les ai connus, dans l'ordre, pourrais-je dire où ils me sont venus. Ce n'est pas moi qui les ai cherchés. Je puis dire qu'ils ont empoisonné mes promenades...

Je n'ignore point que les coloniaux et les politiques souriront de pitié devant un sentimentalisme assez bas pour prêter attention à des faits aussi misérables. Je ne leur donne point complètement tort. Il est vrai que les forces sentimentales ne mènent point le monde. Une poignée de soldats tient l'Indochine comme une poignée de soldats tient l'Inde, tient trois ou quatre cent millions d'Hindous. Il est possible aussi que même dans cet ordre de la politique, la force brutale n'explique pas tout. Il n'est point impossible que notre civilisation mécanique contienne en elle, sinon des principes spirituels qui ne sont point encore dégagés, tout au moins un pouvoir de rayonnement et de contagion indépendant des armes matérielles dont elle dispose. Mais laissons…

Hors quelques administrateurs du vieux recrutement et quelques épaves coloniales, les coloniaux qui sont capables de quelque raisonnement ne défendent point systématiquement la brutalité. Ils ne la tiennent point pour une vertu européenne, pour une vertu de force, pour une manifestation de la race supérieure. Ceux-là même qui ne la pratiquent point acceptent cette brutalité coutume, comme la plupart des hommes acceptent la coutume. Et les plus délicats s'ils ne protestent pas, c'est peut-être par une sorte de politesse qui est le contraire même de la politesse véritable. Quelques coloniaux teintés de sociologie disent aussi : « Il est puéril de juger selon la coutume métropolitaine. Il faut s'adapter à la coutume annamite. La cadouille n'est point d'invention européenne. Nous l'avons trouvée dans les mains du mandarin. »

À quoi un Annamite cultivé répondra : « Les Européens interprètent les textes et non pas les faits. Nous avons connu un état de civilisation où la prison parfois était remplacée par un cercle théorique, fictivement tracé dans l'espace et que le condamné s'engageait à ne point franchir. Et la cadouille-rotin ne fut souvent qu'une tige de roseau, dont on infligeait au coupable un symbolique châtiment. »

Le plus souvent l'Européen, par une naïve hypocrisie, trouve dans le caractère annamite une justification à sa brutalité. Il y a là quelque sottise et quelque ignominie. Cette justification implique en effet que l'Européen connaît parfaitement l'âme annamite et une telle prétention est toujours risible. De plus elle lui permet d'échapper à la rigueur du jugement moral européen.

Ainsi, si l'Européen frappe l'Annamite, ce n'est point

tant par bassesse, lâcheté ou brutalité. C'est en vertu de la constitution propre de l'Annamite.

Avouerai-je que ces considérations ethniques ne provoquent en moi aucun étonnement. Avant d'avoir traversé l'océan Indien, j'avais déjà entendu parler ainsi d'un autre peuple. C'était le peuple tout simplement. Et l'on disait : « Ces gens-là n'ont pas les mêmes besoins, les mêmes délicatesses que nous. » Déjà je savais...

Cependant l'impassibilité de l'Annamite me déconcerte. Sans doute il est de petite taille, et sa force physique est moindre que celle de l'Européen. Mais la colère, la rage, le sentiment de la dignité blessée ne tiennent point compte des mensurations. On ne m'a point cité de coolie qui, frappé par un Européen, se soit jeté sur lui et l'ait à son tour frappé. Acceptons que dans un temps qui n'est point encore très éloigné, le coolie annamite sentait peser sur lui toute la force européenne et rien que la force, toutes les forces enfin de l'administration, de la police et de l'armée d'occupation. Il est invraisemblable que la colère et la haine n'aient jamais oublié ces forces. Les Annamites n'ont-ils donc point de nerfs, point de cœur? Sont-ils donc incapables de cette violence impulsive, qui dans le cas d'offense est la réaction banale de la dignité européenne? Cependant les Annamites, si j'en crois l'histoire européenne, ont opposé une résistance militaire aux conquérants. Je ne veux pas croire que le monument élevé sur la terre de Cochinchine aux troupes franco-espagnoles ne commémore que des héros tués par la dysenterie et l'alcool. Cependant les Annamites se sont périodiquement révoltés contre leurs conquérants. Et je ne puis croire tout à fait les Européens qui affirment que la dernière révolte cochinchinoise fut tout à fait insignifiante, puisqu'elle fut punie de quarante condamnations à mort.

Un Européen qui avait assisté à ces quarante exécutions et à beaucoup d'autres au Tonkin admirait l'impassibilité des Annamites devant la mort. D'ailleurs, il est deux points sur lesquels les coloniaux s'accordent. Ils attribuent aux Annamites la plus extrême légèreté, une âme puérile et superficielle d'une part et, d'autre part, ce mépris de la mort.

Cette impassibilité de l'Annamite devant la brutalité européenne, je crois que plus tard je la comprendrai. Pour l'instant, je puis déjà saisir que cette brutalité européenne révèle beaucoup plus de bassesse que d'impulsion violente. Le colonial qui frappe un pousse à Saïgon sollicite poliment à Paris un chauffeur de taxi. Et c'est un vilain spectacle que de voir la morgue coloniale à bord des paquebots s'amplifier de Marseille aux escales, ou décroître de Saïgon à Marseille et se résorber tout à fait dans le rapide Marseille-Paris.

Ce n'est point violence. La violence ne s'apaise point aussi facilement. Un jour je mangeais à la même table que le gérant d'un hôtel. (J'éviterai le plus qu'il me sera possible de citer les traits de cet Européen, parce qu'il est un exemple de « brute coloniale » sans nuances et qu'il semble dans la vie une image détachée de quelque *Assiette au Beurre* d'avant la guerre.) Le boy n'avait point compris à quel point le gérant voulait que sa purée fût passée très fine. Je dois dire que le gérant avait clairement exprimé cette idée. Il avait répété : « Fine… très fine… » Le boy, un adolescent qui ne savait pas le français, n'avait point dû transmettre assez précisément cet ordre au boy cuisinier. Enfin la purée n'était point exactement selon le concept que s'en était formé le gérant. Le boy la déposa sur la table. Le gérant y posa sa fourchette. Son visage se convulsa de rage. Il se leva. Il était lourd de corps et large d'épaules. Il alla vers le boy fragile et fin, vers le souple adolescent, presque un enfant, qui s'en allait vers la cuisine avec un air de jeune prince timide. Car ce n'était point le vieux boy d'hôtel rompu à mille ruses et sachant au moins par sournoiserie se défendre. Il alla vers lui et je vis au-dessus de la tête de l'enfant un poing épais. C'est alors que je me levai aussi. Prêt à tout, je l'avoue, et capable de violence européenne. Le gérant se rassit tout simplement. Et comme je lui exprimais mon dégoût, il me répondit simplement : « Je ne suis pas lâche… J'ai eu en Europe deux condamnations pour coups et blessures… »

J'ajoute que les Européens présents ne me donnèrent point tort. Mais je suppose qu'ils ont souri de ma sensiblerie.

Je me suis étonné devant des Annamites à culture européenne de cette réaction impassible, lâche ou résignée, du coolie brutalisé. On m'a répondu :

« Vous avez un mode de votre honneur qui est de rendre les coups. Atavisme ou tradition, nous avons, avant tout, le mépris de la violence. La dignité, pour nous, n'est jamais d'opposer la violence à la violence. La dignité, c'est de se vaincre, de se dominer. Ces principes vous les trouveriez dans la morale confucéenne que les plus cultivés de vos gouverneurs invoquent parfois devant nous pour nous recommander l'obéissance ou la patience. Car il est des Européens qui aiment à prononcer l'adjectif confucéen. Ils possèdent la philosophie de l'Extrême-Orient puisqu'ils connaissent le nom de Confucius. Ils possèdent aussi son art, puisqu'ils cherchent dans les paillotes des bleus de Hué…

Beaucoup de nos villages ont un nom qui signifie la paix et la sérénité. Nous avons un proverbe qui dit: “ Si tu recules d'un pas, c'est un pas de gagné. ”

L'homme en colère n'est pour nous qu'un objet de mépris et de dérision. Nous avons appris à ne point être violent. À l'action de l'homme violent, un Extrême-Oriental refuse une réaction de violence. Et si la haine naît en lui, il l'accumule... »

Sans doute un Européen pourrait développer devant un Extrême-Oriental la maxime de l'Évangile : « Tendez l'autre joue... » Il pourrait même trouver dans des livres et dans certains milieux d'exception les traces d'une influence évangélique. Je le défie bien d'expliquer par l'Évangile les mœurs quotidiennes, les mœurs de la rue... Le mérite de l'explication confucéenne, c'est qu'en Extrême-Orient, elle rend compte parfois des faits de la rue.

De vieux coloniaux n'ont point compris ce mépris que les Extrême-Orientaux ont de l'acte immédiat, de l'acte riposte et leur âme accumulante. On m'a conté l'étonnement naïf d'un vieux missionnaire qui connaissait la brousse et la forêt et qui depuis quarante ans vivait parmi les Annamites d'une « chrétienté ». Le Père Cransac était accoutumé à se servir de la cadouille. Un jour son boy le quitta, parce qu'il lui avait adressé une banale réprimande. Mais il ne comprenait pas qu'un boy pût partir pour une parole alors qu'il avait accepté les coups de rotin.

CHOLON

La rue de Paris blanche de lumière électrique, encombrée de pousses, ses restaurants où se serrent les coolies et ses restaurants pour riches Chinois et coloniaux en bombe, dont les marches d'escaliers sont couvertes de miroirs ou de céramiques.

Les fumeries… On voit de la rue en avançant la tête. On voit des pieds nus d'une extraordinaire immobilité. On entre. Ceux qui sortent du rêve regardent l'étranger comme s'il était un résidu, un débris de leur rêve, le personnage d'une illusoire projection. Il ne faut pas juger l'opium selon les principes théologiques du vermouth-cassis.

La rue de Paris encore… Torses et jambes nues des commerçants et des employés chinois. Deux Chinois sont accroupis sur la balustrade qui sépare un restaurant de la rue dans la pose du Scribe égyptien. Immobiles. Sont-ils vrais ou sculptés? Vrais. Le Chinois tient solidement à la terre. C'est devant l'Annamite que nous éprouvons parfois le même sentiment d'improbabilité que devant certains de nos Méridionaux. Tout se mêle : travail et repos, immobilité et mouvement. Tout passe l'un dans l'autre. Dans la même boutique, des hommes dorment, d'autres mangent, d'autres vendent, d'autres jouent aux dominos, un autre crie des chiffres, un autre tape sur le clavier d'une machine à calculer. On joue avec le temps. On ne lui demande pas de règles fixes. On ne le découpe point en compartiments.

Devant les boutiques, des hommes se lavent, se passent sur le visage et sur le torse, se jettent sur les jambes l'eau des seilles.

Les restaurants de la rue de Paris et ceux des autres rues. Entre la rue et la boutique les fourneaux et les victuailles et les agiles cuisiniers. En bas les coolies s'agglomèrent autour de la soupe de poisson. En haut les rois du riz boivent du Champagne. La rue Pigalle et Belleville juxtaposés, superposés, mêlés.

On est assailli par une bruyante, stridente et martelante musique. Cordes, vent et percussion. Ni symphonie, ni tam-tam. Cascades de sons, dégringolades de bruits, bousculades de rythmes. Sons, bruits, rythmes viennent jusqu'à la rue par les fenêtres des restaurants de nuit. Ils font la ronde autour de moi. Le bruit des dominos frappés dur sur la table s'y mêle et le chant lointain d'une petite chanteuse.

Les petites chanteuses passent en pousse, fleurs à nattes lancées dans la rue. Devant les maisons, au sol, sur des nattes ou sur des lits de sangles, des Chinois sont couchés, isolés ou en groupes. Ici toute une famille. Les petits ont une natte à part. Ils sont assemblés en courbes complémentaires, en courbes d'ombre.

De la terrasse d'un restaurant, l'autre côté de la rue semble vu en coupe longitudinale. Tout est ouvert. On dirait des maisons sectionnées net, et qu'un des côtés fut abattu. C'est ouvert comme une scène de théâtre. Cuisines, torses nus, chandails blancs, courts pantalons de toile. Nuit tiède.

Une Chinoise passe, à la longue natte, aux pieds de daim. Les pieds libérés de leurs bandelettes sont nus dans les socques. Mais elle marche comme une infirme, vacillant, tâtonnant.

Dans un compartiment, en face, ils dorment quatre, cinq, six... on ne sait pas, sur un lit de camp, sur un comptoir. Un autre entre, ouvre sa mallette, se coiffe devant une petite glace. Je les vois du restaurant vert et rouge, entouré de la galopade des tam-tams et des cymbales.

Il est neuf heures du soir. La boutique du bijoutier est en plein travail. Ils sont cinq, six, dix... que sais-je? Les uns derrière les autres, penchés vers leurs petites tables semblables à des pupitres d'écolier. Plaisir, repos, travail semblent couler ensemble.

Aux étalages des petits marchands des pamplemousses, des letchi, des tranches de jaquier et de dourian, des liquides verts, des liquides jaunes dans des verres et cette eau étrange, où des graines légères font des cercles fluides, des cercles d'air.

À même le sol, un groupe composé de coolies-pousse et de deux femmes joue aux cartes. Ils forment un cercle accroupi. Mais les pieds seuls posent au sol. Cela leur permet une fuite immédiate, si un agent de la police française les surprend. Car les Européens seuls ont le droit de jouer. Il faut bien défendre les Chinois et surtout les Annamites contre cette passion du jeu, qui pousse les riches à jouer dans les tripots et les pauvres à jouer jusque dans la rue. La morale européenne, servie par l'administration, s'y emploie. Je n'en veux donner qu'un exemple pour l'instant. Il y a, près de Soc-Tram, un gros centre chinois où l'on jouait beaucoup. Le gendarme de ce bourg, qui avait une solde de quatre-vingt-quinze piastres, au temps où la piastre était de deux francs cinquante, souscrivit à l'emprunt pour plus de cent mille francs.

Quand ils m'aperçurent, les coolies qui jouaient au 801 voulurent se relever et disparaître dans la nuit. J'étais l'Europe. L'Europe agit comme le képi du sergent de ville parisien sur le camelot. D'un geste, je les rassurai. Ils se réinstallèrent et ne s'occupèrent plus de moi. La plèbe d'Extrême-Orient comprend vite. Ils continuèrent à jouer. Mais cela ne leur a rien coûté. Je ne suis ni gendarme colonial, ni administrateur.

***

Au théâtre, les machinistes en chandail blanc passent, sans se dissimuler, derrière les acteurs en costume légendaire.

L'allée qui mène au théâtre est bordée de restaurants en baraques. On passe entre les Chinois accroupis ou assis qui mangent ingénieusement dans des bols délicats. L'Européen pour manger se sert d'une fourche. Il en enfonce les pointes dans la viande. Il prend un chargement de légumes, comme un paysan prend une brassée de foin. Ces gestes sont « sublimisés » par l'homme qui « mange proprement ». Mais l'Extrême-Oriental, avec ses deux baguettes qui s'articulent dans la main, vise des objets menus et dispersés. On dirait toujours dînette et travail d'art. Les mouvements agiles et précis donnent l'illusion d'une subtile mécanique. Manger semble œuvre de choix. Toute voracité en semble exclue. Par contre l'Européen inaccoutumé s'étonne tout d'abord, quand il voit les Extrême-Orientaux manger le riz, le riz fondamental. Le bol est approché des lèvres. Les baguettes jointes soulèvent et projettent l'aliment dans une bouche aspiratrice et engloutissante. Mais ceci n'est que l'impression d'un Européen non accoutumé à l'Extrême-Orient et que déconcertent toutes les habitudes qui ne sont pas les siennes. Pour la mettre en place, imaginez un instant le sentiment d'un Annamite cultivé débarquant en Europe et voyant, pour la première fois, un Européen à moustaches mangeant sa soupe à la cuiller, avec un bruit de pompe aspirante et refoulante.

On a vu au cinéma des Chinois ou des Annamites, qui tiennent une baguette dans chaque main et qui mangent avec un mouvement qui rappelle celui du joueur de diabolo. Cette méthode fut inventée par les cinéastes. Elle ne manque pas de faire sourire les Extrême-Orientaux. Ils ne savaient pas qu'ils mangeaient ainsi ou du moins qu'ils devraient ainsi manger. Voilà qui n'est qu'un bien pauvre détail, mais où l'on peut découvrir les méthodes de l'observation vulgarisatrice et le jugement que les Extrême-Orientaux de quelque culture portent sur l'Européen.

Desséchée au soleil, la sèche est un poisson mauve que vendent les marchandes accroupies des marchés et des rues. Elles préparent pour chaque client ce poisson-friandise. Elles le découpent aux ciseaux, passent les morceaux à la braise et les frappent à coups de marteau sur une grosse pierre. Cela sent la mer et les vieilles dentelles.

Les Indiens vendent en cornets des pois grillés. Les *nem** sont de subtiles saucisses enveloppées dans une feuille de menthe. Celles de Thu-Duc sont délicieuses. On les mange dans une sorte de charcuterie forestière. On les voit préparer par une jeune fille qui, armée d'un grand coutelas, découpe avec une étonnante adresse de fines tranches de lard.

Les fruits ne ressemblent pas à des pêches. La nature ici compose des sorbets compliqués et savants. Quand on mange un fruit, on perçoit des goûts successifs comme enfermés, comme emboîtés l'un dans l'autre.

La mangue, c'est d'abord un goût de lait caillé, puis d'abricot, puis d'une pointe de térébenthine. Mais une mangue bien mûre n'a pas ce goût de lait caillé. D'emblée, c'est le goût d'une gelée précieuse, d'un abricot qui aurait des subtilités de pêche. Et, tout à la fin, le goût de térébenthine est sublimisé, idéalisé, traduit dans un plan non chimique, aussi fin qu'un goût de vanille.

Le mangoustan a les charmes d'un sorbet des Mille et Une Nuits. Mais rien, dans son aspect, des tons fades et faux d'une pâtisserie. Pas de tons virant de l'acide au sucré. Le mangoustan est composé comme une œuvre précieuse, où la grâce ne déborde pas la solidité. Son enveloppe fait penser au bronze ou à quelque brune céramique. Quand on a tranché du couteau cet austère revêtement, on aperçoit un globe de sorbet blanc enveloppé dans un rose de porcelaine chinoise. Et le goût est d'un sorbet à peine touché d'une pointe de citron. Le jaquier est un fruit monumental. On ôte de la tranche un noyau couleur de muqueuse. Le goût est d'une banane frite.

Le dourian ressemble à un petit jacquier. Imaginez l'enveloppe à piquants d'un marron d'Inde, contenant un fruit gros comme un melon. Mais le dourian est un fruit difficile, un fruit auquel on n'accède point du premier coup. Son odeur, pour la désigner, il suffit de n'oser point la nommer. Oui… c'est bien cela que cela sent. Quand on passe devant un étalage de dourians, cette odeur vous poursuit et elle prête à une déplorable confusion. Au goût, cela rappelle le camembert d'abord, un camembert sucré.

⁂

J'accompagne quelques Européens, invités à dîner par des commerçants chinois. Je m'éloigne de la table où sont servis les Martel-Perrier de l'apéritif. Je m'approche de la table à thé. Les thés sont échantillonnés dans les théières, et dans les tasses dont les soucoupes d'un parfait emboîtage servent également de couvercles. Pour boire, on désaxe légèrement le couvercle. Ainsi le thé ne perd rien de son arôme. Je goûte quatre ou cinq espèces de thés et la fleur de thé. Mais mon palais ne sait point encore en apprécier la diversité.

Nous dînâmes. Ailerons de requin au crabe, peau de canard rôti, betteraves au jambon, cochon de lait rôti, champignons de Pékin aux langues de canard, pigeonneaux farcis rôtis, friture de riz au jambon...

Je suis assis entre deux Chinois, un jeune homme et un vieillard. Le jeune homme parle français. Il connaît même des exercices difficiles, qui me donnent un instant le sentiment que le français est une langue morte : « Le cheval mord avec le mors en pays maure. »

Les petites chanteuses nous versaient à boire. Elles portent des pantalons blancs à rayures, des tuniques de soie sur de longs gilets brodés. Elles sont chaussées de babouches de soie. Cheveux tirés, natte au dos et frange sur le front. Elles sont très fardées. On ne sait si elles ont quatorze ou vingt ans.

Elles forment une sorte de caste. Elles se groupent dans une salle du rez-de-chaussée, sous la direction d'une matrone. Elles habitent ensemble dans les compartiments d'une ruelle voisine, où vers la fin du jour on peut les entrevoir, qui se parent et se fardent. À douze ans elles apprennent la musique. À quatorze ans, un Chinois peut acheter leur virginité pour environ trois cents piastres. Mais leur état ne peut se comparer à celui des prostituées. Plus justement on évoquerait à leur propos la vie de l'ancien rat d'Opéra ou, si l'on préfère, de quelques-unes de nos actrices les plus estimées.

Les salles du restaurant sont séparées par des cloisons qui ne dépassent guère la hauteur d'homme et l'on y entre par des portes ballottantes. Partout des Chinois jouent aux dominos. Ils en frappent la table, plutôt qu'ils ne les posent. Et le choc des dominos sur le bois se mêle au concert de chocs rythmiques que donnent les musiciens, aux sons des cithares, aux voix des chanteuses. Mais la chanteuse a pour fonction aussi de tenir compagnie. Ainsi dans les pays de l'Europe centrale, dans les établissements de nuit, les numéros de danse ou de chant s'assoient aux tables des clients pour l'*Unterhaltung und Gesellschaft*[1]. Ici une petite chanteuse évente un joueur de dominos. Celle-ci est discrètement appuyée à l'épaule d'un autre joueur. Celle-là est assise sur les genoux d'un vieillard, au visage clos et sculpté, beau comme les masques de la vieille sculpture chinoise. Un Chinois impassible tient dans sa main la main d'une petite chanteuse. Il ne fait pas un mouvement. Ses yeux ne regardent rien. Il semble se concentrer tout entier pour ne rien goûter, pour ne rien connaître que ce contact. Sont-elles des enfants ou des courtisanes, les petites chanteuses? Je ne sais pas. Elles n'ont pas d'âge. Femmes par la précision et l'achèvement de leur grâce. Mais leur ingénuité est de poupée plutôt que d'enfant. On ne saurait en rien

1. Amusement et compagnie.

les comparer aux enfants d'Europe, qui vivent dans les milieux de prostitution, aux mineures qui font le trottoir, aux enfants pour vieux messieurs. Elles n'inspirent pas la même pitié mêlée de honte.

Je regarde ces hommes pour qui elles chantent, auxquelles elles servent à boire, qui leur tiennent la main, qui les prennent sur leurs genoux ou qui les effleurent d'une caresse. C'est un restaurant de nuit. Je pense à la grossièreté d'un tel lieu en Europe. Ignominie des visages, trivialité des rires, hystérie des cris, bassesse sentimentale ou crapuleuse des gestes, si, dans la foule parquée par les serveurs, la main d'un homme cherche le corps d'une femme. Les sexes se jettent des boulettes aux visages dans une simulation symbolique de Saturnales bourgeoises. Mais la « gaieté » surtout est intolérable. Nul rite chinois n'en peut égaler l'immuable, le permanent. Et la grivoiserie, c'est le rire de l'Europe devant le désir, l'ignoble rire qui ferait aimer le calvinisme.

Ici, l'expression des visages n'est point lubrique, mais comme immobilisée dans une fervente concentration. Ici la volupté n'est point encanaillement. Les lignes du visage sont closes, le sourire ne les disloque pas et la volupté même garde dans le seul tumulte permis, celui des orchestres, on ne sait quoi d'austère.

***

Musique? Casserolade? Cataclysme? Violon à deux cordes dont la boîte de résonance a la forme et la grandeur d'un gobelet, flûte aigre, cymbales, tam-tam et gong. Non… ce n'est pas un cataclysme. Cela n'augmente pas. Cela ne s'interrompt pas. Les cataclysmes n'ont pas cette continuité. Quels déments jettent contre les murs la batterie des cuivres qui se croisent et s'entreheurtent en leur trajet? Les violons déchirent l'espace en ligne brisée. Le bois tambourine le bois. Rude musique qui d'abord surprend comme une dégringolade de vaisselle. Mais vite on s'accoutume. On monte sur ce bruit. On est porté. Bientôt on reconnaît que ce fracas a quelque discrétion. Il tonifie, n'attente point à notre liberté et ne pénètre pas en nous comme les vrilles de la ritournelle d'Europe. On est dans ce bruit continu que parfois traverse le bruit isolé, délimité, explosant et brutal du domino qu'un joueur plaque à la table. La musique passe par-dessus les cloisons basses et pénètre dans tous les box du restaurant de nuit. Et une semblable musique vient des restaurants voisins, du restaurant aux marches de céramique, du restaurant aux marches de verre, de tous les restaurants de la rue de Paris.

On est dans ce bruit, mais on est aussi dans la rue. Le restaurant semble flotter sur bruit et rue. Cette rue, cette rue admirable n'est pas une base plus immobile et plus stable que la terrible musique. Du balcon je la vois tout entière et je vois aussi les autres restaurants à musique et leurs rez-de-chaussée, ouverts, libres aux yeux comme autant de scènes de théâtre. Il n'y a point de frontière rigide entre les maisons et la rue. Tout est pris dans une nappe d'éblouissante lumière : coolies mangeant une soupe de poisson, pousse glissant, cuisiniers presque nus, fourneaux au charbon de bois, cochons de lait pendus...

Les panneaux des box sont or, rouges et verts. Les portes sont ballantes. Les fauteuils en bois noir, sans étoffe, sans capitonnage, ont des incrustations vaguement Louis XV et pèsent très lourd. Contre le mur, un canapé-lit de camp pour les fumeurs, le plateau, la lampe, les pipes et deux cubes de faïence pour oreillers. Il y a place pour deux fumeurs. Ils se couchent en diagonale, séparés par le plateau, les têtes proches, les deux corps formant un angle obtus. Tumulte d'images dans la rue, tumulte de sons à l'intérieur, dure et dessinante lumière partout... La petite lampe à huile sur le canapé-lit de camp crée du silence et de l'obscurité. Malgré la lumière des ampoules, il y a, sur le lit noir, autour de la lampe, un halo très doux. La petite lampe crée de la nuit.

En bas, à droite de l'entrée, dans un retrait garni de bancs, une vieille garde les chanteuses. Elles sont une dizaine, en pantalon et veste brodée, natte au dos. Ce sont les plus jeunes, je pense, celles qui n'ont guère plus de quatorze ou quinze ans, qui ne vont point encore seules, en pousse, de restaurant en restaurant, qu'il faut encore surveiller, parce qu'elles ne connaissent encore rien de la vie, sinon les usages de la volupté.

⁂

Voici notre chanteuse, celle qui va chanter pour nous. Elle s'installe devant la cithare et frappe les cordes avec les deux bâtonnets de bambou, aussi minces, aussi flexibles que des brins de paille. Par-dessus le tumulte sonore des cuivres, des cordes et des bois, montent les sons de la cithare, comme en vertu de leur plus grande légèreté. Et le chant de la jeune fille s'élève. J'ai tort de dire : « s'élève ». Il creuse soudain l'espace et vibre comme un chant de cigale. C'est métallique, strident et grave cependant. Une voix peut-elle donc être à la fois aiguë et grave?

Quel âge a-t-elle, la petite chanteuse fardée? Est-ce une enfant? Est-ce une femme? A-t-elle quinze ans ou vingt ans? Moins ou plus? Je n'en sais rien. Et cet être hermétique, au corps de fillette, est d'un dessin clos qui n'a plus rien d'enfantin.

Elle s'interrompt. Un de mes compagnons européens – je ne viendrai plus jamais là avec des Européens – s'approche d'elle. Elle s'écarte avec une moue de mépris. Et tout le temps qu'elle chantera devant les Européens, elle gardera ce méprisant visage.

Je regarde indiscrètement dans les box voisins. Une petite chanteuse prépare des pipes à un vieux Chinois. Quand il a trouvé dans l'opium le parfait allégement, il prend la main de la petite chanteuse et la garde dans la sienne. L'enfant fardée reste immobile et grave près de lui. Quand il abandonnera sa main, elle prendra un éventail et l'éventera lentement.

Ailleurs, quatre Chinois jouent aux dominos. L'un d'eux a pris sur ses genoux une des petites chanteuses.

Dans le tumulte de la musique que perce ici et là la stridente mélopée des chanteuses, nulle rumeur de voix bavardes, aucun cri, aucune effusive éloquence de buveurs. Les Chinois s'amusent en silence ou parlent à voix discrète. Les petites chanteuses leur versent du thé – ou du champagne – les éventent ou se tiennent debout contre eux, s'appuyant à leur épaule. Impassibles, les Chinois les touchent parfois d'une glissante caresse. Jamais le geste ignoble de l'Européen maquignon. Une sorte de voluptueuse austérité, comme sur leurs images érotiques.

Au-dessus du large escalier qui descend à la rue, un panier de fleurs tressées est suspendu, de fleurs serrées, torturées, semblables à des boules de camomille.

***

Je n'ai point connu à Cholon de rois du riz, mais des commerçants ou des employés. Leurs préoccupations me semblaient limitées au commerce. Et je crois bien que la politique chinoise leur était pour le moins aussi étrangère qu'à moi-même. Ils ignoraient tout de la vieille culture chinoise, liés seulement à leur peuple par les mœurs et le culte, qui est un culte domestique. Leur conception des relations de l'Extrême-Orient et de l'Europe ne dépassait point le cercle de Cholon et de leurs intérêts commerciaux. Établis en pays étranger, ils se plaignaient seulement de quelques abus administratifs ou de règlements qui leur semblaient injustes. Ils s'étonnent de payer une taxe pour le transport par charrette des marchandises de la jonque au magasin et de payer au surplus une contravention pour le stationnement de la jonque.

Il paraît que les maisons de jeu clandestines payent à la police une rétribution non moins clandestine, dont le total n'est pas moins de six cents piastres par jour. Mais l'intermédiaire entre la police française et les maisons de jeu est un interprète chinois dont la solde est de cinquante piastres par mois.

Les agents, paraît-il, frappent les Chinois, s'il y a discussion et attroupement sur la voie publique et passent volontiers à tabac les coolies et les petits marchands ambulants qu'ils ont conduits au poste.

On les accuse aussi de ne pas payer leurs emplettes chez les marchands. Oh! non pas qu'ils refusent jamais de payer… Mais il paraît qu'ils dosent adroitement les contraventions selon la générosité des marchands.

On dit aussi qu'ils arrêtent des femmes mariées et des servantes, comme si elles étaient des chanteuses et qu'elles dussent montrer une carte de circulation.

Je n'ai rien vu, je n'ai rien vérifié. Je ne m'indigne

pas quand un agent parisien boit un café chaud chez le bistro, quand les volets sont tirés. Je n'ai pu contrôler les griefs des Chinois. Ils sont d'une indéniable vraisemblance. Les actes injustes dont ils se plaignent, nous en pouvons constater d'identiques à Paris même. Mais ici je n'ai pu en établir la nuance.

Cholon est ville de négoce et je n'y ai connu que des Chinois commerçants. Mon voisin de table, au dîner du restaurant de nuit, me vante avec quelque fierté les qualités commerciales de son peuple et la souplesse du commerce chinois : « Un Chinois, me dit-il, vient avec sa malle et dix piastres... Le Chinois sait faire du commerce avec rien... » Et l'employé chinois est actif. Il me cite en exemple une grosse rizerie qui n'a que deux comptables. Et les Chinois savent s'aider. Ils sont honnêtes. Et le crédit est dans leurs mœurs. « On a besoin de marchandises. On écrit à Canton ou à Pékin... La marchandise vient. »

Le voyageur le plus ignorant des choses du négoce ne peut manquer de saisir à Cholon cette souplesse et cette ingéniosité du commerce chinois. Quand je me promenais dans les rues de Cholon, je pensais à ces boîtes russes enfermées les unes dans les autres. On ouvre et on trouve toujours une boîte plus petite. Cela donne le sentiment d'une division à l'infini. Ainsi le commerce chinois se révèle à Cholon aussi bien par ses applications infinitésimales que par les grosses affaires. Le marchand de la rue n'y est pas une survivance pittoresque. Son commerce n'est point une mendicité déguisée. Les boîtes russes en vérité... Et qui passe dans les rues de Cholon sent comme une continuité qui de l'éventaire, du panier, de la caissette et du tonneau s'étend jusqu'à la boutique, jusqu'aux bureaux, jusqu'à la société anonyme.

*
**

C'est un hôtel chinois où les Chinois et les Annamites, quand ils veulent fuir le bruit et la lumière des restaurants de nuit, se réfugient parfois pour la conversation, le recueillement, le plaisir ou l'opium.

Les murs blancs des chambres sont passés à la chaux. Les cloisons ne vont pas jusqu'au plafond. Entre le haut de la cloison et le plafond il n'y a qu'un réseau de lattes de bois disposées en losanges. Ainsi les chambres sont des sortes de box, comme dans l'hôtellerie de l'armée du Salut, Schiedamsdijk, à Rotterdam. Elles sont meublées d'un lit à moustiquaire et d'un lit de camp avec deux oreillers de faïence, deux petits cubes frais à la tête. On accède aux chambres par une terrasse qui donne sur une ruelle, où brûlent des lanternes, aux enseignes en caractères et d'où monte le bruit des socques frappant le sol. Ainsi, du couloir des chambres, on passe directement dans la nuit de voiles, dans une nuit sans épaisseur, dans une nuit qui n'est pas tout à fait de la nuit.

Le patron chinois me semble parler le français avec une extraordinaire rapidité, c'est sans doute parce qu'il escamote les *r*. Bien que la voix soit assez rude, sans le guttural glouglou du timbre annamite, les mots privés de leurs *r* défilent comme sans articulation. Il sait peu de mots. Mais il a l'esprit vif et mille nuances de sourire. Son extrême complaisance et son amabilité restent discrètes. Nulle flagornerie et rien qui sente le tenancier. Il aima les voyages et fut curieux des femmes : « Au Cambodge, j'ai connu des femmes noires comme des charbonniers. Au Siam, j'ai essayé aussi… »

La boyesse entre dans la chambre, essuie le lit de camp avec un plumeau léger et nous verse le thé de la théière blanche, qui reste chaude dans la noix de coco où elle s'emboîte. La boyesse à la longue natte, aux cheveux tirés sur le haut de la tête, la boyesse circule dans la chambre. À Singapour, je n'avais rien saisi que la vivacité de la plèbe chinoise. J'apercevais en elle ce qu'un Oriental, accoutumé à la plèbe décomposée de Port-Saïd, découvrirait s'il se promenait dans les rues du Faubourg Saint-Antoine ou de Belleville. Mais la boyesse de l'hôtel me révèle un nouvel aspect de la perfection du corps et du visage humain. Les beaux visages européens sont des visages d'inquiétude et, s'ils expriment de la sérénité, il est rare qu'ils ne soient point aussi vides et sots. Mon émotion devant la boyesse de l'hôtel de Cholon, il se peut bien que je l'eusse pressentie autrefois en Europe devant de vieilles peintures chinoises. Mais qu'est-ce que la plus belle peinture, comparée à l'être qui ne sait rien de sa beauté et qui vaque aux soins domestiques dans la chambre d'un hôtel de Cholon, la ville chinoise? Je ne savais point que l'apparence humaine pût atteindre à cette certitude dans la terminaison. Le plus beau visage hellénique, auprès du visage de la boyesse, est un visage inachevé. Du moins ce n'est qu'un visage dessiné, des croquis rapportés et joints les uns aux autres, l'addition d'un profil, d'une face, d'un occiput et d'un vertex. Le choix de quelques heureuses proportions prouve un dessinateur habile, un œil ingénieux qui prit la fantaisie de sculpter, et qui crut en modelant faire de la forme humaine et créer du volume. Mais il ne sut faire qu'une aimable effigie et son œuvre aimable et facile garde on ne sait quoi qui sent son dessin de fabrique. Mais le visage de la boyesse… il semble qu'on ne puisse aller plus loin dans la plénitude et le resserrement des formes. Je ne savais point encore ce que c'est qu'un volume. Les volumes des sculpteurs sentent l'attention ouvrière, la vision au microscope, l'indigence d'une perception qui fait effort pour lier les données de l'œil et celles du toucher. Pour la première fois, devant ce visage chinois, mon regard ne court point autour d'un objet, mon regard ne court point autour d'un visage, mais le touche, le tient, l'encercle et le possède. Devant ce visage sculpté dans l'absolu, les plus grands des sculpteurs me semblent des tâcherons ou des coiffeurs. La boyesse nous verse du thé. Je contemple le beau front, les belles pommettes, l'étroite nuque. Et les mains, les mains dont on ne peut point dire si elles sont grasses ou maigres, ces mains qui n'ont ni la flexibilité des mains annamites, ni la rudesse ou la vulgarité charnue des mains européennes, ces mains aussi parfaites que le visage et près desquelles il me semble que toutes les mains que j'ai vues ne sont que des tentacules contractés. Comment peut-on garder de telles mains et travailler, même avec nonchalance, dans le demi-sommeil d'une nuit interrompue? La boyesse sort de la chambre et s'en va dormir sur un lit de camp dans le couloir. Elle marche le corps un peu raidi. Hors du pantalon, les chevilles sont larges, mais sans empâtement, solides supports d'un corps dont la grâce austère ne doit rien au caprice de courbes trop faciles.

Chez les Chinois, si le visage est noble, il tend à des volumes sublimes, à une exaspération de la forme jusqu'à la limite de la sérénité. Mais point de sérénité par indolence des lignes. Exaspération du dessin. Le mot trait devient juste en ses deux sens.

Si le visage chinois n'est point noble, il présente les saillies européennes, mais assemblées plus serré, sans creux, sans vides. Beaucoup de commerçants chinois ressemblent à des Auvergnats passés à la lime.

Quant aux monstres, leurs corps ventrus et leurs membres présentent des formes de concombres. Et je ne parle pas des quelques hommes-squelettes, images de propagande contre l'opium, de ces invraisemblables assemblages ostéologiques qui circulent par miracle entre les autres hommes.

Parmi les femmes, parmi celles qu'on voit circulant dans la rue, voici la Chinoise épaisse, aux gros volumes, trapue, aux courbes courtes, mais bien liées, voici la Chinoise mince qui va droit devant elle, avec cette vaillance féminine, fréquente chez les femmes d'Europe. Toute droite sur ses socques, elle semble surélevée comme les déesses des images sur leur tréteau d'apparat. L'une est absolument terrestre, l'autre, absolument spiritualisée.

Démarche de la Chinoise qui concilie, en sa stature et ses mouvements, une force de gros labeur et on ne sait quelle précision d'art.

Mais l'Annamite, les épaules rejetées en arrière, majestueusement légère, avance avec la grâce molle d'une éternelle ballerine, comme une danseuse de corde, comme si la terre était, sous elle, flexible.

Les visages annamites s'inscrivent dans le cercle, sans saillies rudes de traits, sans exaspération de dessin, sans avancées guerrières, sans creusements, sillons, ravinements d'inquiétudes répétées.

L'inconsistante image qu'on lit sur la lune, l'Européen en a fait un visage. Pour l'Annamite, elle est rude encore. Il y voit un homme qui fend du bois.

Le visage d'Europe est en creux et saillies qui se compensent bien ou mal. Mais quand il tend à la boule, il perd ses nuances et c'est souvent visage de porc.

Nous sommes si accoutumés à des visages au dur

dessin que parfois les visages annamites ne nous semblent pas vrais.

Cette petite fille de douze ans, je découvre en elle d'abord on ne sait quoi de vieillot. Je me trompe. Une terminaison ciselée enferme la légèreté des traits enfantins.

Chez les vieilles, le type annamite parfois semble avoir cédé. Le dessin des paupières a fléchi, la sinuosité nette a fait place à une boursouflure arrondie. Et on croit voir, surtout si un madras ou un mouchoir encadre l'ovale du visage, une paysanne de n'importe où, noueuse et sèche.

Il arrive que la précision du dessin supprime à nos yeux inaccoutumés l'apparence sphérique. Il est de belles Annamites dont les visages nous semblent helléniques. Les Chinoises sont belles comme des belles pensées. Les Hindoues sont charnelles.

*
**

On est allé chercher la petite chanteuse. Loin du tumulte des restaurants, elle jouera et chantera pour nous seuls, ce soir. En tunique de soie bleue, chaussée de babouches bleues, la petite fleur de serre, la pâquerette fardée entre dans la chambre, portant sa cithare. Elle n'est point accoutumée à voir ici un Européen. Si elle chante devant les Européens, c'est dans les restaurants de la rue de Paris. Elle répond à mon ami Phuc. Elle répond au patron de l'hôtel. Mais près de moi elle garde un silence de captive. Déjà j'avais remarqué, la première fois que j'étais allé à Cholon avec des Européens, la moue dégoûtée des petites chanteuses. Les Européens plaisantaient avec elles sans nulle méchanceté, mais leur montraient cette sorte de cordialité dont useraient des noctambules parisiens avec une grue quémandant une coupe de champagne. Les petites chanteuses n'ont peut-être pas de la vertu et du vice les conceptions des catéchismes ou des manuels de morale européenne. Mais leur notion de la politesse et de la courtoisie n'est pas moins différente. Je lui fais avouer que les Européens lui semblent des « chiens dans le salon ».

Elle chante. Longs cris stridents et graves et parfois plainte brève. Elle chante et je n'entends que les *a-a-a* qu'elle module à la fin des mots, des *a* serrés, fermés, sans fluidité, grêles et qui s'entrechoquent comme des grains d'ambre dans une boîte de bronze. Elle chante la chanson que composa pour se désennuyer une concubine du roi, le soir où, amenée au palais pour la première fois, elle ne fut point reçue par lui, parce qu'il était avec la première épouse.

Comme je ne puis entendre et prononcer son nom, on lui fait montrer sa carte d'identité établie par la police française. « Carte de circulation pour chanteuses et musiciennes chinoises. » Une photographie y est collée. Le nom et l'âge y sont inscrits en français. La petite chanteuse s'appelle de son prénom Tranquay et de son nom, Tuiong, ce qui se prononce à peu près : Huong et Trann-kouai. La carte qui est datée de 1923 lui attribue seize ans. Elle aurait donc dix-sept ans.

– Elle habite avec sa mère, me dit le patron de l'hôtel. Elle n'est pas de celles qui habitent à plusieurs dans un compartiment.

Autoritaire maintenant et respectueuse tout ensemble, la chanteuse apprivoisée met la main sur mon épaule et m'évente. Puis elle me conduit au tabouret de faïence et m'installe devant sa cithare. Elle met entre mes doigts le fétu dont on frappe les cordes. Elle conduit mes mains. Elle me fait jouer…

Tout à l'heure elle était apeurée. Maintenant elle a une étonnante façon de me « détailler ». Elle regarde mon visage trait à trait, observe la forme de mon crâne, puis l'étudie cheveu à cheveu, comme mon poignet poil à poil. Mon poignet l'étonne, car les Chinois ne sont pas velus. Après ce minutieux travail d'antiquaire examinant un vieux vase, tout à coup, d'autorité, elle arrache sur mon crâne un cheveu à la pointe fourchue, un de ces cheveux doubles qu'il ne faut point garder.

Elle me parle maintenant à petites syllabes aiguës et rapides, comme si je pouvais la comprendre. Un oiseau, un écureuil chinois est dans la chambre. La fenêtre est ouverte sur la nuit aux lanternes, sur la nuit légère. Tran-Quay chante, puis s'interrompt, joue avec mon mouchoir, avec ma main, puis m'évente, puis sourit.

Elle disparaît dans le couloir. Elle est partie. Un pousse l'emporte. Elle glisse avec les autres fleurs nattées. Je ne la verrai jamais plus.

Je suis bien souvent retourné le soir à Cholon, par l'autobus dont n'usent guère que les Annamites et les Chinois, par l'autobus dont le receveur est malabar. Souvent aussi à pied, plus près de l'*arroyo*, plus près de l'eau devinée, plus près des paillotes au fond desquelles luit l'autel des ancêtres, plus près des paillotes qu'enveloppent et dominent les arequiers portant haut leur houppe et les bananiers dont les larges feuilles partent du sol. Une forme humaine parfois glisse, précédée et suivie d'une lumière : un marchand chinois qui porte ses deux caisses au bout du long bâton posé sur son épaule. Mais on ne distingue que la forme vague et les deux lanternes aux caisses, les deux lanternes séparées et comme flottantes dans la nuit.

J'ai erré bien souvent le jour dans Cholon, aussi bien devant les austères boutiques où l'on ne voit rien que deux grandes armoires de bois noir, que devant ses boutiques-bazars amusantes comme nos épiceries de campagne ou nos déballages forains. Cholon… ses magasins de porcelaine, ses magasins de thé et ses pharmacies noir et or, aux panneaux d'une somptuosité éteinte et d'un dessin flamboyant. Cholon, ses restaurants étroits où les coolies se pressent, ses cuisines, ses ateliers de cercueils, sa station de voitures malabar à chevaux nains, ses boutiques où l'on vend des objets rituels qui font penser à d'énormes accessoires de cotillon ou aux montgolfières en papier qu'on voit dans nos bazars : papiers d'or et d'argent qu'on brûle pour le culte des morts, symboliques espèces sonnantes, malle et souliers du mort en papiers de couleur, robes faites d'une pellicule de papier rouge, ornée de dorures simulant la broderie, et où la frénésie du luxe extrême-oriental s'approche du style forain, mais avec quel éclat! Cholon, ses hommes au torse nu, ses hommes sphères et ses hommes agiles aux nets regards, ses vieilles austères et ses poupées d'une incroyable préciosité.

Je suis entré dans une boutique de bijoutier. Je n'espère point trouver des bracelets de jade légendaires. Mais j'espère voir d'autres bijoux que ceux des artisans de Saïgon, qui sont à l'art de l'Extrême-Orient ce que les bijoux des Grands Boulevards sont à l'art européen. Je m'amuse à toucher les cercles de jade vert et surtout ceux de jade gris couleur de mer laiteuse, tels qu'en portent à chacun de leurs poignets les femmes du peuple. Le bijoutier ne sut point goûter l'opium avec modération. Il n'est rien qu'un peu de peau tendue sur un squelette.

Je vois à l'intérieur des maisons chinoises les grands trous ronds, les portes en forme de cercle qui font communiquer deux pièces.

Le jongleur travaille dans la rue. Il est vêtu de bleus mécaniciens, taillés à la chinoise. Son crâne est rasé par-devant. Et sa natte est enroulée en chignon. Il fait tournoyer un grand bâton, terminé par une sorte de girouette en fer qui fait un grand bruit métallique. Il adresse aux badauds un boniment qui sonne féroce et comique et qui les fait éclater de rire. C'est le ton de nos athlètes de place publique réclamant leur salaire. Les gosses sont installés au premier rang. Sur une avancée de toit un groupe d'hommes nus. Des marchands, des coolies font le cercle.

Sur le quai, à la montée avant le pont, une charrette de bois ne pouvait pas démarrer. Ils étaient deux, l'un à pousser, l'autre à tirer en vain. Il y a des choses qu'un Européen ne doit pas faire. L'Européen est gardien du prestige : il conseille, dirige, ordonne. Je ne dois pas être Européen. J'ai poussé à la roue, nom de Dieu! La charrette a démarré. Et j'ai eu ce merci de la tête et de l'œil, ce merci qui est de partout, de Cholon comme de Belleville.

Au marché, les régimes de bananes pendent en stalactites vertes et jaunes. On y trouve aussi l'âcre tabac annamite et le fin tabac chinois, aux reflets d'acajou et qui recèle un lointain parfum de rose dans des odeurs de cordages.

Une jeune marchande chinoise me répond en bon

français. Et comme je lui demande où elle a appris à parler ainsi, elle me répond, donnant aux mots leur plus exact sens : « Je suis créole de la Réunion. »

Enfants trottinant et portant les autels, bannières flottantes, coulées dans l'espace de couleurs à l'or mêlées… Dans l'aveuglante lumière, dans l'aigre, vrillante et percutante musique, dans l'éclat et dans la poussière, dans la splendeur et dans la pouillerie, passe l'enterrement chinois.

J'ai vu dans une école deux jeunes Chinois danser la danse du couteau et simuler avec des bonds et des voltes, réglés depuis des siècles sans doute, un duel à la lance et au couteau semi-lunaire. Devant moi dansèrent et combattirent les personnages des vieilles images. Et leurs formidables contorsions n'étaient plus que de l'agilité.

Je suis entré dans la pagode. Ce fut ma première pagode. Dans une sorte de vestibule d'énormes personnages en bois et des chevaux de grandeur naturelle. Dans les niches, des bouddhas à moustaches et des héros d'histoire ou de religion, bois sculptés. Il en est de médiocres. Mais une statue d'homme et une statue de femme sont d'une beauté identique à la beauté gothique. Sur les autels, parmi des objets qui ne sont que de bazar, de larges vases de bronze dont la forme est d'un extraordinaire sentiment de blocage à la limite géométrique.

La pagode est temple et marché. Sur les dalles contre les murs, sont alignés de petits étalages : jouets de bazar européen, bimbeloterie, bracelets de jade ou de faux jade. Tout au fond sont dressés quelques tréteaux, étalages moins primitifs où l'on vend des papiers rituels.

Devant l'autel, c'est une confusion de femmes. Vieilles austères et poupées précieuses, vieilles absolues et enfants, qui semblent enfermées dans une définitive enfance, passent, repassent, se frôlent, se croisent, se mêlent toutes vêtues du pantalon et de la tunique de soie noire. Elles allument chacune un paquet de papiers rituels aux cierges minuscules de l'autel, traversent un large espace en portant leur torche flambante (les plus jeunes, d'un geste charmant, comme si elles tenaient une fleur de feu) et les jettent dans la grande cuve de fer, surmontée d'un baldaquin métallique. Auparavant chacune, en arrivant près de l'autel, s'est agenouillée aux dalles et les a touchées de son front, dans une grande prosternation couchée.

Elles passent, laissant après elles une brûlante bouffée qu'on sent à la joue. Autour de la cuve, où se consument les papiers d'or et d'argent, la chaleur moite de Cochinchine se transforme en chaleur ardente, en chaleur nette de brasier.

Je suis entré le soir dans une pagode où seuls veillaient les bonzes.

« Ces bonzes, m'a dit mon ami l'hôtelier, ces bonzes ne sortent plus, depuis que l'un d'eux a fait la bêtise. »

Sur deux bras d'*arroyo*, une petite pointe de terre en surélévation est couverte de flamboyants fleuris d'un rouge cuivré, qui étendent leurs branches en ovales plans de pins parasols. L'eau pourrie, les arbres rouges et le ciel bas, tout est comme abandonné dans l'espace. Et comme dans les plus humbles boutiques où s'assemblent tant d'ombre grasse et de vie légère, l'eau, les arbres, le ciel ont un charme de choses somptueuses et souillées.

C'était le soir. Dans un compartiment d'une étroite ruelle, une vieille Chinoise et son fils écoutent au phonographe des airs de leur pays. J'écoutais dans la rue. La vieille au bracelet de jade m'invita à entrer. Que son vieux visage contenait de richesse. À peine me fit-elle un signe. Je n'ai pas oublié le naturel et la dignité de son imperceptible sourire.

À dix heures de la nuit un atelier de mécanique est ouvert. Les engrenages s'accrochent, les courroies tournent. Sur le trottoir, des hommes, des femmes, des enfants dorment.

Dans une riche boutique, deux hommes veillent, chacun à l'un des angles du grand cadre de bois sculpté qui la divise en deux. Ils sont là comme les personnages aux angles des images. Gardes de quelque ancien palais, immobiles, figures qui symétriquement s'opposent, hommes des vieilles légendes dans ce mystère de l'ombre intérieure. Et, devant la boutique, le marchand de soupe s'est installé et frappe d'un bâtonnet le bambou qu'il tient au creux de sa main. Et les petites chanteuses s'en vont vers leur cithare.

PHAN-THIET

M. est un ancien adjudant d'Infanterie coloniale. Il a participé à des expéditions de répression. Il a commandé des marsouins et des mercenaires chinois. Il est jeune, trente-cinq ans peut-être. Voilà donc un soldat colonial, un artisan de la conquête et non point un ridicule touriste humanitaire.

Drôle d'homme que ce M. D'abord c'est mon ami. Cela m'est venu sur cette route de Saïgon à Phan-Thiet. Il m'emmenait dans son auto. Je ne savais rien de lui. J'étais donc dans une Studebacker, à côté d'un homme au visage ardent et maigre, vêtu de bleus de mécanicien. Sans chemise. La salopette sur la peau. D'abord sa façon de conduire me plaît. Il aime le vent au visage. Tout à l'heure, un arbre de la forêt qui brûle nous barrera la route. Nous essayerons en vain, M., son boy et moi de déplacer l'arbre. Sa façon de parler à son boy de quinze ans me plaît. Il lui parle comme un homme parle à un enfant…

M. est mécanicien garagiste à Phan-Thiet. Quand il fut libéré de ses engagements militaires, il fut chef d'atelier au chemin de fer. Il fut en conflit avec un contremaître qui brutalisait les Annamites. Enfin il s'installa à Phan-Thiet, acheta une Studebacker, transporta des voyageurs et dépanna des touristes ou des fonctionnaires en tournée. M. avait fait un apprentissage mécanique, avant son service militaire, dans je ne sais quel Billancourt ou Courbevoie. Mais cet ancien adjudant a la mécanique dans la peau. Un ressort de lorgnon est cassé. Il prend une corde de guitare annamite et vous en fait un ressort.

Il ne regrette pas l'Europe. Il fut marié avec une Cambodgienne et divorça. Il a maintenant pour femme une Annamite et il va se marier avec elle. Il ne pourrait pas vivre dans un logement de Billancourt. Il aime la route entre deux brousses.

Il aime aussi la justice. Il l'aime sans en douter. Ce qui lui permet de la venger. Il l'aime sans sensiblerie. Je crois qu'il infligea une solide correction à deux *nhos*, qui plumaient un pigeon vivant, pour s'amuser. Je connais aussi l'histoire du restaurant Yen-Yen à Saïgon. Un colonial corse dînait en même temps que M. Ce Corse n'était point satisfait du service. Il frappa le boy chinois à coups de poing et de pied. Puis il fit voler quelques pièces de vaisselle et ensanglanta le visage du patron chinois. M. se leva et, s'approchant du Corse, lui dit :

– C'est très bien ce que vous faites là… Je vous félicite…

Le Corse lui demanda de quoi il se mêlait. M. est un homme doux, mais ce n'est point toujours un homme calme. Le résultat fut que pendant quelques jours le Corse n'eut point envie de montrer son visage aux dames.

Deux agents vinrent qui dirent aussi à M. :

– De quoi vous mêlez-vous?…

On alla au bureau de police du premier arrondissement, où le chef de poste demanda également à M. de quoi il s'était mêlé.

C'est peut-être parce qu'il est un homme indiscret que j'ai de l'amitié pour M..

La route de Saïgon à Phan-Thiet, la route entre deux brousses. Les grands arbres dont les noms donnent un effet d'exotisme et consacrent la réputation d'un voyageur. Le barbelé des bambous et des lianes. On comprend enfin le mot inextricable. Nature sans ménagements et sans réserve. Sans intimité non plus. Elle répète, renouvelle et multiplie ses poussées verticales, ses formes sèches, ses arêtes, ses géométriques découpages. Elle y ajoute ses enchevêtrements circulaires et ses spirales de lianes.

C'est la saison sèche. La végétation est sans exubérance. (Je crois qu'il faut un certain courage pour oser dire que la végétation n'est pas luxuriante. La végétation luxuriante étant un des dogmes du voyageur au départ d'Europe, pourquoi abandonnerait-il, au retour, ce dogme commode?)

On voit donc les tiges des lianes. Cela fait un extraordinaire squelette proliférant.

À droite, à gauche, sur des cents kilomètres, la forêt continue. Elle procède par addition. Elle méprise de s'organiser en cathédrale. Une cathédrale c'est trop petit. Pourquoi pas en *cai-nhà**?

Maintenant, la forêt brûle. Qu'importe! Elle repoussera. Elle brûle si bien qu'un arbre est tombé au travers de la route et que l'auto ne peut passer. Nous apportons des branches au milieu de la route, nous les entassons contre l'arbre et nous allumons un brasier. Quand l'arbre aura brûlé ou que nous pourrons déplacer un morceau du tronc, nous passerons. Heureusement, l'arbre est lent à brûler. L'auto me donnait le sentiment d'un voyage cinématographique. Nous voici pour une heure au moins au centre de la forêt, au centre de ses bruits. Et la nuit va tomber.

C'est la forêt des lataniers. Je n'écris pas ce mot pour étonner les Européens qui ne sont jamais venus en Extrême-Orient. Je sais des noms d'arbres bien plus extraordinaires : *giau*, *sao* et *filao*. Il me semble que si à *giau*, *sao* et *filao* on ajoute *boy* et *congaï**, on possède tous les éléments nécessaires à la confection d'un bon roman descriptif et psychologique à sujet extrême-oriental. Mais je ne peux tout de même pas, comme j'en aurais candidement envie, appeler palmiers les lataniers.

D'ailleurs, le mot palmier évoque, en France, l'image d'un arbre qui n'est pas plus un arbre qu'un chien de cocotte n'est un chien. Ça pousse en serre ou en salon, ou derrière les jazz des terrasses. On n'a pas envie de sourire devant les lataniers. Ils étonnent l'œil neuf de l'Européen. Loin, les palmiers protégeant les amours de Paul et Virginie. Loin, les cocotiers balançant leurs palmes sur la case de l'oncle Tom. Les lataniers, nets comme une arête centrale de poisson, jaillissent cependant avec la richesse d'une vieille et grasse architecture et dressent très haut leurs rigides motifs ornementaux, leur abondante géométrie végétale.

Le vent dans leurs palmes fait un bruit de goutte d'eau tombant sur des gouttières. Le bruit augmente, s'interrompt, augmente encore. On croirait maintenant être dans une maison et que le locataire de l'étage supérieur remue des meubles. Puis un bruit de pas, un incontestable bruit de pas. Ce ne sont pas les bruits furtifs, les frémissements ailés de la forêt européenne. Ce sont bruits proches, compacts, distincts, menace immédiate qui semble exiger une immédiate interprétation.

L'incendie est lent et ne se propage pas. La forêt ne brûle pas très loin. Il semble qu'ici et là on ait allumé des torches qui nous jettent une odeur de résine.

Un arbre intact brûle par la cime. On dirait qu'il est surmonté d'une lanterne rouge. Au milieu de la route flambe, poussé par le vent, le brasier que nous avons allumé. L'arbre, peu à peu, se creuse par en dessous.

Je fais quelques pas, loin de la route, entre les lataniers.

– Ne vous éloignez pas!...

Alors, c'est vrai?... Le tigre, la panthère? Je ne suis pas sceptique. Je vis depuis quelques jours avec des camarades qui tuent leur tigre ou leur panthère comme on tire une perdrix et qui ne racontent point leurs chasses en style de chasseur. Mais, pour moi, la maison du tigre c'est une cage. Et son vrai pays a toujours été celui où je n'étais pas. Alors, un peu plus loin, dans cette brousse?...

– Mais oui, et quelquefois il traverse la route. Les Annamites vous diront que quelquefois aussi il vient à domicile...

Forêt et nuit tombante... Je voudrais voir un tigre. Je ne le tuerais pas. D'abord, parce que je ne sais pas viser : ensuite, parce que je n'ai pas de fusil, et aussi parce que j'éprouve un grand bonheur dans la forêt et que j'aimerais à le partager avec M. le Tigre.

Nous repartons, laissant un brasier sur la route. Voici les premiers Moïs et leurs campements sur pilotis. Ils sont en ligne sur le bord de la route. Les Moïs... Ceux-ci ne sont pas de vrais sauvages. Ils travaillent dans la forêt. Ce sont presque des employés. Ils sont vêtus d'un cache-sexe roulé en cercle par-derrière.

Nous sommes descendus de l'auto. Ils nous regardent avec impassibilité. Je ne suis même pas sûr qu'ils nous regardent. Les femmes sont vêtues à peu près comme les habituées des générales. Mais, plus loyales, elles montrent leurs seins complètement. Leurs vêtements commencent à la hanche. Elles portent des colliers de bimbeloterie, des bracelets de jambes et de bras en cuivre, très longs et qui entourent la cheville ou l'avant-bras, comme un calice sans fond. Quelques-unes ont à chaque doigt des bagues en métal blanc qui couvrent complètement la première phalange.

L'une des femmes moïs, accroupie, tend les bras à son enfant qui vient à elle et qui apprend à marcher, lui tend les bras, dans cette ombre de forêt d'un geste très doux et maternel. Je viens de voir, comme aux origines, le goût de l'ornement et la maternité. Un vieux Moï vient à nous. Il sait quelques mots français. Mais je ne les comprends pas. Il est bavard. Il commence une gémissante cantilène. Il a la fièvre et me montre ses bras amaigris. Dans l'ombre d'une hutte, un enfant, une femme luisent tout noirs près de la flamme d'un brasier de bois.

Je leur ai donné quelques cigarettes. Je ne sais rien d'eux. Je ne les reverrai plus jamais. Deux cerfs traversent la route. On me montre dans le rayon de la lanterne la phosphorescence de l'œil. L'œil du tigre ne brille point autrement. Les cerfs s'en vont. On ne les tire pas. Tant mieux. Des lièvres passent droit, comme en forêt de Fontainebleau. Des oiseaux s'enlèvent devant les phares. Nous franchissons de petits ponts de bois, nattes jetées sur la rivière. Et voici, entre la montagne à éléphants et la mer, Phan-Thiet et son odeur de *nuoc-mam**. Une étrange musique – tam-tam, cordes et vent – siffle et bat, musique aiguë et martelante. Le théâtre annamite joue.

Phan-Thiet et son odeur de *nuoc-mam*, Phan-Thiet

et la mer de Chine, la campagne d'Annam et ses belles montagnes en pyramide. Ce n'est plus la pourriture fluviale de Saïgon. La température est moins de bain-marie. Avant d'entrer dans la ville, c'est l'admirable espace des tombeaux dans le sable. À perte de vue le sable ondule. De vieux tombeaux rongés y sont dispersés. Monotone ondulation du sable et saillie des vieilles pierres allongées. Point de symétrie ni d'alignement. Quelques tombes sont là, tout simplement. Rien ne rompt sous le ciel la nudité du sable et la nudité des pierres. Rien n'évoque ici la funéraire tristesse, au sens européen. Ce n'est point la caserne des morts. Partout ainsi les tombes sont dispersées dans la campagne. On ne cache point les morts. On ne se cache point d'eux. On vit avec eux. Ils sont présents au foyer domestique.

Sur l'*arroyo*, les bateaux-paillotes, les bateaux-roulottes composent un morceau de cité lacustre. Et c'est l'heure du marché sur la place. Coiffées du chapeau en forme d'abat-jour, les marchandes sont accroupies. Théières blanches et théières bleues, pots de terre non vernie pour faire bouillir l'eau, dont le bec et le manche sont de directions parallèles, poteries noires mal cuites, d'un noir magnifique ou transparaît de l'or, trésors pour ceux qui aiment la somptuosité des pots rustiques, bijoux de cuivre et de verre pour les Moïs, poissons secs, noix d'arec et feuilles de bétel, pamplemousses, oranges géantes et jouets éphémères sculptés dans la pâte de farine, qui représentent des bêtes et des fleurs.

Dans un compartiment, un guitariste accompagne un chanteur. J'écoute. Ils m'invitent. J'entre. Je prends place. Ils continuent pour moi leur sobre et métallique chanson. Qui chante ainsi le matin? C'est l'épicier et l'un de ses amis. La boutique est à côté. J'ai bien souvent passé devant les magasins de Félix Potin et de Damoy. Personne n'y chantait. Personne jamais ne m'invita à y entrer, pour mon repos ou mon plaisir, simplement parce j'étais un homme qui passais.

Je rentre un instant chez M. Sa femme m'autorise à aller me promener avec Boubou. Et Boubou est consentant. Boubou est un petit singe. Je vais donc avec Boubou sur les bords de la mer de Chine. La brise est fraîche. Au lointain la falaise est rose et les arbres sont dessinés d'un trait sec. D'invraisemblables chiens aboient rageusement vers nous. Leurs aboiements agitent Boubou. Mais il se calme. Les chiens aussi. Je m'étends sur le sable. Boubou tantôt joue avec une chienne et tantôt se réfugie dans mes bras.

Derrière la plage, un peu en surélévation, il y a quelques *cai-nhàs* de pêcheurs. Nous allons vers ces huttes, Boubou et moi. Nous voici entourés de *nhos* et de femmes aux dents laquées de noir. On me demande si Boubou mord et je réponds que non. Et c'est aujourd'hui, bien des mois après que ces événements sont arrivés, que seulement je me demande en quelle langue ces questions et d'autres me furent posées, en quelle langue j'y répondis, en quelle langue moi-même j'en posai… Sur l'instant je ne tirai point la leçon de cette expérience. Je ne sus point conclure à l'inutilité du langage articulé. Je crois qu'en rêve on peut avoir l'illusion de ces compréhensions immédiates. Et je suis sûr qu'enfant, j'avais rêvé de me promener, avec un singe, sur les bords de la mer de Chine.

M. est sur les routes. Je déjeune avec sa femme et les deux boys. Les boys sont accroupis sur des tabourets faits de trois planches. Ils ont l'air, avec leurs baguettes, de jouer un jeu de jongleurs. Nous mangeons le riz fondamental, auquel on mélange à sa fantaisie mille ingrédients amusants, poivrons, concombres et cent autres dont je ne sais pas encore les noms. On les trempe dans le *nuoc-mam*, ce vin de poissons de mer pressés, le *nuoc-mam* qui sent l'âme du poisson et le fond des mers. Nous mangeons une soupe de courgette, une salade de lard et de crabe, des saucisses conservées dans des feuilles fraîches et qui ressemblent à des carrés de pâte de coing.

La cuisine annamite est agreste et marine. Ce que l'Anglais cherche grossièrement avec ses sauces, l'Annamite le réalise subtilement. Le repas annamite n'est pas, comme le repas européen, une procession réglée. Au riz fondamental chacun ajoute les accords qu'il lui plaît. C'est à vous de choisir entre le gâteau de crabe et le cerf séché au soleil. Tout, découpé menu, prend l'aspect de friandise. Les nuances sont devant vous, séparées. À vous de les joindre ou de les opposer.

La cuisine chinoise est d'un esprit tout contraire. Elle dissimule les éléments, les transforme et les mélange. Ou elle les dissocie à tel point qu'on ne les reconnaît plus. Le poulet d'un cuisinier chinois se présente en boulettes sans os. La peau du canard se mange sans canard.

J'ai accompagné les chasseurs de tigres. C'était la nuit sur un chemin entre deux brousses. On projette dans la brousse la lumière d'une lanterne. Si le faisceau lumineux rencontre la face d'une bête, on voit la phosphorescence de deux yeux. En Europe j'avais vu luire ainsi les yeux des chats sur la route dans la projection des phares d'auto.

Décidément je ne suis pas chasseur. Je me sens gêné. J'ai le sentiment qu'on dérange les bêtes.

Deux yeux dans la brousse. Un chasseur tire. Aussitôt après j'entends dans la brousse une fuite et des craquements au rythme de cette fuite. Nous nous avançons prudemment. Il est dangereux de se heurter dans la nuit à un tigre blessé. Je ne suis pas chasseur. Mais ma curiosité est forte de voir un tigre. J'en vois. J'en vois même beaucoup. La lune sur les racines tigre admirablement le sol. La lune multiplie les tigres blessés. Les feuilles de *iao* foulées font un bruit de carton et de zinc. Les bruits de la forêt sont séparés, découpés, métalliques. Mais cette fois, c'est le tigre, le tigre blessé. Je distingue la croupe, l'angle de l'articulation d'une des pattes postérieures. Il est à dix mètres de moi. Je m'arrête. S'il allait bondir. Mais c'est encore la lune entre les *bang-lan** droits et blancs.

Cependant on m'appelle. Je m'approche. Dans des soubresauts terribles, un cerf agonise. Un autre coup de fusil. Il est mort. Ce cerf est grand comme un cheval d'Europe. Nous essayons de le traîner jusqu'au chemin. Pour me donner l'illusion de l'homme primitif ou du chasseur de fauves, je tire sur la cuisse de toutes mes forces. Mais nous n'arrivons point à déplacer le cerf. On l'a laissé.

C'eût été un tigre que tout ce fut passé de la même façon. Mais on serait revenu pour avoir les griffes et la peau.

Monin a la passion de la chasse à moins qu'il n'ait tout simplement la passion de la brousse. Toujours est-il qu'il a tué du tigre, de l'éléphant et du *duko-myn**, bête plus redoutable, paraît-il, que l'éléphant et en tout cas que le pauvre tigre. Monin ne sourit même pas – du moins il sourit assez imperceptiblement pour que les sots ne s'en aperçoivent pas –, quand un touriste parisien lui donne quelques conseils pour bien chasser l'éléphant.

Je ne saurais dire à quelle distance nous étions de Phan-Thiet. Je suivis Monin dans la forêt. Les coolies d'une plantation ou d'une cabane des T.P. avaient, la nuit précédente, entendu les éléphants. Je ne voulais pas prendre de fusil. J'aurais préféré, au cas où les éléphants se fâcheraient, leur dire : « Voyez, je me promène. Je suis venu en voisin… » On m'obligea cependant à prendre un fusil. Je n'aime pas porter de paquet. Une canne est beaucoup plus commode. Je marchais donc à quelques pas derrière Monin. De temps en temps il me faisait avec sa main signe de ne pas faire trop de bruit. La file indienne. Je me demandais si j'allais recommencer la guerre. La forêt était sèche, remplie de hautes termitières. Mais nous marchions dans une buanderie, dans un bain-marie au soleil couchant. Un troupeau de sangliers s'enfuit entre les troncs bas et disparaît.

Je crois bien que la chasse m'ennuie. À la chasse on ne voit pas les bêtes… On les vise. La forêt me suffit et j'ai horreur des trophées. Pourtant ce n'est point une de ces chasses officielles, où les éléphants sont amenés comme les faisans à Rambouillet. Le sol détrempé descend vers une mare. On voit les traces des éléphants et leurs crottes. Les traces indiquent véritablement de fortes pointures. Mais des trous plus étroits prouvent qu'il y avait aussi des enfants d'éléphants. Le crottin d'éléphant, je le reconnais immédiatement : j'en avais vu dans une ménagerie. Mais les éléphants étaient partis. C'est alors que Monin me fit signe de m'approcher, puis de me coucher à côté de lui. Et ce que nous vîmes à travers les branches était bien plus beau qu'un éléphant tué. Aux bords de la mare, deux marabouts se faisant face, gardaient une absolue immobilité. Je ne sais si le marabout est un gibier honorable. J'ignore les conventions de la chasse. Mais je ne pense pas qu'il vînt à Monin l'idée de les tuer. Nous étions l'un et l'autre comme devant un mystère surpris, devant la fraîcheur du monde, devant les vérités premières. Ce n'est point seulement d'idées vulgarisées que l'Européen est sans cesse enveloppé. Les images même qu'il contemple sont le plus souvent des images secondes. Il voit des tableaux, des illustrations, des photographies. Il va au cinéma. Le marabout était pour moi image de ménagerie ou de cinéma. Je l'avais vu, imitant le vieux savant, dans les jardins zoologiques. Le marabout est une image parmi les innombrables images que projette le cinéma devant des foules comblées d'images. Et l'opérateur qui prit les bêtes qui viennent boire aux mares ne les a peut-être pas regardées. Il avait déjà dans l'esprit leur image cinématographique. Nous étions immobiles, redoutant de faire craquer d'un mouvement une branche sèche. Et si les marabouts nous avaient parlé, nous n'en aurions pas éprouvé d'étonnement. Et je ne sais pas comment ils ont disparu.

Je ne sais combien de temps nous avons marché, avant de retrouver au long de la route les bambous courbés, les bambous légers, presque fluides.

À peine si je me souviens de ce voyage en auto de Phan-Thiet à Tourcham par Yaback et Djiring. Deux cent quarante kilomètres d'auto… Nous sommes partis tard. Nous avons roulé une partie de la nuit. Les lianes et les bambous fuyaient au bord des routes et je n'avais point le temps de prendre du regard les beaux manguiers dont les feuillages sont en mappemonde.

J'ai sommeil. Je fais par hasard ce voyage en com-

CARTE POSTALE

Si vous désirez être tenu au courant de la sortie de no publications, répondez à ce questionnaire et renvoyez-nou cette carte.

Nom .... Prénom ....

Adresse ....

....

Adresse e-mail...

Profession... Age ....

Titre de l'ouvrage ....

Ville et nom de la librairie où vous l'avez acheté ....

....

....

Suggestions ....

....

....

....

A .... le .... 20 ......

pagnie d'un sergent-major, scribe d'un centre d'aviation, rond-de-cuir colonial plus que militaire, et d'un jeune Annamite qui porte souliers vernis et pardessus noisette. Le « chef » semble avoir vécu dans toutes les colonies et tous les continents. Il n'y a rien vu. Au cours d'une conversation très vague, il me déclare que partout où il a passé il a été juste avec les indigènes, que les hommes sont partout des hommes. Le jeune Annamite me semble appartenir à cette catégorie de francisés qui sont vaniteux de se montrer avec des Européens. Il constitue le public du sergent-major, et il accueille d'un complice et complaisant sourire les plaisanteries de ce sous-officier. Ce ne sont point des plaisanteries grossières. Elles ne sont que vulgaires ou triviales. Mais il est amusant de voir l'Européen qui en use tenir les Moïs pour des sauvages.

Au bord de la route, trois Moïs sont accroupis devant un maigre brasier de brindilles sèches. L'un d'eux s'est enfoncé une épine dans le pied. Et maladroitement l'un de ses compagnons tente de l'arracher avec un vieux couteau. Le jeune Annamite se penche et, avec une extraordinaire dextérité, détache l'épine profondément enfoncée dans les chairs.

Nous nous arrêtons à la plantation de café de Yaback. Deux femmes moïs tenant dans leurs bras des enfants maigres trient les graines.

Nous montons à mille six cents mètres. Je ne suis plus accoutumé au froid. Je grelotte. Des pins poussent aux flancs des ravinements. Des ruisseaux coulent. C'est la route de montagne européenne.

Nous passons le bas du Danib. Le fleuve s'élargit en lac. Une buée grise couvre l'eau grise et plate, les larges dentelures et les larges éventails des arbres lointains. C'est l'aube. On croirait un paysage d'étain.

À Yaback nous sommes reçus par le maire annamite, sa femme et son *nho.* Trois personnages vêtus de soie blanche, trois personnages dont je ne sais rien, dont je ne saurai rien, sinon leur souriante politesse et l'aristocratique affinement de leur aspect et de leurs attitudes. Le sergent-major et le maire se connaissent. Je suppose également que le sergent-major connaît le maire plus que le maire ne connaît le sergent-major, puisque le sergent-major tutoie le maire. Pour un colonial accoutumé à la notion du prestige européen, rien n'est plus naturel. Pour un Européen qui compare les hommes rien n'est plus extraordinaire que d'entendre ce rustre épais tutoyer ce prince fragile, d'un tutoiement familier, net, bienveillant.

À Phan-Thiet, le caporal indigène conduisant une corvée de miliciens me fait le salut militaire. C'est la première fois qu'on me rend les honneurs militaires. Je bénéficie – moi indigne – du prestige européen.

⁂

Le théâtre est après le marché désert, d'où l'on voit la ligne des montagnes en feston ou en Fusi-Hiama, d'où l'on entend le roulement de la mer de Chine.

C'est une salle à colonnes de bois, nue, terne, éclairée par trois lampes à essence, accrochées je ne sais où, au plafond, aux frises. Il me semble – illusion peut-être – que l'odeur du *nuoc-mam* est partout. Cette puissante odeur de saumure et de mer me plaît, odeur solide, odeur à crochets, odeur de port. Mais peut-être ai-je baigné trop fort mes baguettes dans la soucoupe de *nuoc-mam.* Et cette odeur que maintenant je retrouve partout, peut-être est-elle en moi.

Les hommes et les femmes sont séparés. Les femmes comme les hommes, vêtus de pantalons et de robes noires, font ensemble une masse sombre, où se détache le blanc de quelques robes et de quelques serviettes roulées autour des têtes, où se détachent aussi, mobiles dans l'espace et non point liés au sol, des pieds fins non déformés par le soulier, des pieds dont les doigts ne se chevauchent pas.

Le pied est la vraie partie honteuse de l'Européen, une sorte de prolongement mort de la jambe, un bout de canne. Ici les pieds ne sont pas plus indignes que les mains. Détachés des socques de bois, on en voit qui pendent nonchalamment ou qui reposent sur un genou, selon les angles innombrables que peut prendre une jambe annamite. Mobiles et libres comme des mains, ils semblent éparpillés dans la salle.

Je suis à l'étage supérieur de cette sorte de grange, au balcon. Je vois d'ensemble la salle et la scène. Sur un banc, devant la scène, des gosses sont debout, serrés épaule à épaule. Les gosses de Phan-Thiet, les morveux, les salés, les fils des pêcheurs, les mêmes sans doute qui tout à l'heure m'entouraient sur la plage et avec qui je liai amitié, comme autrefois avec des gosses bretons et des gosses de Hollande. Et sur les deux escaliers qui relient la scène et la salle, il y a encore un étagement de gosses, de *nhos*. Et sur les côtés de la scène, tout contre les musiciens, d'autres *nhos* accroupis se pressent les uns contre les autres. Il y en a jusque sous les pieds des acteurs. Ce n'est point exagération : un *nho* est étendu sur le plateau, la tête relevée pour bien voir, et le pied d'un acteur touche son corps allongé. L'acteur se déplace avec précaution pour ne point le heurter.

Je crois que quelques enfants sont là pour la figuration. Mais ils savent tirer bon parti de leur place de figurant.

Ici les parents ne couchent pas leurs enfants avant d'aller au théâtre. Imaginez la Fauvette ou le théâtre de Belleville, placez-les dans un port de pêche et supposez-les envahis par d'innombrables gosses, silencieux, amoureux de spectacle et se glissant partout.

Deux ou trois fois, dans la soirée, un milicien annamite, à coups de rotin ou à coups de pied, sans trop de férocité et sans grande conviction, a chassé quelques gosses. Les gosses fuyaient. Mais, le milicien passé, ils revenaient avec agilité, semblables à ces gouttes de mercure qui se réincorporent à la plus grosse goutte.

Les *nhos* sont la liaison vivante de la salle à la scène, cette liaison que les théâtres modernes d'Occident cherchent aussi à établir. Mais les metteurs en scène modernes se contentent des escaliers. Ils n'ont point à leur disposition de *nhos* à demi nus. Et ces *nhos* ne dispersent point l'attention du spectateur. Ils sont là par tradition.

Une pancarte du gendarme-commissaire de police leur interdit la scène. Le commissaire n'aurait-il point souci de la tradition? Mais sur la valeur et le sens de cette interdiction, je ne sais rien encore.

Sous la scène, à l'angle de la salle, une sorte de retrait est ménagé où l'on vend des gâteaux et où l'on prépare du thé. Et personne ne s'étonne si un *nho* porte une tasse de thé aux musiciens en scène ou traverse la scène pour la porter dans la coulisse. Le théâtre est une légendaire abstraction. Des bannières brodées pendent au fond de la scène, pour tout décor. Ce théâtre ne vise ni au trompe-l'œil ni à l'illusion. Il ne se substitue pas à la vie. Il s'y juxtapose…

La musique siffle, souffle, racle et bruit. En Europe, un orchestre – orchestre de ciné, musiciens ambulants ou quatuor célèbre – se soumet au jugement de l'auditeur. On le sent responsable. En un point de la salle, l'orchestre européen est une source de sons, vers laquelle nous pouvons nous pencher. Nous contemplons les exécutants, comme nous contemplons l'artiste forain dessinant un portrait ou le mécanicien courbé sur un moteur. Les plus ignorants se demandent : « Qu'est-ce qu'ils jouent? Qu'est-ce qu'ils font? » Et ceux qui ne sentent même pas que la musique est un art, sachant qu'elle est un travail à technique variée, n'hésitent point à juger la qualité des morceaux et le talent des musiciens.

Mais ici la musique est un tumulte lancé. Elle obsède comme le cri d'un oiseau, comme un gémissement de vent discontinu. Mais cette monotonie frénétique permet à l'esprit une sorte de distraction supérieure. Et même ce bruit rythmé ne s'adresse point immédiatement, directement au corps. La musique des orphéons prend aux jambes. Celle-ci, par sa violence, dépasse d'emblée le point d'excitation qui correspond à nos réactions en mouvement. Nous assistons à une tempête, à un cataclysme sonores bien réglés. On ne pense pas que cela ait eu un commencement, ni que cela doive avoir une fin. Cette trombe dans l'aigu est tombée là, on ne sait d'où. Ces rudes excitations de la corde et du vent ne s'adressent point non plus à notre sentiment. Cela bat contre nous et n'entre point en nous. Si nous cédions, c'est à l'extase peut-être que nous serions conduits. Les sons et les bruits ont un peu de l'aigreur reposée de la trompette de cavalerie. Mais nulle mélancolie. C'est un emportement sans répit. Et les tam-tams jettent dans l'espace du mouvement pur et du bruit qui ne s'est point apprivoisé en son.

Très rarement la musique s'interrompt. Quelquefois les acteurs parlent. Le plus souvent, ils crient. Cris véritables, ordonnés, réglés. Rien de semblable en Europe. Nos tragédiens chantonnent, gémissent ou hurlent, opposent au parler sur plan unique leurs gémissements, leurs hurlements. Mais ils n'utilisent pas le cri…

Le roi porte une barbe noire qui part du nez, ne s'interrompt pas à la lèvre et descend plus bas que la ceinture : une sorte de bonnet à poil renversé couvrant la bouche. Deux nattes bien détachées partent des tempes. Son casque est orné de deux plumes d'argus, qui doublent sa taille. Il exécute sur place des voltes terribles. Et le mandarin joue de sa baguette.

C'est un légendaire mélodrame, traduit du chinois. Voici les deux orphelines, les deux errantes que le bouffon au bon cœur protège et sauvera. Ce sont en réalité les filles du roi lui-même. Et la reine, leur mère, depuis longtemps disparue, est dans une prison lointaine où l'avait fait jeter sa méchante belle-mère.

Grâce au bouffon, au bouffon pitoyable, le roi retrouve sa femme et ses filles. Et la méchante est mise en jugement.

Au moment où l'époux retrouve l'épouse, où la mère retrouve ses filles, pas de geste effusif, point d'expression sentimentale, point d'*andante* langoureux. C'est l'image chinoise qui passe.

On habille le bouffon, on donne de belles robes à la femme et aux filles du mari. On habille des vêtements du mandarin le domestique resté fidèle dans les malheurs. Il joue maladroitement avec la baguette, il met à l'envers sa belle robe et son casque. La salle rit. Imaginez un valet de l'ancienne comédie se grimant pour la première fois en grand seigneur, un Mascarille débutant.

Le génie entre en scène, court et tourne, le visage couvert d'un masque et exige le châtiment de la mère du roi. Mais un fils, en Annam, ne doit pas juger sa mère. Le roi se refuse à condamner, lutte contre le génie et sauve sa mère coupable.

⁂

On m'avait promis de me montrer le gendarme Pascal. Le gendarme colonial fait fonction de commissaire de police. La vérité c'est qu'il est, dans les centres, une sorte de roi. Il en est, m'a-t-on dit, de paternels. Il en est même qui s'annamitisent. Cependant on ne m'a pas montré le gendarme Pascal, dont le seul aspect est, paraît-il, remarquable. Si un indigène se plaint d'un vol au gendarme Pascal, celui-ci lui répond : « Tu m'emmerdes... J'en vois cinquante par jour des c... comme toi. Fous-moi le camp... »

Et si l'indigène tarde à ne plus troubler la méditation et la sérénité du gendarme Pascal, le gendarme Pascal le frappe à coups de pied et à coups de poing. Il advint cependant qu'au bourg de Long-Xuyen, le gendarme Pascal, veillant la nuit à la police des jeux, fut rossé par les Annamites, au point qu'il dut se faire soigner par le médecin du centre.

Peut-être n'eussé-je point parlé du gendarme Pascal, brute modeste, si je ne connaissais de lui un trait qui le dépasse, un trait particulièrement comique et d'une certaine généralité coloniale. Je ne sais plus si ce fut pendant le *Têt** ou en quelque autre circonstance. Le gendarme Pascal voulut interdire un cortège traditionnel. Par fantaisie et parce que cela troublait son repos, qui est l'ordre public. Et comme de notables indigènes protestaient, le gendarme Pascal les chassa en leur criant : « Foutez-moi le camp, bande de barbares... »

Voilà un trait qui, mieux que leur brutalité, révèle le gendarme Pascal et toute une classe d'Européens coloniaux. Le gendarme Pascal était de bonne foi. Il croit représenter la civilisation. On le lui a dit. Pourquoi ne l'aurait-il pas cru? Et comment le gendarme Pascal saurait-il que – hors les applications mécaniques – la civilisation d'Europe est tout ésotérique, qu'elle s'exprime en des signes inconnus de la foule et souvent incompris de ceux qui les répètent? Et comment saurait-il qu'un coolie-pousse peut être plus civilisé que le gouverneur général que la France extrait de son parlement ?

Les femmes du village tissent des voiles en feuilles de latanier. Les Européens cherchent dans les paillotes des bleus de Hué. C'est un spectacle assez comique.

Je refais avec d'autres compagnons la route de Phan-Thiet à Saïgon. Je leur sais gré de s'arrêter en pleine forêt dans une *cai-nhà*, qui est aussi une épicerie. Nous y buvons du thé. J'y admire de jolis pétards verts et rouges. Une jeune femme se fait masser par la vieille épicière annamite, dont la main tantôt frappe comme à coups de hachette et tantôt fait craquer les articulations.

Quand je suis retourné à Phan-Thiet, il pleuvait. Pluie sur la route, pluie sur les arbres, pluie sur la capote de l'auto. Cela fait un instant Europe, campagne d'Europe.

Les herbes sèches ont disparu. Tout est vert, se juxtapose en verts profonds et en verts clairs et même en verts de verdure. Là où on ne voyait que le squelette enchevêtré des lianes sèches, la verdure repoussée dessine des abris et couvre des berceaux.

La pluie a recomposé la forêt. L'arbre ici semble pousser comme de l'herbe. Si des bambous sont isolés, on voit qu'ils sont très hauts. Sinon, dans cet enchevêtrement où se mêlent élancements et retombées, on perd la notion de la hauteur. Les feuillages brillent sous des nuages ternis que traverse mal une lumière blanchâtre. Mais au fait, ai-je vu le soleil depuis que je suis ici, le soleil d'Europe, le soleil jaune et rond?...

La pluie cesse. Elle recommence. Un peu avant Phan-Thiet des enfants nus tendent leurs mains, tendent leurs corps à l'eau qui tombe.

Au bord de l'*arroyo*, après la pluie, c'est un croassement formidable, grave, cuivré. On croirait que la terre appartient aux grenouilles.

Le marché est semé d'enfants nus. Les enfants de Phan-Thiet sont plus nus que les petits Hindous de Colombo, qui ont un sou pour cache-sexe.

Sur les bords du fleuve, du Song muongman, la marée, cette nuit, n'a laissé que de la vase. Et toutes les jonques, pour n'être point à sec, se sont assemblées au milieu, serrées les unes contre les autres, forêt nocturne et dépouillée en pleine eau. Et quelques voiles pliées semblent d'immenses plumes d'oie qui traversent obliquement la nuit.

Le lendemain, par temps découvert, nous montons jusqu'au château du duc de Montpensier. On voit le fleuve débouchant dans la mer, la grande plaine que bordent les montagnes bleues, les marais salants, les rivières, quelques cabanes de pêcheurs sur le sable devant la mer. Étendues de sable ondulant, étendues de terre brunâtres et calcinées, piquées de broussailles.

Des toits sombres sont répartis entre les sphères des manguiers. Et les montagnes lointaines forment des cercles parallèles en étages.

Les tours thiam semblent en or rouge. On distingue à la base leurs saillies de temples hindous. Et trapues du dehors, elles enferment en elles le plus élancé des espaces.

Si près des vieilles tours thiam, le château que fit construire le duc de Montpensier, est une laide villa bourgeoise, façade en nougat, style de mercier d'avant-guerre, retiré des affaires.

Je suis rentré à Saïgon par le train. Quand s'interrompt la forêt proliférante, on voit des rizières, des paillotes, des tombeaux. Et c'est un plaisir, quand apparaissent une allée d'ocre rouge, une paillote, une femme, un enfant, quelque chose enfin de limité et de défini…

GÉNÉRALITÉS

L'Européen connaît l'Annam par son boy. Et il accuse assez volontiers son boy d'être sournois. Les boys de Saïgon constituent une classe que je connais mal. Les Européens de Saïgon parlent de ces boys comme certaines maîtresses de maison parisiennes, avant la guerre, parlaient des domestiques fournis par les bureaux de placement. Et je n'ose tirer aucune conclusion des jugements que les Européens de Saïgon portent sur leurs boys. Car à généraliser l'opinion que certaines bourgeoises d'Europe expriment sur leurs domestiques, j'aboutirais à cette conclusion ou bien que les domestiques constituent une classe spéciale ou que les Français sont fourbes, voleurs et paresseux.

Il n'y a pas très longtemps encore, l'Européen usait volontiers envers les boys d'une ingénieuse méthode de correction. Quand il le jugeait coupable d'une faute ou d'une erreur dans le service, il pratiquait une retenue sur ses gages. J'ai moi-même encore entendu cette phrase : « Je te *coupe* une piastre... » Mais il paraît que cette méthode est tombée en désuétude. Elle avait ceci de satisfaisant qu'elle donnait tout ensemble satisfaction au sentiment de la justice et aux principes de l'économie bourgeoise. Mais aujourd'hui, soit que le boy saïgonnais ait acquis quelques moyens de défense, soit que les conditions économiques soient différentes, l'Européen ne trouve pas toujours de boys à volonté. Certains Européens du moins. Le boy boycotte les places trop mauvaises. Je sais peu de choses du boy saïgonnais, sinon qu'il se venge en donnant des surnoms à ses maîtres et que pour servir un Européen brutal il n'use pas du mot annamite qui signifie « servir », mais d'une expression qui peut se traduire par « donner à manger » et qui n'est utilisée d'ordinaire que pour les animaux.

***

Quelques Annamites qui ont fait leurs études en France sont ingénieurs ou médecins. Ils ne sont pas sujets ou protégés, mais naturalisés. Ils ont donc les mêmes droits que les Français. Quelques-uns sont mariés à des Françaises. Ils sont de formation européenne, et, je crois tout à fait ignorants de la culture chinoise. Le gouvernement général a souvent montré qu'il redoutait l'exode des jeunes Annamites vers les universités françaises. J'ignore à ce sujet les fluctuations de doctrine du gouvernements colonial. D'une part il a trouvé des alliés dociles chez certains Annamites francisés. D'autre part, par une incohérence qu'il faut exactement saisir si l'on veut comprendre le sentiment des coloniaux, de ceux que les Annamites appellent les « race coloniale » et qu'ils opposent aux Européens, les personnages et les journaux officiels désignent volontiers sous le nom d'anti-Français les Annamites qui ont acquis en France la connaissance des mœurs et des lois françaises. On les désigne aussi du nom de bolchevistes.

Le terme d'anti-Français est du même usage universel et vague que fut le mot de défaitiste pendant la guerre. Sont anti-français les Annamites et les Français qui touchent, par actes, écrits ou paroles, protestation, critique ou commentaire au droit divin de l'absolutisme du gouvernement colonial.

C'est pourquoi le gouvernement colonial préfère offrir aux Annamites une instruction de seconde zone. À cet effet on créa la ridicule Université d'Hanoï. À cet effet on créa une École de médecine qui fabrique des médecins auxiliaires, des médecins indigènes à diplôme spécial, des médecins enfin qui ne sont pas des docteurs en médecine. Ainsi la hiérarchie coloniale persiste jusque dans l'enseignement de la clinique et de la posologie. Peut-être les partisans de l'École de médecine indigène répondraient-ils que l'Indochine a besoin encore d'un cadre d'officiers de santé. Je ne sais… Soit… Mais, en ce cas, pourquoi le gouvernement fait-il obstacle au départ des jeunes Annamites qui veulent, à leurs frais, étudier la médecine en France ? Craindrait-on pour les médecins européens la concurrence des médecins annamites ? Je ne pense pas que l'orgueil colonial avoue une telle crainte. Cependant un Annamite exerce la médecine à Saïgon. Il est ancien interne des hôpitaux de Paris. Je ne sais point exactement combien parmi les médecins européens de Saïgon ont passé par l'internat des hôpitaux de Paris ou de Lyon. Les majors démissionnaires redouteraient-ils la concurrence ?

Mais comment le gouvernement colonial peut-il interdire à un Annamite de se faire inscrire dans une université de France ? Trente millions de Français qui n'ont pas été aux colonies poseraient cette naïve question. Un Annamite ne peut pas quitter son pays sans l'autorisation du gouvernement général [1]. Il lui faut un passeport. Peut-être a-t-on pour la forme supprimé l'obligation du passeport. En tout cas il lui faut une pièce d'identité. Et cette pièce d'identité doit être visée par l'administration. Le visa de l'administration peut être refusé. Un Annamite riche demande le visa. Il veut aller à Paris.

– Pourquoi veux-tu aller à Paris ?

– Pour m'amuser…

– Tu ne peux donc pas t'amuser ici ?

La doctrine, tout au moins le système, est d'empêcher les jeunes Annamites de connaître le ferment d'Europe. Si l'on tente de comprendre l'esprit et le sentiment de

1. Article 50 *bis* de l'arrêt du 20 juin 1921 :

« – Tout indigène, sujet ou protégé français, qui veut se rendre dans la métropole pour y continuer ses études, doit en obtenir l'autorisation du gouverneur général. La décision sera prise après avis du chef de l'administration locale et du directeur de l'Instruction publique.

Il doit, avant son départ, se munir à la direction de l'Instruction publique d'un livret universitaire portant sa photographie et indiquant son état civil, l'adresse de ses parents, les établissements ou les cours qu'il a précédemment fréquentés, les bourses ou secours dont il a bénéficié, les diplômes qu'il a obtenus, l'adresse de son correspondant en France. Ce livret doit être visé par le gouverneur général.

Les dossiers des indigènes qui poursuivent leurs études en France sont déposés à la direction de l'Instruction publique. »

Interviewé par un journal de Saïgon, le samedi 27 août 1921 le gouverneur Cognacq déclara : « Rassurez-vous… Jamais nous n'avons voulu restreindre les droits des indigènes… » Le journal se déclara rassuré. Cette interview montre en quel mépris le gouvernement de la Cochinchine et le journal saïgonnais tiennent le sens critique des Européens coloniaux. Il ne semble pas d'ailleurs que le sens critique des Européens coloniaux se soit alarmé. (*NdA*).

la haute administration, cette doctrine, ce système peuvent encore sembler odieux. Ils cessent de paraître absurdes. Les gouverneurs généraux ont institué ce que Henry Daguerches [1] appelle le régime de cour. Pour la persistance de ce régime le gouvernement général ne commet point une erreur psychologique, quand il essaye, par la persuasion ou la force, d'empêcher les Annamites de connaître l'Europe. Si diminuée que soit l'Europe actuelle dans ses traditions de libre investigation et dans sa notion de la dignité humaine, quelque chose y persiste cependant de ces traditions et de cette notion. Ces fragiles réminiscences comptent. Pour en prendre conscience peut-être est-il nécessaire de venir en Asie et d'observer une Europe qui n'en a point gardé de traces. Ainsi les Annamites qui sont allés en France y ont découvert autre chose que la race coloniale. Leur haine du vainqueur, cette haine que les Européens ne voient pas, parce qu'elle ne s'exprime pas à l'européenne, cette haine a diminué. Le gouvernement colonial y voit un danger. Une haine passive, une haine non exprimée, une haine sans manifestations ou dont les manifestations soient facilement réprimables n'était pas pour le gêner. Mais qu'un Annamite revenant de Paris à Saïgon éprouve quelque sympathie pour les mœurs de France et constate que le colonial est une caricature d'Européen et trouve en France même les arguments théoriques et l'élan intérieur qui l'aideront à lutter contre l'oppression, voilà qui n'est point pour

1. Henry Daguerches est le pseudonyme de Charles Valat. Romancier « colonial », il vécut presque toute sa vie en Cochinchine. Son roman *Kilomètre 83* obtint le Prix de l'Académie française en 1913. En 1924, sous son vrai nom, il fut candidat à la délégation de l'Annam. Le Prix des Français d'Asie lui fut décerné en 1930 pour l'ensemble de son œuvre.

satisfaire le gouvernement colonial. C'est ainsi qu'Henry Daguerches a pu écrire : « Il y a quelque chose de changé dans le regard de l'homme qui a vu Paris. »

Étrange paradoxe. Le gouvernement colonial s'accommode parfaitement de l'Annamite résigné qui le hait et qui, à travers lui, hait la France. Mais ses journaux et ses partisans désignent du nom d'anti-Français les Annamites qui ont appris en France à ne point la haïr.

La classe des employés et des secrétaires annamites est fière de fréquenter les Français de petite condition, les seuls avec lesquels ils puissent avoir contact. Sont-ils annamites, sont-ils francisés, ces Annamites désannamitisés, ces Européens en simili? Quelques riches Annamites ont pour vanité de jouer aux Européens. L'un d'eux récemment naturalisé se commanda des cartes de visite où il fit suivre son nom du titre de colon. Les métis quand ils ne sont point misérables se détachent brutalement de la masse annamite. J'ai entendu un employé des douanes métis répéter plusieurs fois dans la même journée ces mots : « Nous, les Français… »

Parmi les Annamites qui ont reçu la culture européenne, les uns sont des techniciens, qui ne s'occupent guère de politique et font leur métier. Leurs sentiments profonds, je ne pense pas qu'ils les livrent facilement à l'administrateur ou au touriste de passage. Les autres servent d'intermédiaire entre leurs compatriotes et l'administration et tripotent dans de sales affaires de concussion, dont ils partagent les bénéfices avec certains membres de l'administration ou du gouvernement.

Quelques réfractaires purs, quelques nationalistes stricts rêvent d'une nation annamite, libérée de l'envahisseur. Ils sont presque tous de pure culture chinoise. Je ne crois pas qu'ils soient très nombreux. On n'a point de peine à leur faire reconnaître que la culture chinoise ne suffit plus à toutes les nécessités du temps présent. Ils ne nient point la nécessité – pour vivre – du ferment européen. Mais ils refusent l'implantation brutale de l'étranger.

X. est un nationaliste annamite. Il ne veut pas seulement délivrer l'Annam de l'oppression. Il veut la débarrasser de l'étranger. X. pense que l'Annam est une nation et que cette nation a été volée. Sa rancune envers l'Europe est assez forte pour que je le sente immédiatement hostile à l'Européen que je suis. X. a vécu en Europe. Il a dépouillé un peu de l'enveloppement annamite. Il parle net et sec. Pour lui je suis le conquérant et il ne prend point la peine de dissimuler son antipathie pour le conquérant. Il croit à la possibilité de la révolte. Il pense que le paysan est prêt, que la masse est prête. Mais entre l'oppresseur et la masse, il y a la couche interposée des mandarins, de tous ceux qu'il appelle les esclaves. Il faut ou les convertir ou les supprimer. La tâche est de chasser l'étranger. Par n'importe quel moyen. Au besoin en faisant appel à d'autres étrangers. Des armes, on en trouve, quand on veut.

Nous nous promenons, X., un autre Annamite et moi dans un faubourg de Saïgon. Quelques prostituées, formes blanches, errent à l'angle d'une ruelle. Et, rigorisme acquis en Europe ou pudeur devant l'étranger étendue à toute sa race, X. montre quelque gêne et détourne mon attention.

Déterminer la mesure dans laquelle ce nationalisme est un véritable sentiment de groupe ou une protestation contre l'oppression n'est point facile. Non plus que le lien des réfractaires à la masse. Il faut l'ingénuité d'un commis des services civils pour prétendre connaître clairement les sentiments du *nha-qué*, dolent ou souriant, qui sème son riz, joue sa récolte et prie devant l'autel des ancêtres.

À supposer qu'un groupe nombreux d'Annamites désirât chasser l'Européen, ce n'est point aux Français d'Indochine qu'il en ferait la confidence.

La haine et le dégoût qu'un Annamite cultivé peut éprouver devant la brutalité et la sottise du colonial ne suffisent point à le rejeter complètement dans une tradition extrême-orientale qu'il aime, mais que parfois il connaît mal et que d'ailleurs il sait à elle seule inefficace. Le vieil Annam a cherché en Chine, au Japon, à Paris, à Cambridge. Le vieil Annam a cherché des ferments. Que d'exilés dans la méditation, réfugiés peut-être dans Confucius. Mais aussi que d'exilés fuyant la brutalité coloniale, n'en tolérant pas le spectacle et cherchant en Europe même les éléments de sentiment et de culture contradictoires à cette brutalité, cherchant en Europe même les sources et les moyens de la liberté, et chez l'oppresseur même et dans les contradictions de ses mœurs et de ses doctrines.

La Chine pour l'instant n'est qu'un refuge. Elle ne possède plus que des vérités éternelles. L'expérience sociale ne peut se contenter des solutions que donne le diagramme *bat-quai**, la planchette rituelle qui enferme dans le réseau de ses lignes symboliques, lignes coupées et lignes sans coupures, le principe mâle et le principe femelle.

Et l'Europe n'a point de planchette rituelle. Elle a ses dogmes religieux ou sociaux. Mais ils bougent si vite qu'ils perdent leur force de dogme. L'Europe est mobilité. C'est dans cette Europe mobile, dans l'Europe critique et sentimentale que l'Extrême-Oriental est pourtant contraint de chercher ce qui peut l'aider à sauver sa propre tradition et à se sauver de l'Europe colonisante.

Il semble que les Annamites accepteraient sans répugnance la collaboration européenne, à condition qu'elle ne fût point inhumaine et absurde. Je ne veux point toucher ici au problème de la représentation politique. Il est clair. Il n'est pas impossible de le résoudre. Ni au problème de la liberté de la presse en *quoc-ngu**. Ces deux problèmes ne dépassent pas l'entendement d'un gouverneur d'intelligence moyenne et d'intégrité passable. Ils n'ont point encore été résolus. Le problème de l'enseignement est peut-être moins simple. L'instituteur indigène a pour mission de distribuer à ses élèves une Europe de propagande pour perroquets. Les enfants de l'école primaire annoncent : « Nos ancêtres les Gaulois… » L'enseignement de l'annamite est sacrifié. On lui consacre une heure ou deux par semaine. Les enfants assistent à ces leçons comme les petits Européens dans les lycées suivent les classes de dessin ou d'écriture. Le lettré de culture chinoise qui instruisait les enfants dans les villages disparaît. Son enseignement est inutilisable. Le diplôme d'études primaires peut seul servir à la vie pratique, permettre l'espoir d'une place de « secrétaire » à Saïgon.

Un fonctionnaire annamite me disait : « Nous sommes en état de recevoir intégralement la culture française. » Et M. Sarraut dans un discours prononcé au lycée de jeunes filles a dit : « Les Annamites recevront la culture française et nous en accepterons les conséquences. » Ce fonctionnaire et ce gouverneur me semblent simplifier à l'excès. Ce n'est point posséder la culture française que de connaître le système métrique. Et je voudrais savoir si vraiment il n'y a rien à garder de la vieille culture chinoise. L'Annam indolent et subtil, joueur et léger, va-t-on le transformer en une race taylorisée de comptables et d'employés de mairie?

Des fonctionnaires annamites m'ont dit : « Ceux d'entre nous qui ont reçu la culture française, s'ils se contentent de la monnayer, sont traîtres deux fois : à cette culture et à leurs compatriotes. Et la question de l'indépendance, la France doit se la poser, doit la poser franchement sous peine de perdre l'Indochine. »

Les Européens ne sont point d'accord sur le sentiment nationaliste annamite. Là encore ils grossissent aux fausses précisions du langage européen les subtilités de l'Extrême-Oriental. Il n'y a point chez les Annamites de patriotisme fétichiste et narcissique. Je crois qu'ils ignorent les formes tout ensemble théoriques et impulsives du nationalisme européen. Mais capables de conciliations plus souples, ils le sont peut-être aussi d'une espérance plus persévérante.

Si l'Européen ne connaît le sentiment national des Annamites que par les révoltes qu'il a réprimées, il lui est plus facile d'apercevoir les manifestations de son sentiment religieux. Le culte des ancêtres n'est point un culte fanatique. Les pratiques religieuses des Extrêmes-Orientaux ne supposent point la possession d'une vérité absolue, dévoratrice des autres vérités... Scepticisme, raffinement ou tolérance, l'Extrême-Oriental ne s'enorgueillit pas de posséder un absolu. Il est en ceci nettement supérieur au musulman, au chrétien, au juif. Domestique ou individuelle, sa religion n'est pas sociale. Le bonze est un maître des rites. Rien de plus. Le bonze n'est pas un agent de propagande sociale. Il ne prêche ni la révolte contre l'Européen, ni la soumission à l'Européen. En vérité il ne prêche rien, parce que la religion est superstition, culte des ancêtres ou méditation. En ce sens l'Extrême-Oriental possède une délicatesse ignorée de l'Européen. Un Annamite que je croyais tout à fait européanisé me parlait un jour des Missions. Il ne leur reprochait pas d'avoir été les premiers instruments de la conquête. Mais il me disait : « C'est indiscrétion et vice d'éducation que de vouloir convertir. Le prosélytisme religieux de l'Europe n'est qu'une forme de son impolitesse. »

La terre d'Indochine sera-t-elle annamite, française ou chinoise ? Le bolchevisme s'étendra-t-il jusqu'à elle ? Je laisse ces vastes problèmes aux politiciens qui en donnent des solutions claires sans même en définir les termes.

PROMENADES

Je suis allé dans les pagodes des Indiens. L'ombre des sanctuaires est la même partout. Si la lumière circule entre les colonnades, les retraits des chapelles ne livrent leurs bouddhas que dans un mystère d'encens et d'ombre. Images des pagodes, « fixés » du même esprit que ceux de nos pays, chromolithographies luisantes où l'image hindoue s'imprègne de l'image européenne de 1830. Bouddhas singes, bouddhas aux multiples têtes, bouddhas aux multiples bras. J'ai quitté mes souliers. À trois pas du sanctuaire, le prêtre m'a fait signe de ne point approcher davantage. J'emporte avec moi une odeur d'encens et de lessive.

Les musiciens sont accroupis, sauf le frappeur du long tambourin, qui est debout. La caisse du violon est grosse comme une pomme. La trompette, gémissante et forcenée, donne ce grave aigu, cette aigreur grasse, ce son grenu de la trompette de cavalerie, mais en bien plus strident. Les sons du tambourin, des cymbales, du violon et de la trompette se développent sur la trame continue d'une trompette plus grave, qui jamais ne s'interrompt et qui jamais ne module. On dirait un souffle éternel. Entre l'homme qui joue et l'instrument, le rapport de cause à effet semble rompu. Ils sont soudés. On ne peut croire qu'un homme donne un pareil souffle, sans répit, sans heurt, d'une aussi absolue unité. On ne peut croire que cet homme respire. Où placerait-il les temps de sa respiration? Si vraiment c'est lui qui joue, il vide un souffle infini, un souffle qui coule comme le temps. Cinq torses nus, cinq torses noirs droits sur les dalles, cinq torses aux membres en ovales et fuseaux, sans creux et sans saillies. La sphère et la courbe. Ici les prêtres ressemblent à leur dieu. Et l'appel, l'imploration de la musique est d'une violence continue, sur une ligne unique, sans rémission, à l'infini.

À neuf heures du soir, les enfants annamites circulent dans la pagode hindoue. Devant l'autel, un prêtre remue une cassolette d'encens. D'autres se touchent les épaules et le front avec les cendres sacrées, grises ou roses. Sous les colonnades des hommes noirs se jettent sur le corps l'eau qu'ils puisent dans un petit vase de cuivre. C'est une fête. Dans la longue allée entre les colonnes et le mur extérieur, on sert un grand repas. Sur deux lignes les Indiens sont accroupis face à face, les uns tournant le dos au mur, les autres aux colonnes. On m'invite. J'emporte mes souliers à la main. Moi aussi, je m'accroupis. Mais je ne sais point étaler mes cuisses à la façon du Bouddha. J'ai l'air d'un gnaff. Sur un morceau de feuille de bananier grand comme une nappe on me sert du riz et du chevreau. Le riz est blanc comme de la neige. En mangeant le chevreau, il me semble que je mange du poivre. On m'offre une tranche de jacquier. Je ne connais pas encore le jacquier. J'ai cru manger une banane frite.

Je m'étonne de ce mélange d'Annamites et d'Indiens. Les religions d'Extrême-Orient n'ont pas les belles séparations étanches qu'on leur voit dans les manuels. Un Indien qui bafouille le français et qui est pris de je ne sais quelle ivresse d'alcool, de danse ou de mystique m'explique que les Annamites viennent demander au Bouddah beaucoup de bonheur et d'argent.

Comme je m'approche de l'autel, le prêtre me tend une assiette d'offrandes, qui contient des bananes et des fleurs blanches tressées en couronne. Présents magnifiques que les sultans font dans les contes. Le prêtre voudrait que j'emporte tout. Je prends une banane, je prends une des couronnes destinées au Bouddha. Le dieu est généreux. Ce soir, après l'implorante musique, après le repas servi sur une feuille de bananier, après l'odeur et la fumée des résines dans laquelle le bonze, bras en avant, s'allongea aux dalles et les toucha du front, ce soir je suis bouddhiste. Ce soir je vis un rêve bouddhiste. Et un dieu, pour la première fois, sans pensée de prosélytisme, par noble courtoisie, un dieu m'offrit des fleurs et des fruits.

L'escadre américaine est en visite. Les marins américains se répandent aux terrasses des cafés. Ils semblent, en Extrême-Orient, une nouvelle race de mammouths. On dirait que les bêtes de la post-histoire passent à travers les héritiers des vieilles civilisations. Bientôt ils sont ivres. Leurs yeux ne semblent plus tenir au visage, leurs yeux de poivrots en fruit qui va tomber. Et dans la nuit pour eux sans mystère, dans la nuit où les êtres et les arbres sont d'une miraculeuse finesse, ils gueulent, traînés par des coolies-pousse, des airs américains. À minuit, enfermés dans un café, ils continuent à projeter autour d'une table un vomi de chants. Mais l'un d'eux dort dans la vase du ruisseau. C'est sa façon de rejoindre la sagesse extrême-orientale.

J'ai souvent pensé en Europe qu'il importait de réhabiliter Bouvard et Pécuchet. Une assez lâche croisade fut entreprise contre eux. Ce qu'on hait en eux ce n'est point tant leurs ridicules que les idées mêmes qu'ils défigurent. Et si leurs adversaires ont des croyances contraires, ils pensent comme eux, ils ont une même qualité de pensée. Ici l'opposition des opinions et des croyances a disparu. Les Européens s'assemblent pour des motifs plus simples, pour la raison de leur couleur et se haïssent pour des motifs plus vrais et moins universels. L'Europe d'ici me semble représentée par tous ses Bouvard et tous ses Pécuchet, unis enfin dans une même doctrine, qui est celle du prestige européen. Parfois il me semble qu'ils sont toute l'Europe. Parfois aussi une autre Europe m'apparaît, que je retrouve en de fragiles souvenirs, l'Europe, ses sommets et sa mobilité.

Europe, ce matin, Europe, où es-tu? Les margouillats du mur qui font leur cri de crécelle ne m'étonnent plus. Les guides pour touristes et les livres des sots contiennent de belles certitudes. Chacun y trouve son Europe, chacun y trouve son Asie. Je suis perdu dans un gouffre asiatique où grouillent des insectes jaunes et noirs. Le rêve où je flotte est trop léger, léger et mortel. L'Asie ne peut s'ouvrir à moi qui passe. Et ce que j'aime en toi, Europe, il me semble que déjà je l'oublie. J'ai besoin de toi, ce matin. Europe, mes dix amis, mes cinq amis, Europe sentimentale, Europe critique, Europe dont nulle trace n'est ici. Europe trouble, qui as mis au service de tous les mensonges la mécanique de tes rotatives, et la mécanique plus subtile encore de tes sophismes. Europe mécanicienne et dialectique. Mais toi aussi, Europe, qui ne combles point le mystère avec des pelletées de symboles. Europe qui cherches toujours un sens nouveau au mot de vérité, Europe détestable, Europe adorée.

Enfin je suis avec un Européen. Il s'appelle Nguyen-An-Ninh. Il est à cette limite où un Extrême-Oriental, ayant gagné l'Europe, ne perd pas l'Extrême-Orient. Il ne veut pas le perdre. Il l'aime. Il l'aime autant qu'un Européen qui s'émerveille. Je crois maintenant que j'appelais tout à l'heure Européen l'homme dont le cœur et les yeux peuvent saisir tous les continents. Ninh qui connaît la critique européenne ne croit pas que la sagesse extrême-orientale lui doive absolument céder. Il ne déguise jamais son esprit à l'européenne. Si les formes de la politesse extrême-orientale autorisent mille réticences, il est une politesse humaine qui interdit les déguisements de l'esprit. Je suppose qu'en Extrême-Orient comme en Europe beaucoup d'hommes sont toujours déguisés, et qu'ils finissent par croire à leur costume. Je n'ai jamais senti comme auprès de Ninh qu'à travers la différence des coutumes et des mœurs, ce n'est pas seulement l'homme qui peut rejoindre l'homme, mais qu'à travers la différence des cultures, les réalités de toute culture véritable, si elles ne peuvent pas se superposer, peuvent du moins se toucher, se connaître et s'aimer.

Ninh connaît la gêne, la honte même dont je ne cesse point de souffrir par l'Européen de Saïgon.

– Nous sourions, me dit-il, de ces premiers trébuchements de l'Européen qui jamais ne sont provoqués par l'Annamite. Cela est arrivé déjà. Vous n'êtes pas le premier. On ne le sait pas toujours. Ceux qui viennent ici ont une mission dans tous les sens du mot…

Nous traversons un bourg indigène. Ninh sait flâner. Il aime flâner. Il redoute, comme déjà je la redoute moi-même, l'Europe où les hommes s'agitent en vain, engloutissent gloutonnement le temps ou lui sacrifient l'amitié, l'Europe qui ne sait pas goûter la saveur du temps. Il voudrait que la civilisation mécanique laissât quelques points préservés où régnera encore la clepsydre. En Europe, l'amoureux du « bon vieux temps » est un personnage livresque. Il court après de vieilles images, le plus souvent parce qu'il n'a point la force d'en recueillir d'actuelles. Il se réfugie dans un passé de vieilles pierres et de vieux livres, qui enferment une minute de tradition qui s'oppose au présent et qui lui donne une illusion de permanence et de repos. Ici le passé et le présent ne s'opposent point comme dans les manuels de l'école primaire européenne ou les livres des historiens européens. On a physiquement le sentiment de la continuité du temps. Le temps est un compagnon qui vous invite à la méditation ou au plaisir.

Nous flânons devant les épiceries, les *cai-nhàs* de poteries, boutiques annamites, boutiques chinoises. Plus loin des porcs, pattes liées, étendus sur le flanc hurlent, parce qu'on examine leur langue. Puis l'*arroyo*, ses sampans et ses jonques. Les sampans sont couverts d'une voûte en paillote, à l'entrée de laquelle on voit un lit de camp et une belle jarre, pour l'eau, en terre noire. L'*arroyo* et ses jonques, plates jonques de rivière et jonques côtières aux proues en bec d'hirondelle. L'*arroyo* et le lent glissement de ses jonques. Elles ont toutes des yeux peints à l'avant; les jonques de rivière, de petits yeux, les jonques de mer, de gros yeux. On dit que c'est pour effrayer les monstres de l'eau.

Nous avons fait visite à un mareyeur. Nous avons bu du thé dans son jardin chinois au bord de l'eau, devant l'aquarium où nagent deux gros poissons moustachus, dont les écailles s'accolent en losanges d'argent, presque de nickel. Nous montons à bord d'une jonque. Pêcheurs et pêcheuses, marchands et marchandes apportent leurs paniers. Rien qui rappelle ici le coltinage européen. Tout semble tâche de luxe et précieuse. Avouerai-je que je ne me suis pas préoccupé du rendement de la main-d'œuvre? On ne pèse pas les poissons. On les prend dans le réservoir de la jonque. On les entasse dans des paniers. Et on les mesure au volume, d'après les cercles des paniers.

Plus loin vers Cholon l'*arroyo* s'industrialise.

Par une nuit très belle, je roulais avec Ninh dans une calèche malabar sur la route au-delà de Cholon. C'était presque une route d'Europe, par une nuit du plein été, mais sans ombres surgissantes, sans formes redoutables. Cependant je n'ai pas dans ma mémoire de nuit européenne qui soit semblable à celle-là. Il y a dans le midi de la France des nuits lunaires étonnamment transparentes, doucement fantomales et presque cristallines. Mais l'opposition est nette entre la route si blanche et le cyprès si noir. Cette nuit d'Extrême-Orient est d'une douceur où rien ne persiste des contrastes du jour et du lourd mystère des nuits européennes. Elle n'est même pas un voile diaphane jeté sur les choses. Un voile intercepte, un voile est un artifice. Dans cette nuit, toutes mes sensations, toutes mes vieilles perceptions d'Europe me semblent soudain grossières, trop chargées, trop nourries.

Tous les Européens, ceux-là même qui croient le plus à la supériorité du monde occidental, ceux-là même qui ne l'ont fondée que sur la comparaison du vermouth qu'ils préfèrent et du thé qu'ils ignorent, reconnaissent la politesse des Annamites. Mais ils n'en distinguent que les formes extérieures. Ils n'en saisissent que ce qui est réticence défensive ou pudique réserve. Ils sourient de ce qui est révérence dans l'espace, parce que la révérence annamite n'est point exactement la leur. Cette politesse enfin, ils veulent à toute force la faire entrer dans les cadres rigides de la politesse européenne, la traduire en formules européennes. Ils ne connaissent point la souplesse de la politesse annamite. Ils ne comprennent point qu'elle est organique, qu'elle n'est point un vêtement qu'on endosse pour les cérémonies et qu'on quitte dans l'intimité. Combien de siècles faudra-t-il encore à l'Europe pour apprendre que la politesse n'est pas seulement un rite extérieur, et que toutes les vertus peuvent se ramener à une politesse de l'homme à l'homme? L'Europe maintenant me semble comique, qui se croit simple pour avoir démocratisé les signes extérieurs de la politesse.

Le temps ici ne se divise pas en compartiments, en heures décentes et indécentes. La politesse n'est point fonction de l'heure. La crainte de déranger n'a point l'horloge pour règle et pour mesure. Elle obéit à de plus subtiles lois. Est-il dix heures? Est-il onze heures du soir? Je ne le sais plus et en vérité je ne l'ai jamais su. La calèche malabar s'arrête sur la route. Ninh frappe à la porte d'une maison isolée. Une femme ouvre cette porte. Mais ce n'est point, à l'européenne, le double entrebâillement d'une porte et d'un être. Nous entrons. L'hôtesse n'a point ce vacillement éberlué et maussade de l'Européen dérangé dans son sommeil. Elle a reconnu Ninh. Son immédiate courtoisie ne s'étonne point. Elle ne questionne point. Je n'entends point les éclats de voix de la cordialité européenne, qui veut tout emporter, brûle l'heure et empêche de la goûter. Un ami sur la route nocturne veut boire du thé et montrer à l'étranger l'hospitalité annamite. Un Européen se confondrait en bruyantes excuses. Ici la nuance d'un sourire suffit.

– Connaître le thé, m'a dit Ninh, c'est déjà beaucoup… C'est déjà beaucoup pour un Européen.

Comme l'odeur d'un bois précieux reste aux doigts qui l'ont touché, l'arôme du thé reste au palais, après qu'on a bu. Le thé n'a point de goût au sens immédiat et grossier du mot. Il semble que l'arôme du thé soit toujours perçu avec la délicatesse qu'aurait un souvenir.

Nous remontons dans la calèche malabar. Nous roulons à nouveau dans la campagne. Il me semble que j'acquière un sens nouveau de la volupté et de la méditation. Le climat m'enveloppe.

– Agir… ici ce mot a-t-il un sens? Je pose cette vague et sotte question.

C'est à Ninh que je pense. Comment s'évade-t-il de ce que les Européens appellent la paresse? Comment s'évade-t-il du seul charme de vivre, de la curiosité des aspects et des êtres qui n'est, si elle n'est point misérable, que la méditation tournée vers le dehors? Par quelle contraction et par quel héroïsme?

– Je ne veux pas, me répond-il, toujours rester ici. Si je me laisse aller à être heureux, si je vais assez loin pour oublier jusqu'à l'existence de l'Europe, il m'arrive de sentir que ce bonheur est empoisonné. Je sens qu'il faut partir. On ne sait pas combien parmi nous furent des exilés volontaires. Et leur départ sans doute aida au maintien de la conquête.

La nuit est trop belle pour que j'interroge Ninh plus longuement. La nuit est trop belle pour une enquête. Je crois aimer presque autant que Ninh la vieille culture d'une race, qui ne s'exprima point tant dans les livres et les monuments que dans la coutume et dans les mœurs. Ninh voudrait que des lieux privilégiés fussent préservés du machinisme moderne. Je ne sais pas s'il ne fait pas trop d'honneur à la mécanique. Cela est dans l'homme. La vapeur et l'engrenage ne sont pas des causes. On avait déjà inventé la roue. La belle nuit provoque en moi un autre étonnement. Je m'étonne que si peu d'Européens aient cédé au charme du pays et des êtres ou que si peu aient eu la fierté de montrer ici quelqu'une des vraies grandeurs de l'Europe. Et Ninh me cite un poème écrit par un Européen qu'il a connu :

Tout le jour je consens à l'activité, à la brutalité,
Ayant appris l'autorité et la brutalité de ceux qui m'ont précédé ici
Mais seul, le soir, avec moi-même je retrouve ma tendresse…

– Sale tendresse, ne croyez-vous pas, monsieur Ninh, que cette tendresse onaniste ?

M. Tran, une autre nuit, fut mon guide. La calèche malabar s'arrête. Me voici si loin de l'Europe que je ne sais point comment conter ce nouveau rêve. C'est une maison sur le bord de la route. Les Européens de Saïgon ne la connaissent point. Les Européens de Paris ne se la peuvent imaginer. J'ignore si un agent de la police des mœurs oserait l'appeler une maison de prostitution. Il existe à Saïgon, il existe à Cholon une prostitution taylorisée qui a les apparences de la prostitution européenne. Cependant, même dans les maisons à soldats, le métier s'exerce sans crapulerie et sans bassesse dans les attitudes. Les mœurs sexuelles n'ont point ici la force de commander aux mœurs. La prostitution n'implique point immédiatement la trivialité. Ne pensez point cependant que l'Europe soucieuse de son prestige, soucieuse de garder intacte la pureté de son caractère n'ait point installée à Saïgon une maison publique, conforme aux rites de la civilisation. Le nom de Mado s'inscrit en grosses lettres sur une lanterne qui n'a rien de chinois. Mado fournit aux Européens des indigènes, des métisses et surtout des Européennes. Il n'y a pas à Saïgon une classe bien délimitée de prostituées européennes. De temps en temps une Marseillaise arrive et fait une brève campagne. Où donc Mado et quelques autres tenancières indigènes arrivent-elles donc à recruter un personnel qui suffise aux hommes du petit groupement européen de Saïgon? C'est bien simple. Elles le recrutent dans ce groupement même. Un boy hermétique et souriant sert d'ambassadeur et porte le message au compartiment de l'Européenne. N'imaginez point sur ce détail que les Saïgonnais vivent dans un inextricable état de confusion sexuelle. Le roman colonial qu'on écrirait sur ce motif manquerait de vérité. Les Européennes que le boy va chercher sont d'un milieu bien déterminé. Il arrive que quelques sous-officiers de Coloniale ne se marient point avec une fille de leur village et contractent pendant un congé un mariage en bordée. Et Mado cédait au besoin de faire un mot, quand elle répondit à un vieux client qui lui disait :

« – Mauvaise affaire pour vous quand vos clients se marient.

– Mais non… j'ai leurs femmes… »

Mado n'a point du tout le physique d'une tenancière. Son aspect est fin. Son profil est de médaille. Il serait à souhaiter, pour le prestige européen, que les femmes des gouverneurs, des administrateurs et des résidents lui fussent égales en apparente « distinction ». J'ai fait le voyage de Saïgon à Marseille sur le même bateau qu'elle. Trois officiers de marine lui servaient de cour. Mais les fonctionnaires coloniaux n'échangeaient avec elle qu'un bref signe de salutation. Au reste je ne crois pas que Mado appartienne officiellement à l'administration. Cependant, comme sa voix porte loin, il m'eût été impossible d'ignorer qu'elle entretenait avec le chef de la Sûreté les plus courtoises relations. Quand bien même je n'aurais point su déjà que le gouvernement général ne connaissait par elle le nombre exact de Martell-Perrier et de bouteilles de champagne que consommaient chez elle les fonctionnaires et les coloniaux de marque en vadrouille. La voix de Mado porte loin. Et c'est ainsi que j'ai connu sur le pont d'un paquebot son admiration pour M. Estaunié[1]. Mado est restée européenne jusqu'en ses vices. (C'est ainsi, je crois, qu'il faut dire.) Une nuit que j'errais dans Saïgon, je traversai le petit jardin qui précède sa maison. Je pénétrai dans une sorte de salle à manger « hollandaise » et je visitai les fumeries. Tout d'abord je ne trouvai personne. La maison semblait abandonnée. Les fumeries donnaient sur une petite cour. J'avais l'illusion d'être seul dans la nuit. Ce fut une délicieuse minute d'Extrême-Orient et d'absolu dépaysement. Il me sembla que la maison de Mado était le vestige de l'occupation européenne, comme les tours thiam sont le vestige d'une civilisation disparue. Mais soudain j'entendis une voix de colère et de lamentation qui traitait le boy d'espèce et l'accusait sans prétexte de mœurs contre nature. Mais il n'y avait point de méchanceté dans le ton de

1. Édouard Estaunié (1862-1942). Romancier dit « de la Province », en vogue dans les années vingt. Il fut élu à l'Académie française en 1903.

cette invocation. Mado vint à moi et nous causâmes. Mado, morphinomane, me dit son mépris du subtil opium. « L'opium, c'est de la blague. » Et, avec la fierté des toxicomanes, elle me dit les doses formidables qu'elle a pu supporter et me montra les cicatrices glorieuses de la seringue.

La maison devant laquelle s'arrêta la calèche malabar est semblable à beaucoup d'autres. On y accède par un perron. Ce pourrait être la maison d'un colonial, d'un commerçant chinois ou d'un fonctionnaire annamite. Deux femmes âgées, vêtues à l'annamite, dont l'une a les cheveux tout blancs, nous y reçoivent. Une servante nous verse du thé. À peine si j'ai aperçu deux jeunes femmes timides, qui s'enfuient, apeurées par le monstre européen. L'une d'elles prit place avec nous dans la calèche malabar, qui nous emporta à nouveau sur la route.

– J'ai pensé, me dit M. Tran, j'ai pensé que cela vous ferait plaisir. J'ai pensé que cette petite courtisane annamite n'était point indigne de cette nuit d'Extrême-Orient que vous aimez.

Dans la nuit sans épaisseurs d'ombre et sans clartés mouvantes, dans la nuit merveilleusement unie, je contemple cette enfant intimidée, cette princesse menue, assise toute droite sur le siège de la vieille comique calèche. Elle ne ressemble en rien à la poupée chinoise, en rien à la triviale prostituée européenne. Si les mots d'aristocratie et de simplicité ont un sens, elle est aristocratique et simple. L'Européen se croit simple quand il se met en bras de chemise ou qu'il prononce un mot que la convention veut grossier. Il ne se prouve sa simplicité qu'en sortant de sa coutume et de ses mœurs. L'Européen n'a point dominé sa coutume et ses mœurs. Cette simplicité, je l'ai connue en Europe, chez de vieux pêcheurs bretons, mais accompagnée de rudesse et d'alcoolisme. Et les rois, peut-être, pouvaient être simples ainsi, au temps où les rois ne doutaient point d'eux-mêmes et de la royauté. Et la petite courtisane semblable à quelque idole familière dans la nuit sans contrastes, dans la nuit parfaitement unie, était, elle aussi, limpide et tout unie.

M. Tran sourit de mon émerveillement. Mais si comme moi il n'est point étonné, je ne crois pas qu'il éprouve un moindre plaisir. Ce furent de belles minutes que celles où cette nuit d'Extrême-Orient me fut offerte par lui comme un présent. Je ne sais plus les paroles que nous avons échangées. En mots épais elles se pourraient ainsi résumer :

« – Si l'Europe, m'a dit M. Tran, nous peut apporter sa critique et son analyse, elle ne subit guère le sens aigu que les meilleurs d'entre nous ont de la volupté et de la méditation. Même les prostituées d'Extrême-Orient remarquent que l'Européen ne cherche point autre chose que satisfaire son instinct sexuel. Sans doute ceux de vos intellectuels qui cherchent à nous comprendre écriront volontiers : " Chez les Extrême-Orientaux, la volupté est un art. " Pourquoi pas de la littérature?... Je pense qu'une telle phrase les sert auprès des belles Européennes. Cette petite fille maintenant n'a plus de méfiance contre vous. Ne cherchez point à cela une explication européenne. En montant dans cette voiture vous pensez bien qu'elle n'avait point peur. Mais si maintenant elle est toute prête à vous parler, c'est que les plus simples ici sont sensibles à la sympathie et à cette forme de la politesse qui n'est point locale.

– Monsieur Tran... voulez-vous lui demander ce qu'elle pense de l'Europe ?

Et M. Tran me traduit la réponse :

– Je ne sais pas... Je n'ai jamais été chez le commissaire. »

Une autre nuit, la calèche malabar nous laissa sur la route. Nous marchâmes dans les terres, vers une paillote. Il n'y avait point de lumière dans la paillote. À même la terre, sur deux nattes, comme enchevêtrés, ils dormaient. Nous les éveillâmes. Ou ils s'éveillèrent. En Extrême-Orient le passage de la veille au sommeil n'est point, comme en Europe, une douloureuse gestation. Des êtres plus légers vivent dans un monde plus léger. Ce ne fut point comme en Europe le réveil des morts, une maussade résurrection aux sollicitations obstinées d'un puissant thaumaturge. On nous fit entrer dans la paillote. Nous étions dans un Annam populaire. Car le thé qu'on nous offrit était cet amer et noir thé de Hué, que boivent les coolies. C'est alors seulement que je pus voir, désenchevêtrés, les deux groupes qui tout à l'heure dormaient à la lune. Le patron, énorme comme un lutteur, était noir comme un Cambodgien. C'est le seul Annamite auquel j'ai vu cette apparence. Sa femme et les deux pensionnaires étaient pauvrement vêtues de *cài-quàn** et de *cài-ào* non point en soie, mais en étoffe de coton noir. On ne me l'aurait point dit que je n'aurais point imaginé que cette paillote perdue dans les champs fût ce que les Européens appellent une maison de prostitution. Je ne le crois point encore. Je crois que des Annamites indolents s'étaient réunis en une sorte d'humble phalanstère, loin des villes, et qu'ayant, par paresse ou philosophie, renoncé à tous les préjugés et à toutes les doctrines des civilisations, ils n'avaient rien gardé que le culte des ancêtres et l'usage de la plus haute politesse. Ici même dans cette humble paillote, je constate, si je veux grossir les nuances aux termes d'une définition, que toute la politesse de l'Europe (politesse qu'elle n'exporte pas) est de ne pas déranger, mais que la politesse de l'Extrême-Orient est de n'être pas dérangé. Nous eussions volontiers fumé quelques pipes d'opium. Non point crapuleusement, à l'européenne, et comme à la recherche des alcaloïdes de l'opium. Mais quand l'aube s'approche et qu'on est étendu sur le lit de camp d'une paillote, l'opium redonne au corps sa souplesse et à l'esprit sa limpidité. L'opium ôte au monde cette apparence de demi-cauchemar que parfois lui donne l'insomnie. L'opium restitue aux esprits et aux choses leur cohérence et leur attitude de parfaite politesse. Il n'y avait point d'opium dans la paillote. On en alla chercher. Le maître de maison nous offrit une vieille pipe qui depuis longtemps n'avait pas servi. Une des jeunes femmes consentit à préparer la boulette. Mais elle connaissait mal l'agile et précise technique de la préparation. Elle ne nous eût rien donné que l'obtuse saoulerie, bonne tout au plus pour un toxicomane ou pour un Européen en tournée des grands ducs. C'est alors qu'on alla chercher le charpentier. C'était un homme entre quarante et cinquante ans, à qui la sagesse d'un métier savant n'était venue que tard et qui, dans sa jeunesse, avait été coolie-pousse et cocher.

ANNAM ET EUROPE

Quelles que soient les ressources de cette réticence extrême-orientale à laquelle les Européens font sans cesse allusion, vous ne ferez point dire à Nguyen-An-Ninh que l'état actuel de l'Indochine n'est point un état d'oppression. Au sens où l'amour d'une terre et d'un pays n'est point une illusion du verbalisme politique, mais compréhension par l'esprit et plaisir par les sens, je crois Ninh plus annamite que les réfractaires purs. C'est parce que l'âme de l'Extrême-Orient vit en lui. Le nationalisme ne peut point avoir d'âme. Il ne peut avoir qu'un visage. Les caractères spirituels qui viennent du passé et qu'ont constitués les climats de la terre et les pensées des hommes ne se plient point aux arbitraires diversités des variétés et sous-espèces politiques. Ninh est nationaliste dans la mesure où l'Europe coloniale l'y contraint. Dans le nationalisme tel que l'entend l'Europe il y a une agressive impolitesse de l'esprit, dont un véritable Extrême-Oriental n'est point capable. Au fond de lui-même, Ninh ne conçoit pas comme intolérable une Indochine qui ne serait point administrée par l'Europe. Mais il tient pour intolérable l'actuelle administration de l'Indochine. Et il pense comme tous les Annamites que la révolte serait légitime contre cette administration qui ne se maintient que par la force. Mais il répugne à un sursaut de révolte suivi de répression. La révolte n'a point d'excuse, si elle est inefficace. À une révolte victorieuse, mais sanguinaire, peut-être la conciliation est-elle préférable. Ce n'est point seulement que la guerre est une dégoûtante chose et que la vénération du guerrier est européenne et non point chinoise. Mais dans l'actuelle complication du monde, l'Annam puéril et grave, agricole et joueur ne peut espérer qu'on le laissera vivre, simplement parce qu'il est charmant et délicat. De la vieille culture chinoise, il reste beaucoup peut-être dans l'inconscient de la masse. Et si quelques lettrés la possèdent encore en quelques-unes de ses formes, ils y trouvent un asile, mais elle ne leur fournit point un plan d'où affronter le monde moderne. L'Annam, qui fut chinois, ne peut s'appuyer complètement sur une Chine qui n'est point encore en état de refaire ses structures défaites. L'Annam ne peut pas ne pas tenir compte de l'Europe. Et je n'entends pas seulement l'Europe mécanicienne, telle qu'elle a fabriqué l'Amérique et telle qu'elle se modèle peu à peu à l'image de l'Amérique. Mais par-delà les armes et les machines, il est un ferment d'Europe, ignoré de la masse européenne. Et toutes les idées auxquelles l'Europe ne croit plus, auxquelles elle ment sans cesse, évangéliques, encyclopédiques ou kantiennes, l'Europe ne peut pas empêcher le monde de se les incorporer.

Par là se peut créer un loyalisme européen auquel les Européens ne songent guère. Un Annamite cultivé connaît cette Europe des livres. Il connaît aussi le caractère brave homme de l'Européen du petit monde. Il reste le fait de la conquête. Un sage d'Extrême-Orient a d'autres soucis que celui des revanches militaires.

Voilà les plus atroces idées vagues. À peine si un discours de gouverneur sur la mission civilisatrice est plus vague. Mais j'essaye ici de traduire en langage clair les sentiments d'un Annamite cultivé sur le contact de l'Europe et de l'Extrême-Orient. L'Européen, qui a appris la géographie et l'histoire à l'école primaire ou dans un établissement secondaire et dont les journaux ont ensuite formé l'âme historique, n'a pas le moyen de contrôler un tel langage. Mais je crois que les Annamites cultivés et les Européens coloniaux, qui ne s'en tiennent point aux dogmes du gouvernement général et des distilleries Fontaine, y retrouveront une réalité qu'ils connaissent. Je touche ici à une difficulté qui n'est point propre à l'Indochine. Qu'on le veuille ou non, parler des relations des hommes entre eux, c'est de la politique. Et le dégoût que tous les esprits sans bassesse ont de la politique ne tient pas à l'objet de la politique, mais à ce qu'il faut bien, faute d'un autre mot, appeler sa méthode. En effet, si l'on tient en science qu'une hypothèse vaut selon les faits qu'elle explique, on tient en politique que les faits valent selon qu'ils sont conformes au sentiment commun ou au dogme officiel d'un État ou d'un parti. Ce renoncement de l'esprit provoque un insurmontable dégoût. Le jour où les traces de ce dégoût auront disparu, on peut dire qu'il n'y aura plus d'Europe.

Si je n'ai point parlé des Missions, c'est que leur action ne se sépare point de la conquête et de la colonisation. S'il y eut parmi les missionnaires des mystiques qui n'eurent point d'autre but que d'assurer le salut des Annamites, il est de fait que l'évêque de Béhaine[1] fut déjà un agent diplomatique de la royauté.

1. Pierre Pigneau de Béhaine (2 nov. 1741 - 9 oct. 1799) part avec la Mission pour la Cochinchine le 9 sept. 1765. Il en

Au XIXe siècle, ce furent les missionnaires qui appelèrent les marins. Un Annamite ne distingue point entre les missionnaires et les autres coloniaux. Si en Chine le rôle des Missions est surtout financier, en Cochinchine, il est surtout industriel. L'histoire des Missions est maintenant liée à l'histoire du caoutchouc. Et la courbe du prosélytisme est déterminée par les besoins de la main-d'œuvre.

En fait le nombre des Annamites christianisés est peu important. La conquête s'est faite à une époque où on ne convertissait plus par la force. Le jeu des concessions territoriales eut pour prétexte la civilisation et non plus le dogme. D'autre part, voué au culte des ancêtres, le *nha-qué* n'a pas de besoins de théologie pure plus considérables qu'un pêcheur breton ou napolitain. S'il se convertit pour plaire au maître, ou pour plaire à celui qui doit avoir l'oreille du maître, il ajoute à ses dieux domestiques des dieux ou des héros nouveaux qui ne doivent point être si mauvais, puisqu'ils sont les dieux des plus forts. Aussi bien l'Annamite ne peut ignorer maintenant que les Blancs ont des dieux qui ne s'accordent point. Le protestantisme prêche aussi sa foi. Des pasteurs américains ou suédois ont fondé des missions. Ils ont, m'a-t-on dit, converti deux cents Annamites en Cochinchine et huit cents dans le reste de l'Indochine. Mais je n'ai tenté aucune vérification de ces chiffres.

La religion de l'Annamite n'est point sociale, mais domestique. Cela crée un culte divers, dans le privé. Cela exclut la mystique collective de la prière en

revient en 1769 à la suite des persécutions exercées contre les missionnaires. Nommé évêque en 1771 alors qu'il se trouve en Inde, il retournera en Cochinchine en 1774 où il restera jusqu'à la fin de ses jours.

commun. On prie hors de la maison de Dieu. On prie les ancêtres. Ils reviennent au foyer, quel qu'il soit. Les conversions ne changent que l'apparence du dieu. C'est ainsi que les patrons annamites d'une maison publique se sont récemment convertis au christianisme. C'est une aimable et simple maison, une sorte de grande paillote. Si on lève la tête, on voit la charpente et les tuiles du toit. Les meubles y sont à incrustations. Des chromos chinois représentent des paysages. Aux murs sont fixés de beaux panneaux noirs où sont peintes des maximes en caractères, de beaux panneaux noirs qui encadraient autrefois l'autel des ancêtres. Mais sur l'autel on a placé un globe de verre qui protège un bouquet de fleurs en papier peint et en zinc. Une vierge de Saint-Sulpice s'encadre dans une niche. Et devant le globe de verre, on voit un Saint-Joseph, des vierges, un Jésus qui semble en sucre peint. Ces Annamites n'ont point pensé qu'il y eût profanation à placer un petit sanctuaire dans un bordel. Ils n'ont pas cessé de faire de la religion une chose de la vie entre les autres choses.

Je l'ai dit déjà. Les Annamites cultivés tiennent le prosélytisme européen pour une sorte d'impolitesse. Historiquement ils se refusent à séparer le rôle des Missions, celui des canons de la marine et celui des premiers gouverneurs, qui organisèrent la conquête et parfois la répression, mais qui diffèrent en ceci des gouverneurs empruntés au parlement qu'ils ne s'enrichirent pas personnellement.

J'ai tenté de passer à un autre plan, de toucher à l'ordre de la Charité selon Pascal. Les Annamites affirment que l'Europe n'eut point en Indochine souci de cet ordre et qu'il ne semble point qu'elle tende à le réaliser chez elle. À tort ou à raison ils pensent que la vieille culture chinoise n'est point inférieure aux disciplines mystiques ou laïques de l'Europe. Et pour ce qui est de la charité en son sens usuel et banal, ils m'ont demandé ce que l'Europe pouvait prétendre apporter en un pays où le mendiant fut toujours sûr de trouver sa poignée de riz. Et sur la charité annamite, ont-ils ajouté, interrogez vos administrateurs, qui ne redoutent rien tant que l'Européen déclassé ou dévoyé qui pourrait, en vivant de la charité annamite, compromettre le prestige européen.

Un Annamite m'a dit un jour :

« Au temps de la conquête, un de mes oncles avait coutume de rentrer chez lui avec deux têtes d'Européens pendues à la selle de son cheval. Il fut pris et tué par les Français. Le même jour sa femme insulta dans son jardin l'officier français qui avait commandé le peloton d'exécution. L'officier, de son sabre, lui taillada la bouche, en élargit la fente. Puis il la fit jeter vivante dans le puits du jardin. »

Vous vous souvenez, mon ami, de mon européenne irritation, toutes les fois qu'on me citait un fait sans m'en donner les preuves. Et de ceux-là vous ne fûtes pas témoin. Mais que ce récit soit absolument exact, déformé ou même imaginé, il garde la valeur d'une légende ou d'une tradition familiale. Et l'Européen critique, l'Européen de Sorbonne peut ne voir dans un tel fait que le symbole, formé par les Annamites, de la guerre qui en fit un peuple conquis. Qu'on veuille bien cependant se souvenir qu'il y a peu d'années, le résident Darles[1] lardait des Annamites de la pointe de son sabre. Fait prouvé par le témoignage humain et le document photographique. Fait juridiquement établi,

1. Cf. note 2, p. 46.

qui valut à ce Darles sa révocation et une condamnation à cent francs d'amende.

Ces faits me furent contés sans colère. J'ai dit déjà que la colère n'est pas un sentiment d'Extrême-Oriental. Et on n'en tira point de conclusions pour le présent. Les relations de la Cochinchine, de l'Annam et du Tonkin avec l'Europe ne sont point un problème qui puisse se limiter au problème de la conquête. Et même une juste administration, une administration non concussionnaire ne résoudrait pas complètement ce problème du contact de l'Europe et de l'Asie. Elle supprimerait si simplement, pour un temps qu'on ne peut prévoir, les pensées de révolte. Un Annamite de quelque sagesse, un Européen de quelque instruction ne peuvent, hors une heure de folie, espérer un gouverneur qui puisse ne rien saisir ni de la culture extrême-orientale, ni de la culture européenne. Mais ils peuvent désirer et peut-être espérer un gouverneur qui ait de la justice le sentiment qu'en pourrait avoir un commissaire de police intègre.

Nguyen-An-Ninh a tenté de définir, dans son journal *La Cloche fêlée*, une collaboration de la France et de l'Indochine. Sa faiblesse et sa force sont de voir un problème de culture où les politiciens ne voient qu'un problème politique. Il sait l'indigence de l'héritage proprement intellectuel de l'Annam : « La soi-disant élite façonnée par les livres chinois n'a-t-elle pas été forcée de s'accrocher aux idées confucéennes, comme les naufragés à une épave ?... » « Ce qui nous met le plus dans l'embarras c'est de trouver un solide héritage intellectuel... »

Les Européens de petite culture secondaire ne manquent point d'invoquer contre les Annamites l'impersonnalité de leur production dans le passé. Je ne suis pas absolument sûr qu'il n'y ait point là une idée européenne de manuel. Nous admettons par simplification qu'un peuple vaut par ses artistes et ses penseurs. Nous supposons qu'ils émanent de la masse et qu'ils l'expriment. Ce n'est point impossible. Nous appliquons aux œuvres d'art la méthode simpliste de Taine. Nous n'en sommes point à définir le rapport de l'élite productive à la masse. Ce rapport est peut-être plus complexe. Une civilisation vaut aussi par ses mœurs. Ce n'est qu'à vol d'oiseau que la grandeur d'une civilisation et la perfection de ses œuvres coïncident.

Le plan de culture où se place Ninh suffit à le rendre suspect aux gouverneurs. Ninh, quand il parle français, parle une langue qui leur est étrangère. Et le gouvernement général comme le service de la Sûreté se demandent avec angoisse quel est exactement le sens révolutionnaire des mots mystérieux que prononce Ninh. Que peut-il bien entendre par culture, civilisation? De quelle franc-maçonnerie qu'ils ne connaissent pas, sont-ils les symboles? Ils ont des interprètes indigènes. Mais on n'a pas prévu pour eux un corps d'interprètes pour la traduction des mots abstraits de la langue française.

Un jour le gouverneur de la Cochinchine, du nom de Cognacq, manda Nguyen-An-Ninh, qui avait fait une conférence sur l'idéal de la jeunesse annamite dans la salle de la Société d'Enseignement mutuel de la Cochinchine. Ninh fut reçu par le gouverneur et le chef de la Sûreté. J'emprunte à *La Cloche fêlée* le récit de cette entrevue.

« – Vous avez dit, demanda le gouverneur, vous avez dit : " Un grand philosophe, un poète, un peintre, un savant, un chanteur comptera plus au jour du jugement que toutes les concessions arrachées par tous les congrès en cent ans "?...

Le gouverneur ne dit point s'il savait que cette phrase était de Ananda Coomaraswamy. Nguyen-An-Ninh lui répondit :

« – Monsieur le gouverneur a donc remarqué que j'ai parlé de choses purement intellectuelles...

– Le pays est trop simple, interrompit le gouverneur. Si vous voulez faire des intellectuels, allez-vous-en à Moscou. Sachez bien que la graine que vous voulez semer dans ce pays ne germera jamais... que partout où vous irez vous trouverez le Dr Cognacq... que mes gens (*sic*) me mettront au courant de vos moindres gestes... que la Cochinchine entière m'obéit et que, si vous persistez, le Dr Cognacq est prêt à se servir des derniers moyens... »

Redoutable menace en vérité si l'on songe que le Dr Cognacq n'est point un homme à scrupules. Je ne veux point conter sur lui d'histoires coloniales. Ce type banal de fonctionnaire à poigne ne m'intéresse pas.

On éprouve cependant quelque étonnement à constater que le gouverneur Cognacq redoute à ce point les intellectuels. Car aussi bien que Nguyen-An-Ninh, il fréquenta les librairies parisiennes. Mais à des fins différentes. Ninh achetait des livres pour sa bibliothèque. Le Dr Cognacq, alors qu'il n'était encore que directeur de l'École de Médecine de Hanoï, proposait à un libraire parisien une singulière combinaison de factures fictives. Vous souvenez-vous, Cognacq? Et faut-il que je cite le libraire?

« La police me surveille, me disait Nguyen-An-Ninh. Je n'ai point à me cacher... Mais ces yeux-là sur ma vie... »

Ninh a écrit aussi dans son journal :

« Un temps viendra où nous aurons plus de plaisir à vivre dans ce pays… La France verra les enfants de son sang et ses enfants adoptifs unis dans une même tradition pour faire de l'Indochine une France d'Asie. »

Ninh s'est acquis la sympathie de quelques Européens, pour qui la tradition coloniale n'est point la tradition française. Un jour, un soldat, un simple soldat est venu le trouver et lui a dit :

« Je suis venu pour vous serrer la cuiller. »

Ninh tient pour intolérable la brutalité coloniale et a le courage d'y résister. Il était un soir au cinéma. Un capitaine et un lieutenant d'Infanterie de marine étaient assis derrière lui. Sa chaise était exactement devant la chaise du lieutenant. Le lieutenant empoigna le dossier de la chaise, la fit basculer et lui dit : « Tu ne peux pas faire attention… tu m'empêches de voir… »

Nguyen-An-Ninh répondit avec sa politesse extrême-orientale qu'il n'avait point coutume qu'on lui parlât sur ce ton, qu'au surplus ont aurait pu le prier de déplacer sa chaise et qu'il n'eût point hésité à le faire.

Le lieutenant continua à tutoyer Ninh, Ninh à son tour le tutoya. Ce qui provoqua la rage du lieutenant. Sur un mot grossier du lieutenant, Ninh saisit la chaise et la soulève dans l'espace. Les Annamites présents retiennent le bras de Ninh. Si Ninh avait frappé, tous les Européens présents se fussent jetés sur lui. Ce fut l'entracte. Le lieutenant et le capitaine disparurent, pour éviter un scandale.

– J'ai saisi, m'a dit Ninh que le capitaine qui n'avait pas prononcé une seule parole désapprouvait le lieutenant.

Mais le capitaine n'eut pas le courage, difficile en terre coloniale, de manifester cette désapprobation.

LE VOYAGE EN COCHINCHINE

Je partis avec Nguyen-An-Ninh. Je puis l'avouer sans compromettre Nguyen-An-Ninh. Nous aurions voulu cacher ce voyage que cela nous eût été impossible. Le gouvernement général envoya aux administrateurs une note confidentielle leur ordonnant de faire surveiller par les délégués des postes administratifs, *Doc-phu*, *Phu* et *Huyen*, nos relations avec la population. Ces fonctionnaires étaient également invités à prendre toutes dispositions pour que nous ne soyons pas renseignés sur les affaires gênantes et pour que les indigènes que l'on savait avoir à se plaindre de l'administration ne songeassent point à me communiquer leurs griefs. (Je citerai plus tard quelques-unes de ces affaires.)

Pendant le temps que dura notre voyage on télégraphia au gouverneur l'heure de nos arrivées et de nos départs et les centres désignés par nos billets. Quand nous voyagions en chaloupe, gendarmes et miliciens étaient mobilisés pour nous.

D'autre part les miliciens, dans les rues et sur les quais, saluaient en moi l'Européen, le conquérant, le vainqueur.

En même temps des câbles étaient échangés à mon

sujet entre le gouvernement général et le ministère des Colonies. Comment j'ai pu établir ces faits, ce n'est point ici le lieu de le révéler.

C'est une dépêche de l'administrateur de Rach-Gia qui provoqua l'inquiétude du gouvernement général à l'occasion de mon voyage en Cochinchine. Mais avant même que je n'eusse quitté le pont du paquebot, le gouvernement général s'alarmait. Pour ma part j'ignorais le gouvernement général. Européen point encore colonial, je m'imaginais que le gouverneur était une sorte de préfet. Je voyage souvent en France. Je ne donne point d'inquiétude aux préfets et je ne m'occupe point d'eux. Il me faut en conclure ou que les préfets de France, mieux renseignés, ne s'abusent point ainsi sur mon pouvoir d'agitation et l'étendue de mon public ou qu'ils ont la conscience plus tranquille. À la date où le paquebot qui me portait en Indochine mouillait à Singapour, M. Châtel, chef de cabinet du gouverneur Merlin fit une démarche auprès d'un notable commerçant saïgonnais et lui dit :

« – Vous êtes l'ami de Paul Monin. Paul Monin et Léon Werth arrivent ici ensemble. Télégraphiez à Monin. Dans son propre intérêt qu'il ne vienne pas ici avec Léon Werth. Vous savez qui est Léon Werth. C'est un communiste notoire... Monin se compromet. Mais aussi Werth n'est pas inconnu de quelques Annamites lettrés qui sont de mes amis. Et ils ont fait la confidence qu'ils attendaient beaucoup de lui et qu'il ne pouvait venir en Cochinchine, sinon pour faire la révolution et libérer le jeune Annam...

– Mais enfin il arrive... et ni vous ni moi n'y pouvons rien.

– Sans doute... Mais ne pourrait-on pas?... Vous comprenez... Il y a la manière... En quoi la Cochinchine intéresse-t-elle particulièrement Léon Werth? Que ne débarque-t-il à Singapour?... Pourquoi ne visiterait-il pas l'Inde, l'Inde mystérieuse?... »

Je sais bien qu'ici mon récit touche à l'invraisemblance. Il est vrai. M. Châtel proposa à son interlocuteur, pour qu'il pût avant l'arrivée du paquebot exercer quelque pression sur Paul Monin et sur moi, d'embarquer sur la chaloupe de police qui rejoint le paquebot au Cap.

Je joue de malheur avec les gouvernements. Trois mois auparavant les Soviets me fermaient leur frontière. Je dois ajouter que du moins cette mesure ne me concernait pas particulièrement et qu'elle était alors appliquée à tous les Français, qui n'appartenaient point au parti communiste. Mais je suis tenté de me demander s'il n'y a point entre tous les gouvernements et ma propre personne une insurmontable incompatibilité.

Vous entendez bien que je ne prétends pas jouer au martyr de la police cochinchinoise. Et je souhaiterais que l'Indochine n'eût pas connu de plus pitoyables victimes. J'aurais pu, si j'appartenais à cette catégorie de malades que les psychiatres appellent les fous raisonneurs, tirer meilleur parti de cette haute surveillance. Cependant je me suis étonné de la puérilité du gouvernement colonial qui prétendait me cacher des scandales éclatants, en circulation dans l'air de tous les bourgs cochinchinois. À plus juste titre le gouvernement colonial aurait pu s'inquiéter du souci que j'avais d'observer les hommes et les mœurs, les relations enfin de l'Européen et de l'Annamite. Mais cette curiosité est trop étrangère à tous les gouverneurs et à la plupart des administrateurs. À peine d'ailleurs cette haute surveillance eut-elle d'autre effet que de me permettre d'apercevoir de temps en temps l'épaisse face d'un gendarme colonial ou le visage fermé d'un policier annamite. Elle eut à Saïgon une conséquence comique. Deux agents annamites de la police, particulièrement chargés de la surveillance de Nguyen-An-Ninh, filaient, au lieu de Nguyen-An-Ninh, M. Dejean de la Bâthie, journaliste métis, fils d'un ministre plénipotentiaire. Quand nous eûmes quitté Saïgon, ils continuèrent leur rapport quotidien. Une dépêche de l'administrateur de Rach-Gia au chef de la Sûreté révéla leur erreur. Il paraît que le chef de la Sûreté demanda leur révocation.

Ajouterai-je, monsieur le gouverneur, que la méfiance que vous montriez à mon endroit, si elle rendait hommage à mon souci de vérité, n'était guère flatteuse pour les écrivains ou les journalistes qui m'avaient précédé? Ainsi vous leur accordiez à tous un certificat de docile discrétion, dont je n'imagine pas qu'ils tireront grande fierté et dont j'espère qu'ils vous demanderont compte comme d'une impardonnable offense. Ajouterai-je aussi que l'enveloppant accueil que vous leur fîtes n'était guère flatteur, après que vous aviez déclaré qu'il ne fallait point d'intellectuels en Cochinchine.

Cependant si modeste que soit un auteur, si dédaigneux qu'il soit du succès de ses ouvrages, il ne peut être absolument indifférent à leur sort. C'est pourquoi, Monsieur le gouverneur, je vous dois des remerciements. C'est pourquoi j'aurais dû peut-être vous dédier ce livre. Les amitiés que j'ai en terre cochinchinoise ne m'eussent valu que la confiance de quelques honnêtes gens. Mais vos relations, m'a-t-on dit, sont plus étendues. Votre sollicitude m'apporte un plus vaste public.

Vers la même époque quelques journaux de la presse saïgonnaise affirmaient que j'étais venu prêcher le communisme à la masse annamite. L'un de ces journaux publia ma biographie et cita les dates précises où j'avais prononcé en divers congrès des discours révolutionnaires. (Je n'ai jamais parlé dans aucune réunion publique et ajouterai-je qu'ayant assisté à deux ou trois meetings, j'en ai gardé un invincible écœurement de l'homme réduit à n'être plus que foule.) J'ai su depuis que le journal avait emprunté ces détails à la fiche policière d'un communiste qui porte le même nom que moi et dont j'ignorais l'existence. Excusable erreur d'un rédacteur abusé que ne pardonne point ma vanité de littérateur? Non… le journal ou son documentateur avaient établi une ingénieuse biographie composite. Car, parmi des faits qui tous étaient faux ou qui n'avaient point trait à moi, la date et le lieu de ma naissance étaient exactement rapportés.

La conception que les hauts fonctionnaires coloniaux et leurs journaux se font du bolchevisme est à la fois naïve et roublarde. Dans un pays où nul ne sait ce qu'est le bolchévisme, où les conditions économiques ne lui sont guère pour l'instant favorables et où l'administration seule lui prépare les voies, l'administration désigne du nom de bolcheviste quiconque ne courbe point l'échine devant elle. Bolchevisme moral, bolchévisme d'opinion. Mais il y a aussi un bolchevisme financier dont furent accusés tous les fonctionnaires européens ou indigènes qui manifestèrent quelque opposition au projet du Monopole concernant le port de Saïgon, aux tripatouillages proposés du groupe Candelier.

Ainsi notre voyage dans l'Ouest cochinchinois provoqua d'innombrables inquiétudes, dont on pourrait retrouver quelque trace en consultant par exemple les procès-verbaux des séances du comité de l'Indochine[1]. Et quand le député de Cochinchine débarqua à Marseille quelques semaines après moi, il déclara à un reporter du *Petit Marseillais* que ma propagande communiste, grâce au bon sens du peuple annamite, avait

1. Procès-verbal de la 611e séance du Comité, tenue le 3 juillet 1924, sous la présidence de M. L. Fontaine. Étaient présents :

MM. Ernest Outrey, député de la Cochinchine, Président d'honneur; La Société française des distilleries de l'Indochine (représentée par M. L. Fontaine, président); La Banque des Pays-Bas (représentée par M. Choppin de Janvry); La Banque Industrielle de Chine (représentée par M. François); Le Marquis de Barthélemy; Bauge; Les Charbonnages du Dong-Trieu (représentés par M. de Redon de Colombier); La Compagnie de commerce et de navigation d'Extrême-Orient (représen-tée par M. Launay, vice-président); La Compagnie des Messageries Fluviales de Cochinchine, (représentée par M. Bramel); La Compagnie Franco-Indochinoise (représentée par M. Ehrhardt); La Compagnie générale des colonies (représentée par M. Pannetier); Dureteste; L'Est asiatique français (représenté par M. Delpech); Les forges ateliers et chantiers de l'Indochine (représenté par M. Ziegel); Freynet; Freyssenge; Gigon-Papin; L'imprimerie d'Extrême-Orient (représentée par M. de Lansalut); G. Larue; Lejeune; La maison Descours et Cabaud (représentée par M. Blondel); La maison Diethelm et Cie (représentée par M. Frey) ; La maison Grammont et Cie (représentée par M. Rost); La maison L. Jacque et Cie (représentée par M. L. Jacque); de la Noé; de la Pommeraye (représentée par M. Bertrand); de Saivre; Sam buc; La Société agricole de Suzannah et La Société des plantations d'An Loc (représentées par M. Fernandez); La Société anonyme des tuileries de l'Indochine (représentée par M. de Pouvourville); La Société commerciale du Laos et La Société d'Études et d'Exploitations minières de l'Indochine (représentées par M. E. Dupuy); La Société de constructions de Levallois-Perret (représentée par M. Cheurlin); La Société des anthracites

échoué. Je ne voudrais point faire à cet indigent l'aumône d'une polémique. Je n'ai jamais craint de me compromettre en affirmant mes préférences et mes dégoûts touchant l'ordre social. Mais je ne possède ni doctrine ni système. Et ce député savait bien qu'il mentait. S'il m'appelle bolcheviste, bien que je ne sois inscrit sur les livres d'aucun parti, quel recours garde-t-il contre ceux qui le pourraient traiter de fripouille, bien qu'il ne soit pas encore en prison?

Mais ce député d'affaires et les gouverneurs complices, vénalement ou non, de quelques groupes d'affairistes, n'ont point aussi peur qu'ils le disent du bolchévisme. Aussi bien n'aurais-je point parlé de ces grotesques incidents, s'il ne m'avait fallu montrer que l'administration coloniale ne peut souffrir qu'un Européen se promène en Cochinchine, les mains dans ses

du Tonkin (représentée par M. Jordan); La Société des établissements Delignon (représentée par M. L. Delignon); La Sociélé des étains et Wolfram du Tonkin (représentée par MM. Belugou et Saurel); La Société des grands travaux d'Extrême-Orient (représentée par M. Denain); La Société des laques indochinoises (représentée par M. Simoni vice-président); La Société des tabacs de l'Indochine (représentée par M. Le Galien); La Société indochinoise de Commerce d'Agriculture et de Finance (représentée par M. Lionel Marie); La Société indochinoise de Transports (représentée par M. Duclos); La Société indochinoise Forestière et des Allumettes (représentée par M. Mahé); La Société industrielle et commerciale d'Annam (représentée par M. Saint-Chaffray); La Société minière du Tonkin (représentée par M. Pierron); L'Union commerciale indochinoise et africaine (représentée par M. Vigne, vice-président).

Absents excusés : la Compagnie des chemins de fer de l'Indochine et du Yunnan et la Société cotonnière du Tonkin (NdA).

poches. Le gouvernement général est accoutumé à ce qu'on lui demande un mot d'ordre. Et si un écrivain intègre n'est point envoyé par un groupe financier, le gouvernement est tout prêt à lui désigner des centres de tourisme et à lui fournir pour guides les plus subtils de ses administrateurs.

Depuis que j'ai rédigé ces notes, Nguyen-An-Ninh a fait un voyage en Europe. Son retour en Indochine fut marqué d'un fait plus important. À l'escale de Singapour, la police anglaise, sur l'ordre du consul de France, saisit à bord du *Fontainebleau* tous ses papiers : lettres, notes personnelles, traduction française d'une pièce du vieux théâtre annamite, brochures données par la section marseillaise de la Ligue des Droits de l'Homme. Un policier anglais passa Nguyen-An-Ninh à tabac dans une coursive déserte. Il l'avait attaqué par-derrière et le serrait à la gorge. Ninh put se dégager. L'intervention d'un témoin intimida le policier anglais.

Consul de France… Police anglaise… voilà donc l'Internationale coloniale. Je ne cite point ce fait dans l'espoir d'attirer aux responsables quelque blâme officiel. Je ne suis plus si naïf. On ne sait même pas si la débile ligue des Droits de l'Homme y trouvera matière à protestation. La perquisition et le passage à tabac s'opérèrent à peu près dans le même temps que le nouveau gouverneur de l'Indochine prononçait dans un bourg d'Auvergne « l'indéfectible » discours sur le rapprochement des deux cultures.

Je le répète, je n'ai point d'illusions sur les puissances coloniales et sur les puissances administratives ou ministérielles qui les contrôlent en France. Je cite ce fait parce qu'il est un fait. Il est à croire, en vérité, que la sottise de l'Europe colonisante est désormais résignée aux solutions qui l'expulseront. Elle attend que les problèmes indochinois soient résolus par le temps, les Chinois ou les Russes.

Et que les Annamites n'aient point d'illusions sur la force de quelques Européens qui savent et qui n'appartiennent ni à l'administration ni à la finance coloniale. Qu'ils n'espèrent point sottement dans les puissances de justice européennes. Ce sont des puissances mortes, dont on ne fait plus état en Europe.

Ce n'est pas un ministère qui chassera le « colonialisme » des colonies. La force coloniale, financière, administrative et parfois ecclésiastique est intacte. Le problème est de mesurer la force indigène contraire. On ne la connaît guère que par des sursauts et des convulsions. Ainsi la bombe qui récemment fut lancée au gouverneur Merlin. En signe de satisfaction et de loyalisme sans doute. On en a atténué le bruit en Europe. Vous entendez bien qu'elle est d'un bolcheviste, d'un fanatique ou d'un bandit. Pour l'instant on ne peut retenir de cet événement qu'une nuance anecdotique : la lâcheté physique du gouverneur général qui, devant les représentants des pays étrangers, réagit comme un pleutre. Il n'est point à désirer qu'un gouverneur soit un héros. Mais on pourrait exiger que les vieux Africains ou les parlementaires promus satrapes, on pourrait souhaiter que les politiciens chargés d'appliquer en Extrême-Orient une « politique de proie » courussent leur risque avec quelque élégance.

MÉKONG ET BASSAC

De Saïgon à Mytho, c'est une Beauce de rizières. Des îlots de bambous abritent des *cai-nhàs*. La rizière nue, sous un ciel lourd, est presque rose à l'horizon. Rien que des buffles. Plus loin une armée de canards traverse la plaine, une véritable armée en ordre de bataille, une armée de canards si nombreux qu'habitué à nos mares européennes, j'hésite d'abord à les tenir pour des canards.

Dans le train, nous rencontrons le grand Ninh. Le grand Ninh est chevalier de la Légion d'honneur. C'est un ancien conseiller colonial. C'est un de ces types d'Annamites mal francisés, dont le loyalisme n'est pas seulement acceptation bruyante de l'ordre français, mais fidélité retentissante aux gouverneurs quels qu'ils soient. Le grand Ninh hache les syllabes et braille. Sans doute a-t-il peur que nous le compromettions. Ou peut-être me prend-il pour un agent du gouvernement, spécialement chargé de la surveillance de Ninh. Le mécanicien lui-même doit l'entendre proclamer ses principes, qui sont le fruit d'une longue expérience. Impossible d'obtenir de lui autre chose que des formules du genre de celles-ci : « Quand le peuple conquérant est devenu le peuple protecteur, le peuple conquis doit s'acheminer graduellement vers l'état de civilisation du protecteur. » J'ai dîné quelques jours auparavant chez un Européen bavard, qui parle à peu près aussi bien que lui. Il faudra que je les présente l'un à l'autre.

À Mytho, nous prenons la chaloupe pour Rach-Gia. Le Mékong est tantôt lac et tantôt labyrinthe. L'eau est couleur de crevette ou de sable rose. Les voiles des sampans sont en nattes de lataniers. Des îlots de feuillages, qu'on appelle *luc-binh** flottent à la dérive.

Les palétuviers des rives baignent dans l'eau, arbres inondés. Les *cai-nhàs* sont enveloppés d'aréquiers dressant haut leur plumeau. Sous le ciel malade, le paysage répète le paysage, très doux, d'une douceur invertébrée.

En *càï-aó-dàï** gris perle sur *càï-quàn** noir, diamants à tous les doigts, sauf aux pouces, couchée sur la banquette, l'ancienne directrice de théâtre fume dans le petit salon de la chaloupe. Accroupie sur une natte, sa boyesse chinoise fait cuire la boulette d'opium et prépare la pipe, en fumant des cigarettes de fin tabac chinois. L'ancienne directrice de théâtre a pour lui préparer ses pipes une Chinoise de jour, une Chinoise de nuit.

Au plancher du salon, sur la natte, le plateau, la pipe et la lampe, une grande boîte qui contient, pour la chique, des noix d'arec, des feuilles de bétel et de la chaux rose, le vase de cuivre pour cracher et une boîte où la boyesse a mis, pour ses cigarettes, du tabac et du papier enroulé. Ainsi voyagent l'ancienne directrice de théâtre et sa boyesse chinoise.

Le bateau quitte le Mékong et s'engage dans l'*arroyo*, qui, dès Sadec, se rétrécit. On est tout près des rives. On passe entre deux forêts « tropicales », verte confusion d'où se détachent les palmes découpées. Sur l'eau blette, le soleil disperse de larges plaques de mica, étrange soleil qui est partout sauf au ciel. Deux enfants nus courent sur la rive. Aussi légères que des insectes d'eau, glissent des pirogues au bec pointu où pagayent des femmes.

Maintenant c'est le canal. Il est tracé entre deux grandes plaines d'herbes vagues que des arbres bornent au lointain. Dans cette solitude on distingue parfois une *cai-nhà*, qui fut bâtie en même temps qu'on plantait les bananiers. Les bananiers poussent et cela suffit pour des hommes pouvant vivre là. À l'horizon le canal reflète un soleil blanc. Irradiation formidable, mais blanche, absolument blanche. On ne peut imaginer plus parfait embrasement. Mais cet embrasement, à la limite du feu, pâlit la surface du canal. On croirait de la glace.

Nous voici dans le Bassac, branche du Mékong. Le fleuve est large comme un lac. Nous passons devant une grande île plate et verte, au niveau de l'eau. Peu à peu tout s'apaise en gris délicats. La brise vient et un peu de fraîcheur. Et maintenant c'est l'*arroyo* de cinq heures et demie, aux reflets d'étain, entre des arbres apaisés.

Dans un retrait de l'*arroyo*, des buffles se baignent. On ne voit pas leurs corps. On ne voit que les têtes et les cornes. Et les courbes dressées de ces cornes noires, entre elles mélangées, composent un étrange dessin, qui fait penser aux incurvations et aux redressements des toits de pagodes.

Au bord de chaque ponton d'embarquement, des marchandes accroupies vendent des gâteaux et des fruits. À Long Xuyen, le milicien annamite fait la police du ponton. Groupés à droite, groupés à gauche du ponton, les Annamites ne laissent point au centre une place suffisante pour l'embarquement et le débarquement ou la place qu'ils laissent n'est point exactement celle que le règlement prescrit. À coups de rotin, le milicien dégage le centre. Coups de rotin à droite, coups de rotin à gauche. Ni coups de bâton, ni coups de trique, ni coups de matraque. Coups de rotin. Matière plus fine. Et l'application aussi n'en est point européenne. Le rotin tournoie en voltige agile et savante, sèche et précise. On dirait un geste de jongleur. À peine le rotin a-t-il touché une poitrine qu'il en atteint une autre. Le coup ne s'attarde pas et rebondit net. Le milicien frappe si vite et si juste qu'il ne semble même plus frapper. Il semble jouer du rotin avec l'adresse badinante des mandarins légendaires au théâtre chinois. Les Annamites de droite, les Annamites de gauche ne réagissent pas en confusion et bousculade européenne. Ils reculent vers les côtés du ponton, avec une précision d'acrobates icariens reprenant leur place après un exercice. On dirait une mise en scène parfaitement réglée. Le milicien annamite a un visage de Jaune féroce, tel qu'une image du supplément du *Petit Journal* représenterait le visage d'un Boxer torturant un Européen.

– Mais alors, dis-je à Nguyen-An-Ninh, le problème se complique. Voilà qui n'est point un fait de brutalité européenne...

– Si...

Nous aurons l'occasion de reprendre cette discussion.

La chaloupe repart. Sur le bord du fleuve – est-ce à Long-Xuyen ou ailleurs je ne me souviens plus –, deux Européens, qu'accompagne une femme boudinée et courtaude, pêchent à la ligne. Rougeauds, gonflés, sans mystère et classe moyenne, pourquoi dans le vaste espace entre eau et ciel, si près des pagayantes princesses de l'eau, apparaissent-ils d'une intolérable trivialité? Quel comité de propagande anti-coloniale les a placés sur le bord du fleuve?

Nous descendons au bungalow qui est l'hôtel européen, mais un hôtel subventionné par l'administration. (Une importante délibération de je ne sais quel comité touristique, après avis des pouvoirs publics et du directeur de l'École française d'Extrême-Orient, a récemment décidé que les bungalows cesseraient désormais de porter le nom de bungalow.) Esprit frivole et ignorant des hautes questions philologiques qui sont le noble souci de l'administration coloniale, je n'avais point songé à cette réforme. Et si mon étonnement fut considérable, ce n'est point parce que le malpropre hôtel où j'étais descendu s'appelait bungalow.

Le boy demanda à Nguyen-An-Ninh s'il était mon secrétaire. Le gérant européen du bungalow n'avait pu imaginer qu'une autre relation pût exister entre un gérant européen et un Annamite voyageant ensemble. Malheureusement Nguyen-An-Ninh n'était que mon ami. Si bien que sa présence devenait indésirable. Le bungalow est réservé aux Européens et aux Japonais qui, selon les conventions internationales, ont droit au même traitement que les Européens. J'interrogeai le gérant. Il me répondit que, s'il louait à des Annamites et qu'il n'eût pas de chambre disponible pour un Européen, il s'exposait à une amende de dix piastres. Au reste il me montra le cahier des charges, où sont consignées les obligations du gérant. « Il devra recevoir aux repas les indigènes et les Chinois de marque. Une salle spéciale sera affectée à cet effet. »

Nguyen-An-Ninh me proposa de coucher au dortoir annamite, tandis que je coucherais au bungalow. Je ne pense pas qu'il m'ait fait l'injure de supposer que j'accepterais. J'exige que désormais nous couchions tous deux au dortoir annamite. Je vais sans doute compromettre le prestige européen. Tant pis pour ce prestige que je ne pourrais soutenir qu'au prix d'une goujaterie. Et si d'ailleurs j'avais quelque souci de ce prestige, je me trouverais quelque excuse en pensant que l'administration, par des actes d'une autre sorte, l'a plus gravement compromis.

En vérité Ninh ne m'a point fait un crédit suffisant. Il craint que mes habitudes européennes souffrent au dortoir annamite. Pense-t-il donc que je les pourrais retrouver au bungalow?

Vers onze heures du matin, la mer à Rach-Gia est unie comme une surface de glace. On voit au large l'île de la Tortue. Le rivage est marécageux, couvert d'herbages et de plantes aquatiques, une rive de ruisseau. Sous le soleil, sous les nuages de soleil, l'immobilité de tout est formidable, immobilité de la mer, du rivage et des barques à voiles, immobilité nocturne. C'est la seconde fois que je vois la chaleur à sa limite donner cet effet nocturne.

Nous rentrons vers le bourg. Sur des nattes, des poissons plats sèchent au soleil, des kilomètres de poissons secs. On dirait maintenant que la chaleur absorbe tout. Et c'est une autre immobilité, plus lourde, une immobilité de choses étouffées, engluées dans la chaleur, une immobilité de mouches au soleil. Et les traits des objets qui persistent dans cet étouffement, dans cette absorption, on dirait qu'ils ont perdu leur épaisseur et qu'ils se sont spiritualisés.

L'architecture annamite, c'est la *cai-nhà* dans les aréquiers, la paillote, cabane charmante. Les maisons des riches Annamites sont semblables aux villas de Chelles-Gournay. Mais j'ai vu à Rach-Gia une belle maison à colonnes de bois, simple et d'heureuses proportions et dont les ouvertures prennent leur base au niveau des lits de camp. C'est une vieille maison, mais le propriétaire s'est fait bâtir à côté une belle villa coloniale!

J'aurais bien voulu qu'on m'expédiât à Saïgon quelques-uns de ces beaux vases de terre noire qui se fabriquent dans les îles. Leur surface est ornée de brefs traits parallèles, les uns verticaux, les autres horizontaux. La vieille épicière annamite est hospitalière et nous offre du thé. Mais trouver une caisse, emballer les vases, les porter au bateau lui semblent des tâches laborieuses et compliquées devant lesquelles elle renonce. Pour rien, elle me les eût donnés. Mais il n'est point de somme qui la puisse faire consentir à les faire emballer. Elle consent bien volontiers à me garder ceux que je choisis. Mais hélas je n'ai pas repassé par Rach-Gia…

Nous sommes reçus chez un riche Chinois. Sur une plaque au mur de sa maison son nom est inscrit et ses titres : « *Huyen* honoraire et rentier. » « Rentier… » voilà qui est du dernier comique et qui montre bien la vanité et la puérilité de l'Extrême-Oriental. Un Chinois a écrit le mot : « rentier » sur la plaque de sa porte. Et votre délicatesse européenne, à juste titre, s'en offusque. Et voici qu'à Rach-Gia, sous le soleil d'Extrême-Orient, je me souviens soudain que dans le cimetière d'un village de Woèvre j'ai lu une inscription tombale où le mort était désigné par ce seul titre de rentier. Ci-gît un rentier, rentier jusque dans la mort qui est ce qui ressemble le plus à ce que nous connaissons de l'éternité.

Nous prenons pour aller à Calang une auto de transports en commun. Ainsi filent sur les routes de Cochinchine de vieilles deux cylindres qui ont beaucoup d'expérience et qui n'obéiraient plus à un chauffeur européen, qui ne connaît que les lois de la mécanique. Leur graissage se vérifie encore par viseurs. Pour empêcher les tubes des viseurs de gicler leur huile, deux vieilles socques servent d'écran. Le chauffeur conduit avec une surprenante adresse ce vieux châssis carrossé en break et où s'entassent on ne sait combien d'Annamites indéfiniment compressibles. L'aide du chauffeur se place volontiers sur l'aile avant. Il est certain que les voitures automobiles obéissent ici à d'autres lois qu'en Europe, à des lois qui ne sont pas grossièrement mécaniques.

Le milicien annamite s'informa auprès du chauffeur de notre destination. Nguyen-An-Ninh, quand l'auto s'est éloignée, demande au chauffeur s'il croit qu'il s'agit d'un ordre spécial nous concernant. « Non, répond le chauffeur, quand un Européen voyage, la police demande toujours où il va. »

C'est toujours la route entre les rizières. La nudité est totale sous le soleil jusqu'aux arbres de l'horizon, rompue parfois par les fleurs de *luc-binh*, couleur de colchique.

À Calang nous rendons visite à un conseiller provincial, fin personnage vêtu de soie blanche. Il nous offre un thé délicieux. Mais Ninh s'attendait à un autre accueil. Il voulait que je connusse l'hospitalité annamite. Il pensait aussi que quelques Annamites me révéleraient un peu de leurs sentiments. Mais nous n'avons pas ce jour-là vaincu la réticence annamite. Le conseiller provincial m'a parlé comme un ministre. « La nécessité s'impose d'une armature française. Sinon ce serait l'anarchie… »

Arroyos minuscules et palmes. De grandes jarres noires, dispersées autour des *cai-nhàs* près des bananiers, servent à recueillir l'eau de pluie. La maison où Nguyen-An-Ninh m'introduit est celle d'une de ses parentes. On nous sert dans des verres du lait de noix de coco. La maîtresse de maison nous fait préparer un délicieux déjeuner annamite : poisson frais aux piments, poissons secs de préparations différentes, poulet avec des oignons crus, ananas. Quand nous sommes arrivés, elle mangeait dans une dépendance de la maison avec ses domestiques et leurs enfants, comme eût fait en France une rustique bourgeoise. Quand le déjeuner fut servi elle nous laissa, selon l'usage du vieil Annam qui sépare les femmes des hommes étrangers à la maison et qui met à plus haut prix l'extrême discrétion que l'indiscrète courtoisie.

Nous suivons un minuscule *arroyo*, mi-vase et mi-eau, dont les barques doivent toucher le fond. Les bonzes de la pagode cambodgienne ont les bras nus hors de leurs péplum safran. La pagode, vague baraquement, est près d'une mare étrange, en contrebas, envahie de plantes. Les tombeaux où sont les cendres sont surmontés d'une pointe taillée dans la pierre. Un arbre a poussé par-dessus un tombeau et ses racines enveloppent comme des serres la pierre tombale. La demeure des bonzes est une longue baraque de bois sur pilotis. De chaque côté, de primitifs bas-flancs forment lit de camp. Mais l'ombre est fraîche et la lumière douce. Deux bonzillons grimpent aux cocotiers pour nous cueillir des noix. Un bonze, en même temps que la noix, me tend un grand coutelas et m'invite à l'ouvrir moi-même. Ainsi j'aurai la certitude qu'on n'a point versé de poison dans le lait. Je ne sais pas si véritablement le bonze me suppose une telle méfiance ou s'il obéit simplement à une vieille coutume dont on me donne l'origine, l'explication historique.

Au sens où un pêcheur provençal est plus civilisé qu'un paysan de la campine flamande, le groupe annamite donne une sensation d'extrême civilisation. Mais ces Cambodgiens dégagent de l'étrange et du farouche. Quelques-uns de ces bonzes ont des visages de dégénérés. Les enfants, superbes, vont le torse nu ou couvert d'un madras enroulé. Un instant je fus seul avec eux dans la rizière. J'étais inquiet, non point de peur. Mais j'étais dépaysé parmi ces visages ou je ne retrouvais point la douceur annamite ou l'absolu du dessin chinois. Je ne lisais rien dans leurs regards tendus vers moi. J'étais seul avec eux, perdu dans l'immense plaine de rizières, où s'éparpillent des bouquets de bambous et des buffles paissant. Une indécise ligne d'arbres à l'horizon pourrait tout aussi bien être la mer. Et tout ce qui fait saillie sur la plaine est en masses gonflées et vagues et ressemble à des nuages.

Loin de la pagode et des bonzes farouches, je rencontre des enfants cambodgiens qui ne sont pas des bonzillons. Quand ils passent devant moi, ils baissent la tête, le menton collé au thorax, dans une attitude vénérante. Comme je rejoins Nguyen-An-Ninh, il parle avec un enfant cambodgien. Celui-ci interrompt la conversation et me fait un brusque salut du corps, les mains jointes en avant. Mais deux jeunes paysannes de Calang passent devant moi, impassibles et comme si elles ne s'apercevaient pas de ma puissance européenne.

La chaloupe, par le *lapvo**, nous conduit de Rach-Gia à Sadec. Mais le canal n'a point la rectangulaire rigueur d'un canal européen. Le soleil de sept heures du matin déjà au zénith se réverbère dans l'eau, terriblement. Il se réfléchit en lumière au mercure. Il n'attaque, ni n'effleure, en rayons actifs et dardés. Il baigne une fois pour toutes les choses dans une incandescence diffuse, où s'étalent à plat l'eau blette, la terre rose et les toits des *cai-nhàs* dans la verdure.

Plus tard, c'est un jeu charmant de barques au bec pointu, où pagayent des hommes ou des femmes ou des enfants, un enfant seul parfois, un enfant nu ou une petite fille, aux cheveux à la Jeannette rejetés en arrière et tenus par un peigne rond. Les marchandes de gâteaux, de fruits et de bétel font courir leurs barques au long de la rivière. Les *nhos* se baignent. Celui-ci qui peut avoir dix ans a de l'eau jusqu'au menton et en tient un autre dans ses bras qui peut avoir dix mois.

À Sadec, le gendarme donne à l'Annamite chez qui nous avons déposé nos valises l'ordre de prendre nos noms avec une scrupuleuse exactitude.

Et je ne veux rien retenir de ce jour que l'apparition, ni femme, ni fantôme, ni tout à fait merveilleuse, ni tout à fait réelle, qui glissa vers le soir au long du marché de Sadec. C'était une jeune métisse de Chinois et d'Annamite. Jamais je n'ai vu la grâce concilier tant de mystère et de netteté. Et près de ce mince visage, tout en angles délicats, les courbes les plus souples eussent semblé triviales et rudes.

Nous avons pris pour aller à Vinh-Long l'auto de transports. Je n'ai pas encore résolu le problème de la compressibilité annamite. J'avais cru jusqu'alors que les tramways de Marseille, porte de l'Orient, offraient vers sept heures du soir un spectacle remarquable. Mais en vérité les Européens sont trop gros, faits de trop lourds matériaux. On dirait qu'ils ne peuvent rien aliéner de leur importance dans l'espace. Quand ils s'entassent dans un véhicule, ils soufflent comme des géants dans un trou de souris. L'ingéniosité annamite s'adapte à l'espace. Il se crée entre les corps de subtiles adaptations, de savants imbriquements. Je soupçonne les Annamites, qui voyagent dans les autos de transports en commun, de posséder un merveilleux secret qui leur permet de n'utiliser que deux dimensions de l'espace.

Le milicien annamite qui surveille à Vinh-Long l'arrivée de l'auto deux cylindres, à huile giclante, est stupéfait de voir un Européen descendre au dortoir annamite. Pourquoi je ne vais pas au bungalow?... Milicien, va le dire à tes maîtres. Parce que je n'aime pas la valetaille européenne. Je ne veux pas dîner, ô, milicien, avec ces visages de vermouth-cassis et de Martell-Perrier que tu as acceptés pour des visages de maîtres. Il y a des voix marseillaises qui ne sont belles qu'à Marseille. Ô, milicien, je n'ai pas en Europe le mépris des humbles. Mais ces employés, insolents, lâches et grotesques... je souffre de leur présence. Je ne dînerai pas au bungalow, milicien, parce que, moi, je suis un Européen. Et je ne pardonne point aux colonisateurs d'avoir réussi ce miracle de rendre intolérable à l'Européen lui-même le beau pays des larges estuaires et des princesses enfantines.

C'est d'abord la ville-jardin, puis les compartiments accolés des bijoutiers et des épiciers. Boutiques chinoises plus souvent qu'annamites. Et il y a aussi un problème de l'immigration chinoise. Il ne devrait point y avoir de tels problèmes, quand on voyage.

La fumerie n'est qu'une paillote. Les lits de camp sont faits de planches ordinaires, couvertes de nattes. Il y a là de terribles dormeurs. Les genoux soulevés permettent une atroce étude de l'articulation. On pense à une morgue. Les paupières à demi closes laissent filtrer un peu d'un œil absent.

Une longue allée bordée de paillotes sous les palmes.

Il fait très chaud. Nous entrons dans une grande paillote. Des poutres hautes, le toit descend très bas, en pente douce. Le jour entre par des interstices à peine placés plus haut que le lit de camp. C'est une architecture ingénieuse de l'ombre captée. Quel repos dans cette ombre de paillote. Et, par les ouvertures basses, ce qu'on voit du monde est un vitrail embrasé.

Nous sommes chez un médecin indigène, non point chez un médecin auxiliaire formé par l'école de Hanoï. Ses remèdes sont des secrets transmis. Je suis chez des Annamites qui n'ont pas subi l'Europe. Je suis fatigué. On m'invite à m'étendre. Autour de moi se poursuit une vie indolente et discrète. Autour de moi on goûte le temps avec subtilité.

– C'est un Européen, dit Nguyen-An-Ninh, qui voudrait connaître nos mœurs…

– C'est qu'alors, répond le médecin indigène, il ne ressemble guère aux autres.

Sur l'autel de la pagode chinoise il y a de beaux vases de cuivre carrés. Un Chinois dans la cour a entreposé du *paddy**. Les coolies se reposent et le Chinois, étendu près du tas de *paddy*, fume l'opium.

Dans toutes les pagodes et sur tous les autels domestiques, on voit une sorte de sphère en bois, aux courbes très belles, sur laquelle, avant de prier les ancêtres, on frappe avec un bâtonnet. J'aimais cet objet pour sa forme, mais je n'en connaissais pas la signification. Il représente un crâne de cachalot. Autrefois une princesse, qui allait en pèlerinage, monta sur un cachalot pour traverser les eaux. J'ai vu le cachalot et j'ai vu la princesse. Sur une belle image dessinée au pinceau le bonze me les a montrés.

Les petites filles de l'école indigène sortent de classe.

L'institutrice annamite passe la revue des mains. Les enfants présentent la paume et le dos de leurs mains. Quelles mains ! Mais l'Europe ne fut point intimidée devant ces mains. L'Europe a fait des routes.

La scierie est au bord de l'eau. Deux charpentiers scient des madriers, face à l'*arroyo* réverbérant.

Les paillotes sont au bord de l'eau, sur pilotis. Le soleil maintenant est moins terrible. L'horizon rosit un peu. Sur le pont les piétons et les pousses se profilent avec une grâce sèche d'insectes légers. Devant les paillotes, le peuple annamite des fleuves se repose.

Une barque nous transporte sur l'autre rive, près de l'hôtel. Une vieille femme et un jeune homme rament. Cette vieille, où donc ai-je vu sa sœur, sous un autre climat et dans un autre temps? C'était à Ouessant, la vieille pêcheuse, plus rude et vêtue de cirés.

À l'hôtel je me douche à l'annamite. Je puise de l'eau dans une jarre avec une cuiller de noix de coco et j'en inonde mon corps. Je ne regrette pas l'hydrothérapie du bungalow. L'Europe est peu de chose réduite aux perfectionnements mécaniques de l'hydrothérapie. Si je ne connaissais l'Europe que par l'Europe coloniale, je croirais que son unique génie fut d'avoir inventé le robinet.

Nous dînons dans une de nos chambres. Elle est ornée d'images chinoises stylisant jusqu'à l'abstrait des montagnes et d'images de calendrier. Le boy nous apporte des plats du restaurant chinois. Le boy autour de nous circule, boit un verre d'eau, fume une cigarette, sourit, vit. J'ai connu un autre sourire que le sourire des boys d'hôtels européens de Saïgon.

La campagne est rose, rose la route, rose les troncs, rose l'atmosphère entre les troncs. Puis on longe des étendues de roseaux d'un vert de jeunes pousses liquéfiées. Un groupe d'enfants nus jouait dans un chemin.

Au bac de Cantho sur le Bassac, le paysage fait penser au paysage de Lézardrieux, mais bien plus vaste et cependant sans mélancolie.

À Vinh-Long la police aurait-elle perdu nos traces ? Nous arrivons à Cantho… Point de gendarme, point de milicien pour nous recevoir. Aurez-vous une mauvaise note, monsieur l'administrateur, pour nous avoir oubliés ? Ou bien au contraire votre police fut-elle plus discrète ?

L'hôtel annamite n'est point le patriarcal dortoir de Vinh-Long. Je retrouve les boys saïgonnais, les petites crapules sautillantes fabriquées par l'Européen. À ne porter qu'un jugement de moraliste ou d'historien, cet hôtel fait penser à certains hôtels louches d'Europe. À peine suis-je entré dans ma chambre que j'entends au bout du couloir jouer de la guitare. Trois jeunes femmes, dans une chambre semblable à la mienne, sont réunies. Je crois qu'elles habitent toutes l'hôtel. Deux d'entre elles sur le lit de camp écoutent la guitariste. L'un des boys est là qui écoute aussi. Ce sont de petites putains annamites. Et le boy sert volontiers d'intermédiaire entre elles et le client. Le boy écoute la petite putain qui joue de la guitare. Mais il ne faut pas traduire : « Le garçon d'hôtel écoute la grue du numéro 8. » D'abord la guitare n'est point en forme de poire, mais en forme de lune. Et je ne retrouve point ici la vulgarité d'un semblable milieu en Europe. Ni abjects rires, ni crapulade de gestes. Le boy sans doute est une petite fripouille. Mais comparé à la moyenne de l'Européen colonisant, c'est un prince. Le boy et les petites putains crachent au plancher. Le gérant de l'hôtel de Saïgon, fonctionnaire colonial en congé, crachait bien entre ses jambes, quand il fumait sa pipe. Mais ils ont une « distinction » inconnue de l'Européen colonial ou qu'il a perdue par le dépaysement, une distinction ironique et calme, qui est en Europe même un assez rare privilège.

De la fenêtre de ma chambre, je vois les porteurs d'eau. Les porteurs d'eau sont en désaccord. Ils se sont fait des blagues. Maintenant ils se sont fâchés. Ils s'injurient, ils crient.

C'est alors que passèrent un milicien et le *doï** de première classe du nom de Du. Le *doï*, à coups de pied d'une extrême précision, frappant les peaux nues presque au niveau de l'épaule, à coups de pied artistes, disperse les porteurs d'eau. On dirait une tâche de subtile mécanique. Un aiguilleur dirige les porteurs d'eau sur des lignes différentes. Les porteurs d'eau glissent chacun dans sa direction. Pas un cri, pas une protestation. L'exécution fut parfaite. L'acceptation semble parfaite aussi. C'est mieux réglé qu'un ballet. Le jeu semble fixé depuis les origines, comme le mouvement des marées, comme les phases de la lune.

Si mon sentiment européen me conduit à quelque dégoût, ma logique européenne ne trouve là aucun argument contre le régime colonial. Je n'ai jamais pensé que les Européens pouvaient apporter en Extrême-Orient une morale pure et des mœurs plus douces que celles qu'ils pratiquent en Europe. Cette fois enfin je ne sens pas peser sur moi une responsabilité européenne. Ce milicien et ce *doï* sont annamites. Au point de vue de l'art ils ont leur façon de frapper. Et quant aux mœurs, j'imagine que ce sont les leurs.

Mais Ninh me dit et d'autres Annamites me disent : « Non… c'est le gendarme qui crée cet Annamite. » Et je reconnais que cela est possible. Au reste rien n'est absurde comme cette recherche des responsabilités à l'origine. Acceptons que la critique annamite puisse être en défaut, quand elle rend l'Europe responsable de faits qui nous semblent strictement annamites. Cela ne diminue pas la bassesse de l'Européen quand il prend pour excuse de sa propre brutalité les mœurs anciennes de l'Annam. D'une époque à l'autre les mœurs n'ont point de terme de comparaison. Il n'y a pas beaucoup plus de cinquante ans que dans les écoles de France le maître, pour punir un enfant, l'obligeait à tendre la main, les doigts formant faisceau, et frappait leur extrémité de quelques coups de règle. La justification d'un crime présent par un usage ancien est une hypocrite et sophistique sottise. Que penserait-on d'un vainqueur qui, occupant un pays de l'Europe occidentale, invoquerait, pour justifier l'application d'un code cruel, l'usage guère lointain de la torture?

Ici on ne peut vraiment toucher que le présent. Le débat n'est pas historique. Ou du moins il faudrait pour le résoudre une bien délicate critique. J'ai entendu un Annamite d'Annam me dire qu'il préférait la justice française de Cochinchine à la justice des mandarins d'Annam. Mais il a aussitôt ajouté : « Il n'en était point ainsi de nos anciens mandarins. Ceux d'aujourd'hui sont des mandarins fabriqués par vous, d'anciens boys… »

Regardez les Annamites entre eux, disent les coloniaux. Et ils invoquent aussi pour excuse la vénalité des mandarins. Régler son action sur la qualité des autres et non sur la sienne. Que les coloniaux croient peu en eux-mêmes. Quel renoncement dans leur stupide orgueil!

Cantho, les boutiques chinoises. Il n'y a point là un marchand derrière un comptoir. Mais toute une famille vit là, hommes, femmes, enfants et commis, qui vend, se repose, cause, fume du tabac, mange et dort.

C'est un gros Chinois du type cucurbitacée qui tient la fumerie. À l'intérieur, un boy-pipes, semblable à un cadavre, fait le service dans la pénombre. On ne distingue à la faible lueur des lampes que sa tête de mort et les cercles de ses côtes. Un enfant cambodgien à nouveau me salue, d'un brusque saut où il y a peut-être de la vénération, mais où il y a sûrement de la peur. Un vieil administrateur me dirait sans doute : « Vous ne connaissez pas l'Extrême-Orient et ses rites de politesse. » J'en demande pardon au vieil administrateur. Je crois les connaître maintenant beaucoup mieux que lui. J'ai approché des *doc-phu**, des marchands, des coolies. J'ai été reçu dans des familles annamites et j'ai pénétré dans des bouges. Et ne l'eussé-je point fait que je crois reconnaître dans un geste humain – si loin qu'il soit de ma propre coutume – le naturel ou la contrainte. Devant un tel salut ceux des Extrêmes-Orientaux qui n'ont point d'indulgence pour l'Europe disent : « Les Français ont oublié qu'ils ont dominé par la terreur et qu'ils ont ensuite créé une interruption de civilisation et de régime. » On peut, je le sais, aussi bien soutenir que l'interruption de cette civilisation fut d'abord spontanée. Mais je sais aussi qu'il faut avoir une âme de mouchard pour n'être point gêné par un tel salut. C'est pourquoi j'ai fait dire à l'enfant : « Mon petit, il ne faut saluer personne ainsi. Tu diras au gendarme que c'est moi qui te l'ai dit. » Je crois bien que ce fut en Cochinchine mon seul acte contre les puissances coloniales. Si votre police ne vous l'a point révélé, je vous le livre, monsieur l'administrateur de Cantho, pour que vous le puissiez ajouter à votre rapport.

Nous étions invités à déjeuner chez un fonctionnaire

annamite. Dînette charmante, où l'on pique, où l'on trempe. Notre hôte était d'une parfaite courtoisie. Je n'en puis guère dire autre chose. Il parlait parfaitement le français. Sa femme n'en comprenait pas un mot. Et cependant combien elle me révéla davantage de l'Annam. Siècles, climats ou races, il faut d'heureuses circonstances pour créer cette certitude légère dans la réserve, la grâce et la pudeur. Tout chez elle, tout en elle se dessinait limpidement d'un trait comme sans épaisseur. Cela est d'une autre réussite humaine que le plus parfait fonctionnaire ou que le plus ingénieux mécanicien. Je crois bien que ce terrible Ninh utiliserait volontiers contre l'Europe et la civilisation occidentale le charme auquel je cède. « Voilà ce que vous avez tué... » Je cède au charme. Mais je veux me garder de la logique facile. Ceci n'est pas le problème de la France et de l'Annam. C'est bien plus vaste. L'univers entier se cherche des mœurs. Sans doute ne fit-il jamais autre chose. Mais jadis il avait parfois l'illusion de l'immuable et du définitif. Aujourd'hui la conscience est partout de cette incertitude.

Et une famille française peut nous montrer de semblables contrastes. On trouve encore, dans nos provinces, de vieilles femmes de la bourgeoisie dont la simplicité est quasi rustique. Elles ont un style. Il y a encore du gothique en elles. Mais voyez le fils ou le gendre avocat ou médecin, indigent bavard, qui aux coutumes de la bourgeoisie substitue en lui l'étriquement et la vanité petite-bourgeoise.

Les Annamites sont assez fins pour distinguer entre la politesse du cœur et celle des conventions. Et je sais que l'on m'a pardonné. Mais je ne recommencerai pas. Comme je pénétrais dans la salle a manger, la maîtresse de maison parut si intimidée par la présence de l'homme d'au-delà des mers, de cet Européen que cependant on lui disait un ami, que je n'hésitai point, au mépris des rites mondains de l'Europe à lui tendre la main le premier. Une poignée de main, pensais-je, est ce qu'on la veut et ce qu'on la fait. La mienne ne contient point de basse familiarité. Elle n'est qu'un plus cordial salut de l'étranger. Mais je ne connaissais point les lois du vieil Annam. La nuance d'un sourire, le corps étant immobile, suffit. Et jadis une épouse annamite se coupa la main, parce qu'un homme étranger au foyer l'avait osé toucher.

Cantho ville au confluent des fleuves, Cantho sur le Bassac. Les arbres et les paillotes de la rive en face de nous sont absorbés dans la lumière, poussiéreux à force d'être rongés et décolorés par elle. Mais la nuit, les lumières des bateaux sont piquées net sur l'eau plate des fleuves. Elles brillent en petits globes sur l'étoffe légère d'une nuit qui ne contient pas le lourd mystère des eaux et des nuits septentrionales. Entre les compartiments et la rangée des plantes en pot, comme deux dragons aux angles de la porte, silencieux et séparés, l'homme et la femme annamites se livrent à l'absolu du repos et s'abandonnent à la nuit. Et des Chinois en groupes, plus mobiles, moins personnages d'ornement, semblent actifs jusque dans le repos.

C'est dans cette nuit de Cantho que Nguyen-An-Ninh me confia un vieux poème annamite :

Cent années, cent vies d'hommes
Le talent et la fortune se jouent l'un de l'autre
Qui a vu les champs de mûriers et les mers se muer les uns dans les autres
En garde au cœur une tristesse.

Il souffle souvent le vent mauvais qui bafoue la beauté.
Le ciel bleu est jaloux des joues roses qu'il a créées...

Des boutiques annamites et chinoises sur un quai, l'eau du fleuve et des *cai-nhàs* sur la rive opposée. Mais en vérité rien d'autre que le soleil ou plutôt une réverbération de la lumière qui chasse le regard. Et si, malgré tout on s'obstine à regarder, aussi bien les arbres que les maisons, tout sous cette formidable lumière semble cendreux, diminué, en voie d'anéantissement.

La boutique est celle d'un photographe chinois. (Dans la boutique voisine, la dentiste chinoise opère derrière un paravent.) Dans l'ombre du compartiment, les objets protégés gardent leur existence. Je puis regarder. Je puis voir. Ce que j'ai vu suffit à la journée. Ce que j'ai vu suffit à tout un voyage, à toute une vie peut-être.

La boutique n'est qu'un lieu de passage et d'exposition. L'atelier est au premier. Tout au fond, près de l'escalier, une femme âgée déjà est assise devant une petite table et tient un enfant dans ses bras. Elle est maigre. On ne peut raconter son visage. C'est un de ces visages auxquels l'humanité aboutit rarement, un de ces visages auxquels les visages moyens des hommes à travers le monde sont à peu près comme des faces d'animaux, un de ces visages qui aussitôt vous créent une religion. J'ai contemplé ces traits, comme on contemple les traits d'un dieu. C'étaient bien des traits divins – s'il n'y a point d'autre divin pour l'homme. J'ai contemplé les joues minces, à peine creusées, le menton au prodigieux dessin, les yeux d'une si puissante douceur, sans extase distraite, sans angélique effusion et le front surtout, très haut, un peu étroit, plein, gonflé, jaillissant. Et de l'enfant immobile, je n'ai rien retenu que ses yeux hésitants et son sourire de prince charitable. Voilà ce que j'ai vu face à l'*arroyo* et dans l'ombre de la boutique.

La reine, la déesse m'a montré une chaise près de la table ronde où elle-même était assise, m'a montré une chaise près d'elle. J'ai obéi comme à un ordre supérieur. J'ai par contenance souri à l'enfant. Et je ne pouvais pas finir ma vie là.

Ce matin au départ, sous un ciel argenté, un homme balaie la rue avec un court balai de roseaux sans manche. Avec quelle superbe indolence et qu'il est peu l'esclave de son balai. Il n'est point une machine à mouvoir un balai. Trois femmes se suivent portant des paniers sur leur tête. Un coolie semble glisser. Les hommes ont quitté leur lit à moustiquaire ou leur lit de camp. C'est l'heure du réveil. Et devant les compartiments, il en est déjà d'assis, d'accroupis et de couchés. Ce n'est point le dur réveil des hommes rudes qui vont se lancer vers le soir. C'est la douceur du monde qui n'avait point cessé, mais qui redevient visible.

Nous avons pris pour aller à Caï-Rang une calèche malabar à cheval nain. Le conducteur s'assied ou s'accroupit sur une planche posée devant la carrosserie. De profil c'est un carrosse, de face c'est une roulotte. La voiture suit une petite route rose entre les bananiers, les aréquiers et les banyans dont les branches retombantes forment des entrées de grotte.

Sur l'*arroyo* un *nho* de dix ans vide une barque avec le creux de sa main. Sa petite sœur de quatre ans nage toute nue autour de la barque. Il se met à l'eau et nage avec elle. Ils sortent de l'eau. Ils sont noirs jusqu'à la ceinture, par l'habitude d'aller le torse nu.

Mouillées au long de la rive, quelques jonques de plaisance, bleu et or, les jonques chinoises légendaires pour bercer sur l'eau la méditation comme la volupté.

C'est l'heure nonchalante d'après le bain. La nuit est tombée. Nous laissons la calèche malabar. Nous suivons un chemin qui surplombe un *arroyo*. Nous passons de petits ponts sans parapet faits de troncs rapprochés. Le pied glisse sur leurs surfaces rondes. Ici la forêt devient parc. Les courbes des *arroyos* minuscules et le serpentement des chemins semblent caprice et fantaisie. Les escarpements légers de la terre et la confusion des palmes sur l'eau nocturne semblent conçus pour quelque divertissement, pour une fête sur les jonques aux lumières des lucioles. Nous marchons dans la nuit vers une maison qui appartient à des amis de Nguyen-An-Ninh. L'hospitalité annamite nous offrira le riz, le *nuoc-mam* et le thé. Tout au bout d'une allée de la forêt-parc, nous atteignons la maison. Mais les maîtres sont absents. Il n'y a qu'un vieux gardien. Et d'innombrables chiens aboient dans le jardin. Aboiements en vrilles dans le silence délicat. On dirait que, dans le jardin, les chiens pullulent comme une vermine. On dirait le château aux chiens. On ne sait quoi se rompt dans mon équilibre d'Européen aux nerfs sans résignation. Un instant j'avais cru que la vie était semblable à la forêt aux lucioles. Il est en Extrême-Orient, il est des heures, il est des sites où les frontières semblent disparaître entre le rêve et la vie. Mais maintenant il faut partir, il faut marcher. Et j'ai plus faim qu'en rêve.

Puisque les chiens m'avaient éveillé de ce rêve, il m'en fallait un autre. Un Européen eût dit beaucoup de mots, Nguyen-An-Ninh le créa. Une barque glissa sur l'*arroyo* et s'arrêta devant nous. Elle était conduite par d'invisibles rameurs qui se tenaient debout. Nous montâmes dans la barque. Un régime de bananes apaisa ma faim. À nouveau la barque glissa dans l'*arroyo* encaissé. Bientôt elle fut dans le fleuve, bientôt elle glissa sur une sorte d'immensité fluviale. Une marchande, sur une barque étroite comme une périssoire, glissa jusqu'à nous comme une araignée d'eau. Les deux barques s'arrêtèrent. Nous dînâmes sur l'eau. Nous achetâmes à la vieille marchande de la soupe de poisson et des gâteaux à la confiture de haricots et d'autres gâteaux chinois assez parents par leur grain et leur poids de certains gâteaux d'Alsace. Le thé nous vint d'un sampan au chargement dressé. Et la vieille fée, conduisant sa barque-périssoire, disparut sur le fleuve, disparut dans la nuit.

BAC-LIEU

L'auto de transports en commun roule vers Bac-Lieu. Elle s'arrête à Caï-Rang devant une épicerie chinoise, qui occupe l'angle de deux rues. Elle n'a donc que deux cloisons et cela la fait paraître plus ouverte encore que les autres. On y sert du thé et des gâteaux chinois au riz gluant et à la purée de haricots sucrés. Nous buvons dans deux minuscules tasses sans anses. Chacun de nous a devant lui une petite théière, dans laquelle un jeune Chinois verse de l'eau bouillante. Subtile dînette, objets délicats, arôme secret, jeu précieux. À côté de nous des coolies jouent à ce jeu et goûtent cet arôme. Mais entre les tables circule un chien rongé de gale et d'ulcères.

Un Européen monte dans l'auto et y place sa bicyclette. C'est un homme de condition modeste. La bicyclette ici en est presque une preuve. Il a mis lui-même sa bicyclette dans la voiture. Il a demandé poliment au chauffeur l'heure du départ. Il n'y a pas longtemps qu'il est à la colonie.

Nga-Baï est un bourg batelier où sept canaux aboutissent. L'auto déjà est sur le bac. Nous laissons le quai et l'habituel truffage de boutiques chinoises, annamites et indiennes. Sur l'autre rive l'auto s'arrête devant un vague kiosque où une vieille Chinoise aux mains magnifiques vend des patates, des bananes et des *mang* qui semblent en celluloïd rose. Pour cinq *cents* on peut acheter un régime de bananes.

Le canal est entre deux plaines de rizières. Des sampans à voiles de nattes très lentement passent dans cette Hollande d'Extrême-Orient. Des buffles paissent. Le *nho* qui garde le troupeau se tient souvent à plat ventre sur le dos d'un des buffles.

Sur la route passent des Cambodgiens. Les femmes ont les cheveux coupés. Seules les jeunes filles gardent leur chevelure. Cela, m'a-t-on dit, parce que les maris jaloux pensent que les femmes, après le mariage, n'ont plus besoin de s'orner et de s'embellir.

À Soc-Tram, l'administration éleva un monument aux morts de la guerre. Un soldat français et un soldat annamite foulent un aigle germanique. Ce zinc ignominieux déshonore le bourg de Soc-Tram. Mais tant de bourgs français sont ainsi déshonorés.

Une infime rivière suit la route de Soc-Tram à Bac-Lieu. Des deux côtés c'est l'illimité des rizières, la mer des rizières. À notre droite, elles sont d'un violet léger. Le ciel est couvert de nuages bas, qui ont la couleur du bleu de lessive. Le soir vient. Les *cai-nhàs*, les arbres se dessinent avec des sécheresses de brindilles, apparaissent sobres et définies, absolues dans la maigreur et la légèreté.

Quand nous arrivons à Bac-Lieu, le ciel bleu est presque de Colombo. Les nuages sont d'un blanc terrible. Le soleil n'est pas du soleil, mais du zénith projeté en fusion. Les yeux presque fermés, j'entends une sorte de hurlement prolongé. C'est le serveur du restaurant chinois qui passe les commandes au cuisinier.

On sent à Bac-Lieu on ne sait quoi d'usinier et de faubourien. C'est une autre Chine. Les coolies chinois sont très grands. Ils marchent lourd. Nu-pieds, on dirait qu'ils ont des sabots. Quand je passe près d'eux, je leur vois parfois un sourire sans hostilité, mais qui pourrait être de Billancourt ou de Levallois. Mais un Européen, paraît-il, ne doit pas manger dans la rue des bananes ou des graines de pastèques.

Cinq heures du soir... Est-il possible que je sois devant le même canal, les mêmes paillotes, les mêmes arbres, les mêmes choses? Tout à l'heure je ne pouvais pas regarder fixement un objet. Entre des nuages gris s'étalent les bandes bleues d'un ciel des bords de Seine. Et tout est apaisé : le canal, une chaloupe, des sampans, des maisons et des *cai-nhàs* enveloppées d'arbres.

C'était la nuit, près du bourbeux canal au bord duquel s'alignent des paillotes. Dans une des paillotes on célèbre un mariage chinois. Tous les cierges de l'autel domestique brûlent. Un vieil Annamite qui connaît les rites règle la cérémonie. Le marié qui est vêtu d'un blanc colonial, veston ouvert, s'agenouille et fait des *laïs**, fait des *laïs* et s'agenouille. Il est d'une plèbe chinoise que je ne connaissais point encore. Ces grands Chinois de Bac-Lieu ont des visages qui pourraient être auvergnats. La mariée, métisse d'Annamite et de Chinois, en robe rouge, ne s'agenouille pas, mais simplement baisse la tête et, les bras soulevés et portés en avant, joint les mains. Une vieille femme, énorme, monumentale – je ne sais plus si elle est annamite ou chinoise – s'approche de l'autel. « Elle a au moins cent ans... » me dit un Annamite qui sait quelques mots de français et qui fut soldat pendant la guerre de 1914. C'est l'heure des cadeaux. La vieille femme excite l'assistance, à la façon d'un commissaire-priseur : « Ça vaut mieux que ça... » Ou plutôt elle opère à la façon des athlètes de place publique réclamant leur salaire. Et les invités déposent des piastres sur une table placée près de l'autel. Le total des cadeaux monte à deux cent piastres.

Contrastes de l'immense Chine. La grossièreté de cette populace et les surhumains visages plébéiens de Cholon ou de Cantho. Ces coolies monumentaux et ces grosses femmes monstres viendraient de régions chinoises plus septentrionales. Ceux de Cholon viendraient de Canton. Mais tout cela n'est que généralités. Ici, même la dentiste qui devant sa boutique fume une cigarette est énigmatique et charmante. Ses pieds ont subi la torture ancienne : en forme d'angle aigu, enveloppés dans des bandelettes.

Les restaurants du marché, les restaurants pour coolies restent ouverts tard dans la nuit. Des tables longues sur tréteaux sont dressées entre la forêt des bananes et les *càì-ào* pendus. Les coolies soupent ou font la dînette, boivent du thé ou quelqu'une de ces tisanes aux couleurs étranges, qui, dans les verres alignés font un effet de rampe d'illumination.

Les murs du « dortoir » de Bac-Lieu sont ornés de dessins de l'*Illustration* soigneusement encadrés. Il serait si simple de laisser les seuls margouillats orner les murs. Le boy « se fait » dans les cinquante piastres par mois en cumulant le service de l'hôtel, celui de M. le commissaire et d'un particulier.

– Tu gagnes bien ta vie?.. lui demande Nguyen-An-Ninh.

– Hé, non... je perds au jeu. Et avec cinquante piastres on ne peut pas diriger une partie.

Quelques secrétaires annamites groupés autour de

« Monsieur le Commissaire » prennent l'apéritif avec lui et lui font la cour.

Malgré la circulaire du gouverneur prescrivant aux fonctionnaires français ou annamites la discrétion et le silence, il n'est pas très difficile de savoir qu'à Bac-Lieu les indigènes reprochent à l'administration des tentatives et des actes de spoliation territoriale. Elle veut obliger certains riziculteurs à acheter le terrain défriché et cultivé par eux. Elle se refuse à tenir compte des reçus de l'impôt qui furent établis en caractères chinois. Et tout le monde accuse l'administrateur d'avoir brûlé le vieux registre communal et d'avoir ainsi supprimé les documents gênants qui pouvaient empêcher une distribution de rizières aux favoris de l'administration.

Au reste un peu partout en Cochinchine on dit que des terrains défrichés sont enlevés aux *nha-qué* qui les ont défrichés, parce qu'ils n'ont point fait à l'administration la déclaration prescrite par une vague circulaire.

Je n'ai pas vérifié ces faits. Ils sont faciles à contrôler.

La circulaire du gouverneur, qui me concernait particulièrement ne fut point toujours sans effet. Un Annamite me parlait avec mépris de l'administration coloniale. Il me disait que, de ses vexations, de ses brutalités et de ses spoliations, une haine naissait, qui n'était point exactement la haine du conquérant, mais la haine de l'oppresseur. Et comme il ajoutait : « Ne laissez pas croître cette haine », je le pressai, j'insistai pour qu'il me citât des faits et qu'il me fournît le moyen de les établir. Mais il fut réticent. Il me répéta enfantinement la formule qui devait le sauver, au cas où l'administration viendrait à savoir qu'il m'avait confié ses doléances : « Donnez-nous de l'eau et du savon... »

Il n'est pas sûr que la plus impartiale des enquêtes officielles donnerait en Cochinchine quelque résultat. Les Annamites non européanisés n'ont guère le sens de la critique du témoignage. Ils accumulent plus facilement des sentiments que des faits. Ils n'ont guère non plus l'habitude européenne de l'utilisation polémique des faits. Ils n'ont pas la constitution revendicatrice. L'Européen tend à l'expression directe des choses extérieures ou de ses sentiments. Il semble que les Extrême-Orientaux de l'Annam enroulent et déroulent tour à tour le tissu de leurs sentiments et de leurs pensées. Aussitôt l'Européen se satisfait du mot de réticence. Nous serions moins sots en cherchant en nous-mêmes des formes analogues de pensée et de sentiment, que nos usages et nos mœurs n'ont point développés ou dont nous prenons mal conscience.

Un hôtelier annamite, qui me confiait un jour quelques-uns de ses griefs contre l'administration, me répétait sans cesse d'une voix dolente : « Il faut supporter… » Et cela ne signifiait point : « Ce qu'il faut supporter, c'est… » Mais c'était une sorte de chanson mélancolique, dont il se fût contenté. Le détail matériel de ce qu'il lui fallait souffrir, il ne lui semblait pas qu'il dût l'exprimer. Et comme je le pressais de questions, il pensa sans doute que les Européens étaient indiscrets et ne savaient rien deviner.

Bac-Lieu cet après-midi est une étuve, une ville-hammam. De la rue on voit l'intérieur de la longue fumerie rectangulaire. Les visages sont perdus dans l'ombre et la lueur des petites lampes, dont ils ne sont séparés que par la longueur de la pipe, ne les révèle pas. On ne distingue aux abords du bas-flanc que le bas des jambes et les pieds. Avant de s'étendre, avant de se consacrer à l'opium, soit qu'ils n'aient point d'argent pour beaucoup de pipes, soit que, par raffinement ils veuillent retarder leur plaisir, les bavards se groupent et parlent haut. Sur les bas-flancs de la fumerie populaire, les coolies s'abandonnent à l'opium, gravement. Les jeunes ont l'œil tendu jusqu'à l'éclatement. Il y a les vieux cadavres et les vieux comiques, jouets distendus, aux ressorts usés, aux ficelles cassées. Mais ce sont les toxicomanes, piliers de fumeries. La fumerie dramatise le tableau de l'opium. En Europe, le *delirium tremens* s'observe à l'hôpital et non point au cabaret.

Le margouillat fait tourner sa crécelle et le *càcké* épelle ses deux syllabes avec obstination trois fois.

⁂

L'auto de transports en commun, l'auto du matin file entre les rizières couleur de blé coupé. Nous allons vers Daï-Ngaï, par Soc-Tram. Après Truong-Ké, la route se rétrécit, rougeâtre entre les cocotiers. Ce n'est plus la grande route entre les rizières, mais une route de parc. Sur un long espace c'est une sorte de route-jardin. Elle est bordée de flamboyants.

Daï-Ngaï est un village où je voudrais vivre. Après les centres, que Daï-Ngaï est joli! On y voit les mêmes compartiments annamites et chinois que dans les centres. Mais Daï-Ngaï n'est pas un centre en réduction. Tout s'y dispose sur une terre légère, près de l'eau, selon des proportions qui séduisent. Les plus petites villes, les plus petits bourgs, sur tous les continents, quel que soit leur charme, montrent en un point quelque discordance. Mais il est des villages au bord de la mer ou aux flancs de la montagne qui donnent aux yeux l'illusion du bonheur et d'une perfection naturelle qui dépasse les plus belles réalisations monumentales, où l'on sent l'application humaine et l'effort de laboratoire. Et je crois bien que c'est à Daï-Ngaï que le gendarme européen lui-même flânait au bord de l'eau et ne semblait point un monarque terrible et vaniteux.

La pagode communique par une porte ronde avec l'atelier du menuisier qui en est le gardien. Un bouddha y habite, rustique, usé, parent sans le savoir des bois gothiques du XIIIe siècle. Son nez triangulaire est posé comme un couvercle léger sur la face qui est d'un seul globe. J'ai effleuré du doigt le ventre du bouddha. Non point par familiarité, mais par amour. Nguyen-An-Ninh sourit. Mais si le menuisier allait croire à une profanation. Et si le Bouddha lui-même... Mais j'ai la certitude que le Bouddha me comprend. Je suis sûr du Bouddha. Il n'y a pas beaucoup de dieux dont je sois sûr. Mais depuis la nuit dans la pagode de Cholon, je suis sûr de celui-là.

Nous entrons dans une des fumeries. Elle est simple comme une auberge, où des pêcheurs bretons boivent du cidre. La Chinoise au beau front, la Chinoise aux belles mains y circule familièrement avec sa petite fille. Elle ne s'isole point comme dans les grandes fumeries des bourgs, semblable à une idole dans sa niche, semblable à une caissière derrière son comptoir. Elle vaque aux soins du ménage, déesse familière de l'opium. Nous prenons du thé. Heureuse atmosphère maritime ou fluviale, de batellerie enfin. Un pêcheur, quelques marins, des gros sampans de marchandises. Gravité des vieux pêcheurs bretons d'avant le tourisme, indolence des pêcheurs provençaux. Un vieux pêcheur ridé, couturé, nous dit : « Dans la vie, c'est l'opium et le thé qui pèsent lourd sur moi. » La tête sur le cubique oreiller de faïence, un autre, mince et fin, est un peu écarquillé d'opium. Mais il y a en lui la gentilhommerie du marin.

L'image d'un génie pend dans une niche de planches, une belle image comme on en vend sur les marchés. Tout est voilé, tout est gris, sauf une poutre rouge et l'image. J'ai dans ma blague ce tabac chinois aux reflets d'acajou, qui recèle un lointain parfum de rose dans des odeurs de cordages. Nguyen-An-Ninh fume une cigarette anglaise. Et comme je lui dis : « C'est vous l'Européen et moi l'Extrême-Oriental… », il traduit à nos compagnons cette plaisanterie, qui n'était rien qu'une nuance de la minute et presque de la seconde. Ils ont la complaisance d'en rire. Mais leur rire n'éclate pas en grossier débordement, comme le rire de la plèbe européenne. Et ce n'est pas la première fois que je constate que toute nuance de blague ou d'ironie est ici toujours exactement perçue.

⁂

Sous la paillote de la barque, sous la paillote où vivent le patron, sa femme et son fils, je suis étendu sur des nattes. Le patron fume quelques pipes d'opium. La rive, l'eau blette et le ciel aux nuages terriblement blancs déroulent pour moi le meilleur opium. Je suis bercé au rythme des chocs légers que les rames communiquent à la barque… Nous allons vers Mat-Bac. Nos compagnons de voyage sont un Annamite et un Cambodgien. L'Annamite est fermier et marchand. Comme je lui offre une cigarette, il saisit le paquet et me le rend des deux mains sans avoir pris de cigarette. Il a accepté le don, mais refusé l'objet. La cigarette fut tout ensemble acceptée et refusée. Et dans ce geste charmant et compliqué je retrouve mille mouvements de cette âme annamite ignorée de l'Européen colonial. Ce Cambodgien, cet Annamite sont des hommes auprès desquels on peut passer une journée dans une barque conduite à la rame. Ces deux « aristocrates » d'humble condition sont un type humain mille fois supérieur à celui de l'Européen colonial ou du « secrétaire » à demi européanisé. Accroupis sur les nattes, nous déjeunons de riz, de lard et de *mam**. L'eau du thé fut puisée dans la rivière. Après ce repas sur la barque lente, j'ai goûté du *choum-choum**. C'est cet alcool monopolisé auquel le gouvernement général fait une telle propagande qu'un peuple qui n'était pas alcoolique risque de le devenir. Le *choum-choum* a un goût d'esprit de vin.

La barque s'est approchée de la rive d'une île, devant une *cai-nhà* dans les palmes. On ne jette point d'ancre. La barque tient à un pieu que l'on pique dans la vase. Nous avons soif. On cueille pour nous des noix de coco. Le grand miroir réverbérant du fleuve s'étale jusqu'à l'horizon, jaunâtre et blet près de nous, bleuâtre au lointain. Des poissons sortent de l'eau et rampent sur la vase.

C'est alors que la barque entra dans la forêt. L'Europe raisonnable, ayant longuement calculé le tirant d'eau, a décidé que les barques devaient naviguer sur les fleuves ou les rivières, en un mot sur les cours d'eau. Mais l'Europe ne sait pas qu'il suffit, pour qu'une barque navigue, d'une forêt. Il y a peut-être encore de l'eau dans ce minuscule ruisseau serpentant. Mais on ne la voit plus. Elle est cachée par la barque. Elle est cachée par les herbes et les branches. La barque glisse en forêt et les branches en raclent la paillote. La barque se creuse un chemin dans les bois. Est-ce une vraie barque? Est-ce une vraie forêt? Je touche la barque, je touche une feuille pour être sûr de ne point rêver.

Le ruisseau s'élargit un peu et forme une anse, où se baigne un *nho* ; il se rétrécit à nouveau. Ce n'est même plus une forêt. C'est une brousse. Il faut manœuvrer la barque comme un piano dans les couloirs d'un petit appartement. Et voici que les branches, courbées vers l'eau, courbées vers la barque se rapprochent et se mêlent et forment un impénétrable rideau. Sans doute nous allons rebrousser chemin ou terminer là notre vie dans l'ombre et la chaleur. Mais il y a entre les branches un trou de rat. La barque y passe.

Le vieux patron de barque, sa vieille femme, le Cambodgien et l'Annamite ne sont point inégaux à cette forêt et à cette barque de rêve. Je ne sais pas leur langue. Il n'y a pas si longtemps que j'étais en mer sur une barque conduite par un vieux pêcheur qui ne parlait que le breton. Comme eux il était noble, mais il était rude. Les hommes d'ici savent sourire. Sourires dans la fumerie et sourires dans la barque.

Nous sortons de la forêt. Nous arrivons au Bassac. Devant nous est une île immense. Nous traversons le Bassac. Nous entrons dans un *arroyo.* Le ciel, tout à l'heure blanc et tout en nuages plats, redevient bleu entre les nuages diminués d'épaisseur, entre les nuages en poussière. Un soleil terrible fait briller les feuilles de palmiers d'eau, les cocotiers et les aréquiers souples en plumeaux. L'*arroyo* est d'or et reflète en vert incandescent les plantes basses de la rive.

C'est à Mat-Bac que nous débarquons. Je regrette encore de n'être point resté quelques jours à Mat-Bac. Mat-Bac est vert, comme la mer est grise ou bleue. Mat-Bac n'est point vert à la façon de certains villages d'Europe tapis dans des frondaisons massives et grasses. Mat-Bac est sous l'enchantement des palmes, dans une atmosphère de cathédrale à vitraux verts. Sous un ciel bleu-blanc, Mat-Bac est frais. Mat-Bac est frais dans la chaleur. Tout y apparaît dans une illumination verte, dans une transparence d'eau verte. Le soleil dissout le vert profond des palmes et le répand en liquide lumière. C'est ainsi que j'ai vu une jeune Annamite suivre la courbe d'un petit pont jeté sur un ruisseau. L'eau, les feuilles des palmiers étendues sur elle et la lumière entre les feuilles filtrant n'étaient qu'un même fluide élément où glissait un léger personnage, lui-même délivré de l'épaisseur.

Un Annamite qui possède une auto nous conduira à Tra-Vinh. Mais le commerce de la location d'autos ne se pratique point comme en Europe. Les Annamites savent transformer le travail en plaisir. Et la course devient promenade. Nguyen-An-Ninh et moi nous asseyons sur la banquette arrière de l'auto. Mais le conducteur emmène avec lui un ami et une amie, qui prennent place à côté de lui. Et je ne sais plus si un autre ami n'était pas sur le marchepied.

Ce bord de canal à Tra-Vinh, ferait penser à Villennes-sur-Seine, s'il y avait à Villennes des cocotiers, des fumeries et des boutiques chinoises.

Nous flânions à Tra-Vinh. Je ne pensais point à la justice et je ne pensais point à l'Europe. C'est alors que nous rencontrâmes un couple européen. Cet homme et cette femme ne faisaient point autre chose que de marcher. Mais je n'avais jamais encore vu personne marcher ainsi. Sans doute chacun a le droit de marcher comme il lui plaît. Et l'homme qui passe s'appartient à lui-même. Mais ceux-là, je le jure, passaient de telle façon qu'ils appartenaient à tous.

L'homme ressemblait à un garçon de café marseillais qui aurait acheté un hôtel garni. Mais il bombait le torse comme un comique sans mesure imitant un nouveau riche. Il s'offrait si plaisamment à la vénération des foules que les foules devant lui ne pouvaient que se prosterner ou éclater de rire. Je demande avec candeur quel est ce marchand de nougat mégalomane, ce garçon d'hôtel congédié imitant avec naïveté les grands de la terre. Un *coolie-xé** nous renseigne. C'est le procureur de la République.

En France, c'eût été sans doute un fonctionnaire semblable à tout le monde. Peut-être même eût-il porté un veston noir un peu ciré. Peut-être même, l'été, de l'alpaga. Ici il s'exhibe.

J'accuse Nguyen-An-Ninh d'avoir grimé et maquillé ce personnage. Ce n'est pas le vrai procureur de la République. C'est un personnage truqué. On l'a fabriqué à mon intention, pour troubler mes sens d'Européen ignorant et pour ridiculiser la magistrature. Nguyen-An-Ninh me jure qu'il n'a pas pris cette peine.

Je voudrais bien savoir ce que les *coolies-xé* disent de ce magistrat, à la fumerie, avant les pipes.

Dans la boutique de thé, sur une sorte de comptoir qui limite la boutique, un Chinois au front bas et au large visage plie des feuilles de papier qui contiennent du thé pesé et, avec une étonnante adresse, en fait de petites caisses carrées.

J'ai assisté à l'audience du tribunal de Tra-Vinh. Un juge calme, dont la voix est d'un timbre agréable pose à l'interprète des questions qui semblent précises. Il tente d'établir critiquement les faits. Il demande : « Où ? Quand ? Comment ? » Mais c'est l'interprète qui répond et on n'est point très rassuré sur une justice qui a besoin d'un truchement. Un voleur de buffles est condamné à six mois de prison. Le juge pose souvent cette question : « L'accusé travaille-t-il ? » Il semble redouter l'immoralité du vagabondage. Mais qu'est-ce donc que le vagabondage sous ce ciel ?

Sur le quai, avant le départ de la chaloupe chinoise que nous prendrons pour aller à Mytho par Ben-Tre, des femmes annamites jouent aux cartes. Sur le bateau elles jouent encore. On sent qu'elles peuvent jouer n'importe où, sur le plancher d'un pont de bateau, sur le coin d'un trottoir. Les *coolies-xé* aussi sont joueurs; le *nha-qué* risque aux dés sa récolte. « Peuple joueur et puéril », disent les sociologues coloniaux. Mais ces sociologues de ministère et ces sociologues au casque blanc oublient que la France a traversé les âges de son histoire avec la réputation d'être frivole.

Les passagers ont envahi le bateau, comme les Marseillais, vers sept heures du soir, envahissent un tramway au cours Saint-Louis. On entend des cris, mais aigus, séparés, sans houle de tumulte. D'escale criante en escale criante, le bateau se remplit d'Annamites et de Chinois, comme un sac de grains se remplit. Sur le pont, c'est une circulation de torses nus. Des serveurs chinois passent, on ne sait comment, entre les grains de cette foule, portant des tasses et des théières minuscules.

Dans la cabine entrouverte du commissaire, on voit un plateau et une lampe pour l'opium. Et, au pont inférieur, deux Chinois fument sur deux bas-flancs, installés dans une sorte de cabine.

Nguyen-An-Ninh cause un instant avec une grosse Chinoise, sans doute une marchande ambulante. Mais avec une incroyable grossièreté, elle cesse de lui répondre et détourne simplement la tête, quand elle s'est aperçue qu'il n'est ni Chinois, ni métis chinois.

Le bateau suit un bras du Mékong, entre les longues îles. Le ciel, où traînent quelques gros nuages bas, est partout blanchi par un imperceptible poudroiement de nuages sans forme. Et dans un humide embrasement tout se confond : les arbres de la rive et les gouttelettes de lumière et de vapeurs mêlées. Jamais l'Europe ne me sembla si loin qu'en ces heures où j'étais étendu sur une chaise-longue, au pont du bateau chinois.

Nous quittons le grand bras du fleuve des Neuf Dragons. Nous entrons dans l'*arroyo*. Après la confusion d'une eau sans limites et d'un ciel que joignent au lointain des rives indistinctes, ce sont des sinuosités légères, une eau bordée d'arbres et de paillotes couleur de noix.

Trois Annamites causent près de nous. Ce sont des propriétaires fonciers, des riziculteurs. Le plus âgé approche de la soixantaine et tient par les pattes un coq de combat. Les deux autres n'ont pas quarante ans. Je suis à bord le seul Européen. Ils ne savent point que leur conversation me sera traduite.

– Le pays produit tout ce dont il a besoin... Riz... poisson... Il faudrait revenir aux anciens procédés de tissage, se passer de l'étranger. Il faut de l'argent ?... Des gens perdent au jeu dix mille piastres en une nuit. Que les petits donnent cinq piastres, les riches davantage. Qu'on donne cet argent à des hommes sûrs, éprouvés.

Le plus vieil Annamite débarqua, emportant son coq. Les deux autres causent avec un Chinois. Ils disent :

– La Chine, elle, se débarrassera facilement des étrangers. Nous... il nous faudra du temps. Dix ans, vingt ans... Davantage peut-être.

Il pleut quelques minutes. La pluie traverse le rayonnement et la réverbération solaires, sans changer l'atmosphère. Elle s'y surajoute. Puis c'est sur la rivière un soir délicat et bleu, une paix d'après l'incendie. Nous passons devant l'île du Dragon, l'île des lépreux.

*
**

Mytho, ville fluviale et ses lumières, le soir, sur le canal. Si l'Europe administre Mytho, on ne sent pas en s'y promenant cette juxtaposition d'une factice vie européenne, d'une Europe en simili, qui est si pénible à Saïgon.

C'est, du seuil des boutiques à l'extrémité des trottoirs, le repos du soir. Dans un compartiment, deux fumeurs sont allongés sur le lit de camp avec la lampe pour lumière unique. Dans la rue un Chinois assis sur un escabeau, un seul pied posant au sol, relève l'autre pied et tient sa longue pipe de tabac à fourneau de cuivre entre l'orteil et le second doigt. Cette grêle forme en tunique blanche qui tout à l'heure mangeait, accroupie sur un tabouret, fait maintenant une scène à son mari.

– Tu as couché avec une putain de Chinoise...

– Je couche avec la mère de ta grand-mère...

On entend les cris par les fenêtres ouvertes sur le quai.

Tout s'apaise. Lumières des barques sur l'eau et les masses d'ombre de deux grandes jonques. Des gosses dorment au plancher des boutiques. Des gens mangent au sol. En Europe tout est concentré dans des box. On dirait qu'ici l'espace lui-même, non divisé, non asservi, dort, mange et s'amuse.

On joue au théâtre chinois moderne une sorte d'opéra comique, une pièce à dialogues parlés et chantés. Des sièges au brou de noix se détachent sur un décor vert pâle de parc à cigognes pour Bobino. Je préfère le théâtre ancien de Cholon ou le théâtre de Phan-Thiet, où trois enfants courant représentent une armée et où l'acteur au rôle légendaire exécute des voltes sur une jambe, l'autre jambe étant soulevée. Parfois un coolie dort sur sa chaise ou accroupi contre un mur. On y voit les déformations populaires qu'on pourrait voir à Belleville. Mais c'est un Belleville doux. Point de crapulade agressive chez les Annamites. Il y faudrait les Chinois. Et le cri des acteurs et le tumulte des cymbales tombent sur une salle nonchalante.

Notre hôtelier tient boutique sur le quai. Pour aller dans ma chambre il me faut traverser l'arrière-boutique à lits de camp et une sorte de cour au milieu de laquelle est un lit à moustiquaire où se repose un couple étendu, genoux ployés. On entend des chants et des airs de guitare.

De la fenêtre de ma chambre je puis voir au matin les barques et le coude du fleuve. En tous pays du monde, rien n'est beau comme la courbe d'un fleuve. Ici c'est l'habituel embrasement en sourdine et non pas cette irradiation du plein midi européen où le soleil semble faire effort, où l'on voit agir la lumière. Dans cet embrasement je vois à nouveau les choses se détruire. Elles sont incertaines comme des herbes au fond d'une casserole où l'eau commence à chauffer.

Sauf dans les pharmacies, les boutiques de thé et quelques épiceries de luxe, les bancs et les tables sont en bois noirci par l'usage et le temps, en bois de misère patiné par la graisse et par les frottements humains. Et les Chinois gueulent ou chantonnent les commandes et les comptes.

Nous rencontrons les deux jongleuses chinoises. L'une joue d'une sorte de tambourin et jongle avec des bâtons, l'autre chante. Elles ont des visages gouapes et voyous tels qu'à Belleville, une extraordinaire expression de rage dégoûtée. Elles s'arrêtent devant les boutiques. Les commerçants leur font signe de s'éloigner. Elles commencent quand même au milieu des badauds, à chanter et à jeter en l'air leurs bâtons. Mais je ne puis décrire ni leur chant ni leurs tours. Le chant, le tambourin, les bâtons, elles-mêmes et la foule, tout est pris d'un bloc dans la chaleur.

Il était trois heures de l'après-midi lorsque nous arrivâmes devant le théâtre. La porte est entrouverte. Audelà de la caisse en bois, semblable à la caisse d'une baraque foraine, c'est de l'ombre. Nous entrons. Ce n'est qu'un grand hangar. Les murs, au tiers supérieur, s'ajourent. La lumière tombe comme dans une église, par les intervalles des lattes en losange. À droite de la scène, au premier plan, des acteurs, des actrices en costumes de ville, robes et pantalons noirs, sont assis ou accroupis sur une natte et jouent aux cartes. Au centre de la scène le fauteuil est resté, le fauteuil où s'assied le roi des vieilles pièces chinoises. Un chien y est couché, qui grogne à notre entrée. Nguyen-An-Ninh dit quelques mots à l'une des actrices, celle qui est le plus près de la salle. Nous nous asseyons sur des chaises, comme pour un spectacle.

Une toile de fond, qui tient à peine le quart de la scène et pendue à un fil de fer, représente à l'européenne un jardin, une pièce d'eau, un bord de forêt, la nature comme à Bobino. Une étoffe brodée d'or surmonte cette toile en trompe-l'œil. Un grand paravent à trois faces, un cadre de paravent plutôt, masque le fond de la scène. Les feuilles extrêmes, obliques au plateau, sont les portes de deux pièces séparées de l'avant-scène. Dans l'une, on voit des hardes qui pendent; car la troupe habite le théâtre. Dans l'autre on voit sur un fil de fer, ou accrochés aux murs, les costumes brodés des pièces légendaires. Sur une corde, des perruques, des masques, des casques de mandarins et de guerriers. Dans un coin, comme un petit balai, les quatre branches d'arbres, qui, le soir, dressées sur une table, évoquent la montagne.

Dans la pièce de gauche une actrice coud. Dans l'autre une actrice donne à manger à un enfant nu.

Contre la toile de fond un homme est étendu. Tout près de lui sur un plateau, la pipe, l'aiguille, la boîte en corne qui contient de l'opium, la théière et la lampe. Il est immobile, de cette absolue immobilité des fumeurs. Le monde extérieur n'est qu'un prétexte à son rêve confus. Un homme au torse nu et qui porte un chignon traverse la scène. Il est étrangement maigre, il s'approche, enlève le plateau, détache le chien du fauteuil et l'installe, si l'on peut dire, à côté du fumeur maintenant endormi.

Une actrice nettoie une casserole pour le riz du soir.

Nous étions assis comme pour le spectacle. Miracle de l'Extrême-Orient : personne ne s'est occupé de nous. Nous n'étions même pas indiscrets. Et ces acteurs de la troupe ambulante ont joué devant nous leur vie.

⁂

Une longue vieille marchande accroupie dans la rue devant ses fruits se dispute avec un long vieux. Il crie :

– Si quelqu'un m'injurie, je lui casse la figure…

Et elle répond :

– Cadavre de chien… qui donc oserais-tu frapper?

De petits voyous les entourent, les applaudissent et les excitent. Un gosse minuscule est vêtu de bleus de mécano et coiffé d'un chapeau mou.

À Mytho, on glapit dans la rue. Mytho est riche d'une aimable crapule fluviale. On dit qu'à Mytho les petites marchandes de la rue ne sont point vertueuses. Celle-ci est étendue, si nonchalante, et la courbe de son corps sur la natte est d'une admirable souplesse.

C'est à Mytho que nous prenons le train pour Saïgon. Le gendarme est sur le quai de la gare. Un gendarme fait partie d'une petite gare de France comme la sonnerie et les plates-bandes. À la gare de Mytho le gendarme roi pérore avec un colonial usé. Le gendarme parle d'un service d'autobus. De mon compartiment j'entends toutes ses paroles. Et cependant il est loin de moi. Le gendarme exhibe sa puissance. Le gendarme est ivre de son importance. Le gendarme étale devant les Annamites la force de l'Europe. Le gendarme est grotesque. Le gendarme joue à l'administrateur, au gouverneur, au maréchal de France. Que l'autorité soit odieuse… passe. Mais qu'elle soit à ce point ridicule, cela semble presque invraisemblable. Et ce même gendarme, dans la gare d'un bourg de France, silencieux et peut-être un peu somnolent n'eût montré sans doute qu'une vague face de brave homme. Toutes choses égales, l'administrateur et le gouverneur subissent en Indochine la même transformation que le gendarme.

Le train passe entre les rizières… Les bambous lointains, plus fins que des saules, ont des légèretés de tulle. Les buffles paissent. Mais la terre n'a point le poids de la terre d'Europe. Tout s'étend, impalpable, d'un trait non appuyé, d'une grâce sans mélancolie, parce qu'elle ne semble pas susceptible d'interprétation humaine, d'une grâce qui semble étrangère aux hommes et à elle-même.

IMAGES

Nous sommes nombreux dans une pièce de petites dimensions. Je suis le seul Européen. Mais cela ne fait pas groupe collé comme en Europe. Ils savent utiliser l'espace, l'espace lui-même, sans siège, assis ou accroupis. « Le lit de camp, dit Ninh, est intermédiaire entre le meuble et l'espace. »

⁂

Enterrement annamite. Sur le trottoir, devant la maison du mort, des coolies, des enfants et des marchandes accroupies devant leurs bols à dînette. Les deux marchandes sont des gamines ; leurs deux clients sont des enfants. Elles vendent une pâte violette, mélange de gélatine et de farine. Une des petites marchandes découpe sur les tranches un poivron rouge.

Devant le cortège, des enfants portent deux bannières, tendues comme sur un métier dressé, des bannières brodées où pendent des rubans à nœuds touffus, des rubans orangés, verts, grenat, d'un ton éclatant et limpide. Puis deux autels portés sur brancards, deux autels pour les offrandes. On y voit des bananes et des noix de coco. Des poivrons rouges y sont cloués en étoile. On y voit aussi le même brûle-parfums et les mêmes candélabres que sur les autels domestiques. Puis un long édifice porté à bras comme une chaise à porteurs : le corbillard. Au milieu est la place de la bière. À chaque extrémité deux constructions ajourées où le bois, l'or, la nacre et l'étoffe brodée se combinent. Le tout est surmonté, en galerie supérieure, de paysages peints, alignés cadre à cadre, traités à l'européenne, semblables à ces décorations de banlieue parisienne qu'exécute le plâtrier de la localité, s'il fait de la peinture artistique. On pense à quelques décors forains d'Europe ou à ces images qui ornent les orgues de Barbarie ou les grandes orgues mécaniques des carrousels. Images grossièrement européennes : on ne sait pas si ce sont des copies ou si le paysage local fut interprété selon Bouguereau.

Deux enfants jouent avec un masque rituel et se le mettent devant le visage. Le cortège sort de la ruelle, précédé de la pleureuse. Elle n'a pas la fragilité et la grâce habituelles aux Annamites. C'est une matrone en poitrine et ventre. Elle pleure. Son bras s'étend en signe de douleur, puis elle s'appuie à l'épaule d'une jeune fille. Elle est coiffée d'un voile blanc qui descend sur sa robe noire. Elle pleure à sanglots bruyants. La veuve pleure en silence.

Les musiciens jouent des mêmes instruments stridents que les musiciens du théâtre : flûte à embouchure de cuivre, violon à boîte de résonance minuscule, tam-tam et cymbales. Des femmes dans le cortège sourient. La signification du sourire n'est point la même ici qu'en Europe. L'ordonnateur, frappant sur deux épaisses baguettes, donne des ordres aux porteurs. La bière est placée. Le cortège part. Il est précédé d'un homme en robe blanche monté sur un petit cheval, que tient par la bride un autre homme dont le visage est caché par le masque avec lequel, tout à l'heure, les enfants jouaient.

Le cortège est suivi de charrettes à bœufs qui transportent les paniers des petites marchandes, des offrandes et la malle du mort. Un colley dépouillé de ses poids, un ancien colley plutôt, passe en tirant la langue.

⁂

Un ciel malade, breton et tropical. Le pont sur l'*arroyo* sinueux. Un paysage d'Oise, mais tassé, rabougri, rongé par une lumière qui ne frappe pas en flèche, vient on ne sait d'où, ne fait pas briller l'eau et ne lustre pas les feuillages, un paysage d'Oise, dont je ne saurais dire s'il est illuminé ou poussiéreux.

Des chars à bœufs s'engagent sur le pont. Un conducteur, à l'avant d'un char, se penche et tend un *cent* à une petite marchande accroupie devant une natte, à l'angle du pont. Elle lui donne en échange un cornet de cacahuètes. Il l'ouvre, casse les coquilles, croque, très immobile, avec une gravité d'enfant. Le char va lentement. Si le corps du *nha-qué* imperceptiblement incline en avant ou en arrière, c'est que les bœufs ont donné un à-coup. Rien n'est plus subtil que de croquer des cacahuètes. Un charretier européen lourdement saute de sa charrette, entre dans une auberge, prononce des paroles, boit du vermouth ou du vin de l'Hérault. Il interrompt et brise sa vie. Le paysan annamite n'en change point le rythme.

Le paysan européen pour parler à ses bœufs use de commandements pâteux ou qui montent en notes de colère. Le cri que le *nha-qué* adresse à ses bêtes ressemble aux cris dessinés du théâtre annamite.

⁂

Un compartiment. Au fond, un lit de camp très bas, presque au plancher. Deux femmes sont étendues. Les deux visages expriment cette interrogation muette qu'on voit aux visages des estampes. Je distingue la divine courbe du sourcil, la grâce close des traits. L'une des femmes se soulève à peine et évente l'autre.

Poème de l'éventail et de l'air balancé. Rien de l'oisiveté occidentale. Elles ne font rien. Mais elles ne sont pas inoccupées. Elles goûtent le temps, le temps pur, s'en distraient et le contemplent.

⁂

La boutique du tailleur chinois qui est aussi marchand de lanternes. Au plafond sont pendues les lanternes en papier huilé, couvertes de gros caractères rouges ou noirs, ornées à la base de fleurs accolées, rondes et grasses.

Le marchand est un gros Chinois. Sa graisse n'est pas localisée au ventre, selon l'obésité européenne. Il est gros de partout. Ses membres ont forme de concombre ou d'aubergine.

Au fond de la boutique, assis sur une chaise, un cadavre demi-nu fume une longue pipe, sorte de flûte terminée par une cupule de cuivre. C'est une pipe de tabac, une pipe d'appoint. Mais il aspire, comme si elle contenait de l'opium. Son immobilité est terrible. Je n'ai jamais vu un mort fumer. Soudain, il se lève, vide sa pipe et, à pas de fantôme, va s'asseoir à sa machine à coudre. Le mort pique à la machine.

⁂

Quartiers pouilleux. Près des hangars où sont parqués les bœufs et remisées les voitures à tinettes, un terrain vague que borde une sorte de brousse est tout semé de débris de paille, de tessons et de vieilles boîtes en fer-blanc. Deux vaches, des chèvres blanches broutent on ne sait quoi, des tessons peut-être. Il y a aussi une truie et ses petits, des poules, des mouches. Et les chiffonniers et les chiffonnières. Mais non pas péniblement courbés comme en Europe. Accoutumés à toutes les souplesses de l'accroupissement, ils sont les jolis petits personnages d'un Breughel de banlieue extrême-orientale.

Un chemin bordé de *cai-nhàs* dans les bananiers et les cactus. Elles sont en planches ou en paillote. L'un des quatre murs est parfois en pisé. Toutes sont ouvertes d'un côté, comme un décor, et l'on voit un lit de camp et au fond, l'autel des ancêtres. Il n'en est point qui n'aient leur jardin. Chaque jardin est aussi un magasin. En tas et bien triés, des tessons, des pots cassés, des épluchures.

On entend des rires d'enfant et la guitare à deux cordes.

⁂

Une métisse grasse et sexuelle est entrée dans le compartiment de la couturière. Chaque bague, chaque bracelet, chaque anneau a une valeur terrible, souligne et approche d'une géométrie sexuelle les formes de la main, du lobe de l'oreille, du cou. La couturière tonkinoise, aux cheveux enroulés formant turban, menue, ronde et sèche tout ensemble me semble moins dolente qu'une Annamite de Cochinchine, d'une douceur moins animale, plus orientée, plus maîtrisée.

Des hommes légers sont autour d'elles, aimables et frêles. Ils n'ont pas cette rudesse masculine, cette rusticité du mâle, qui, en Europe, si elle disparaît, n'est remplacée que par une dégoûtante ambiguïté.

Qu'il y avait de finesse en cette boutique. Que l'air y était léger. Que les êtres y semblaient aimables et dessinés pour la grâce, le plaisir et la plus noble frivolité!

⁂

J'ai acheté un petit plateau de vannerie à un vieux marchand du marché. Il est bien au-delà de toute nonchalance. Il est calme. Son indifférence à ce qu'il vend, à moi-même qui lui achète, s'étend à lui-même sans doute.

⁂

Cinq prisonniers passent dans une rue de Saïgon. Ils sont attachés poignet à poignet par groupes de deux et trois. Les deux qui marchent devant sont deux vieux, deux vieux squelettes d'opiomanes. Et l'un d'eux a un extraordinaire sourire immobilisé, un sourire sans prétexte, un rictus de sourire et ses yeux ne regardent pas.

⁂

Dans le parc de ville, aux pieds du banyan, aux pieds de l'arbre grotte, les Annamites placent des bâtonnets odoriférants et déposent de vieux fourneaux de terre (en forme de chapeau à brides) et de vieux pots de bétel. Le pot à bétel ne doit pas être jeté aux ordures. Le fourneau est génie et les petits enfants ne doivent pas sortir de la maison sans lui demander la permission.

⁂

Dans un pré vague en bordure de la rue Duranton, dans un pré vague à paillotes, il y eut le feu à la cime d'un arbre. C'est un grand arbre qui ressemble un peu à un orme. Au point où deux grosses branches divergent du tronc, on avait installé un autel au génie. Et les bâtonnets odoriférants ont communiqué le feu au grand arbre. On l'arrose comme une maison en flammes. La pompe est installée et les badauds sont là.

⁂

Je suis invité à dîner avec Paul Monin chez un Annamite, fonctionnaire qui a fait ses études en France. Nous sommes les seuls Européens. Les autres convives sont deux médecins, un ingénieur, un commerçant. Non seulement ils ont les diplômes d'Europe, mais ils ne parlent point le français comme une langue étrangère. Dîner d'hommes. Nous ne verrons ni les femmes ni les enfants. Non que les femmes annamites soient cloîtrées. La nuance de mœurs est différente. Le foyer ne s'ouvre qu'aux intimes. Dans une nuance analogue, un Français invite au restaurant un camarade ou une « relation ».

Nous nous asseyons avant le dîner dans le jardin qui entoure la villa. Un vieil Annamite, familier de notre hôte, traversa le jardin. Il est d'une autre époque. Il ne peut parler avec nous, car il ne sait que l'annamite. Il porte encore le turban rouge et ses ongles aussi longs que les doigts sont recourbés en serres de perroquet. Signe ancien du loisir et de l'aristocratie.

Notre hôte et ses invités annamites acceptaient tous le fait de la domination française. Leur vœu n'était que d'en tirer d'humaines conséquences. Mais aucun ne parlait sans mépris des actes de caprice, de vénalité ou d'oppression de la haute administration. Mais je ne rapporterai pas notre conversation. La police du gouverneur savait où nous dînions. Et tel est le régime actuel de l'Indochine que notre hôte et ses invités annamites en pourraient subir des vexations ou même des représailles.

Aussi bien ce soir-là, notre causerie dépassa ces problèmes de la conquête et de la politique. Et les crapauds sur les marches du perron oscillaient comme de vieux dieux.

Le plaisir que me donna cette soirée n'était pas seulement un plaisir d'exotisme. Je retrouvais le meilleur de ce que l'Europe parfois m'avait donné. Des Annamites me rendaient ce qui de l'Europe me manquait et que les coloniaux n'avaient point emporté dans leurs bagages. Cette sensation de l'Europe ou ce sentiment du contact avec l'espèce homme, avec le *genus homo*, quelques Annamites la donnèrent à deux Européens.

Paul Monin qui sait pousser la politesse jusqu'à l'insolence et qui appartient à cette classe de Français qui n'ont point reçu l'éducation de la société comme un chien reçoit sa pâtée, mais qui en possède les nuances et le maniement, Paul Monin me dit, quand nous fûmes seuls :

« Tout cela… oui. Mais aussi cette domination qu'ils ont d'eux-mêmes. Près d'eux, on a toujours le sentiment d'être mal élevé. »

Et, en effet, cette domination de soi-même est d'un autre ordre que la réserve de l'Européen de bonne éducation ou que la dissimulation de l'Européen fourbe.

PAGODES ET MAISONS

Vers la fin de l'après-midi, les musiciens sont assis aux dalles de la pagode hindoue. Les positions des jambes sont incompréhensibles pour un Européen. Les pieds dépassent en des points, qui ne nous permettent pas de repérer le trajet accompli par la jambe. Les musiciens se préparent à jouer. Le tam-tam prélude. Les autres vérifient la perméabilité de leurs instruments. Puis le souffleur d'éternité commence. Un autre musicien rythme avec de toutes petites cymbales, larges comme des soucoupes de poupée. Et le trompette soliste commence sur ce fond de bruits mêlés son imploration terrible, sa prière au fer rouge.

La pagode, à dix heures de la nuit, est illuminée. Le bouddha de l'autel central est entouré de couronnes de fleurs qui l'habillent complètement. Les mèches qui brûlent aux récipients d'huile font luire dans l'ombre les revêtements de cuivre. Un vieux prêtre saupoudre la poitrine d'un fidèle de cendre sacrée. Il m'invite à m'approcher. Il me montre la cendre rouge et la cendre grise. (Ces cendres si jolies sont-elles vraiment un résidu de fiente de bœuf?) Il m'invite à m'en poudrer le front. Je porte sur mon front le signe du Bouddha. Et le vieux prêtre m'offre deux petits paquets bien pliés, l'un de cendre rouge et l'autre de cendre grise et deux bananes enveloppées dans des feuilles.

⁂

La guitare est partout, devant les paillotes, sous les bananiers. Dans la rue, les chanteurs aveugles improvisent. De la paillote où je veille avec des amis annamites, je n'entends rien que le chant continu des grillons. Mais ce samedi soir, les civilisateurs veillent aussi. Et dans la nuit des voix ignobles, des voix d'alcool et de vomissement, braillent et répètent indéfiniment en hoquets de syllabes :

Monte là-d'ssus… tu verras Montmartre.

Le chanteur des rues est un aveugle, qui s'accompagne sur un bizarre instrument : morceau de poutrelle surmonté d'une tige où s'attache une corde unique. Une superstition populaire veut qu'on devienne aveugle, si l'on joue de cet instrument.

Le chanteur improvise sur un motif légendaire. Il est moins dolent, moins glapissant que notre chanteur des rues. C'est le poète de la rue ou de la route.

Au premier rang, les gosses sont accroupis devant les tirailleurs au chapeau à pointe de cuir et devant les coolies. L'aveugle chante l'histoire du pauvre tirailleur qui n'ose répondre aux injures du fils de riche. Il psalmodie, s'interrompt et, pendant ces interruptions, pince la corde unique de l'instrument.

Les secrétaires annamites et les Bovary de la petite bourgeoisie annamite ne le comprennent plus. Chez eux on chante les couplets que chantent les femmes de coloniaux et le phonographe joue : « Mon homme… »

⁂

C'est la nuit. L'*arroyo*, ses lumières éparses et son désordre de jonques immobiles. Sur l'*arroyo* noir, les jonques courbées en bec d'hirondelle, les jonques que la lumière de la pagode illumine, les jonques accolées, les jonques emmêlées, sont couleur de paille. Sur l'*arroyo* noir s'éparpillent de distantes lumières. Mais elles ne s'irradient point dans une nuit consistante ni se reflètent dans l'eau en tremblantes colonnades. L'*arroyo* sombre n'est point tragique, ainsi que sont, la nuit, les fleuves d'Occident. Ni la nuit, ni le fleuve n'ont en eux le mystère épais et redoutable des eaux et des nuits européennes. Épaisseur d'ombre, formes mouvantes, lueurs fantômes… on y aime, on y craint on ne sait quel vertige. Ici, moins creusée, plus unie, la nuit est plus légère, la nuit est plus subtile. Elle n'apporte à la terre qu'une clarté plus douce et l'enveloppement d'une immobile caresse.

La pagode est dessinée par ses rampes de lumière. Les surfaces de sa façade ne sont que couleur. L'enchevêtrement des plans colorés émerge d'une ombre rouge, s'unifie dans la lumière ou se règle encore selon des lois venues du fond des âges. Rien ne persiste des courbes et torsions trapues des pagodes que j'ai vues au plein jour. L'édifice qui a surgi devant moi, cette architecture d'éblouissement est simple en ses lignes comme une église romane. On dirait que monte très haut un jaillissement soudain immobilisé de lumières et de couleurs. Je ne sais plus ce qui est vérité ou trompe-l'œil, construction ou truc. Les murs qui sont devant moi sont des voiles en fibre de latanier attachées à des poteaux. Je l'ai constaté, je le sais, mais je n'y crois pas. Je ne crois plus qu'au miracle éblouissant.

Dans l'ombre, les marchands ont installé leurs caisses à claire-voie, leurs cuisines qui se portent à dos d'homme, leurs paniers, mobiles restaurants, pâtisseries volantes. À la lueur des lanternes on distingue les marmites où cuit la soupe de poisson et les herbes qu'on croque et les fruits en brochettes. Une vieille marchande découpe en lanières la seiche mauve, la passe à la braise et la frappe à coups de marteau sur un pavé. Les coolies-pousse attendent. Les deux oreillettes du madras roulé autour de leur tête font une saillie diabolique. Dans la nuit légère, entre l'ombre et la lumière, ils semblent, demi-nus, des lutins sarcastiques.

Je suis entré dans la pagode chinoise. Je suis entré dans le miracle d'ombre rouge et de feu. Peut-être est-ce la première fois que je suis véritablement en Extrême-Orient. Je n'ai connu encore qu'une projection de civilisation mécanique sur fond de palmes. Ici, je suis le seul Européen dans une foule asiatique. Et les rites de cette foule, je ne les connais pas. Les objets mêmes qui sont là, je n'en connais pas même l'usage et la signification. Et ces visages, ces autres visages!... Je suis entré dans la pagode. Je dirais que je suis entré dans un rêve, si l'incohérence du rêve ne nous apparaissait comme d'une indiscutable vraisemblance. Ici, je doute, j'ai l'hésitation d'un doute. Et l'évidence qui répond à ce doute est une volupté de toucher de l'inconnu, de l'inconnu inimaginable. Je suis entré dans la pagode. Je suis dans un monde nouveau. Je suis parmi des hommes dont enfin je n'ai pas toutes les pensées. Il y a donc du réel qui ne ressemble point au réel familier à nos sens, du réel auquel je puis répondre par le seul émerveillement.

La pagode est-elle grande ou petite? Je ne sais pas, je ne sais plus. Je sais seulement qu'elle n'est pas un seul globe d'espace, qu'elle est une et cependant divisée. Elle est un monde où j'ai pénétré, un monde qui m'isole enfin du monde usuel que j'ai quitté.

Les musiciens sont dans une première salle qui n'est qu'une sorte de vestibule. Ils sont très haut sur une estrade. Quatre instruments à cordes dont la boîte de résonance est grande comme un verre à boire, une sorte de trompette. Mais le son est à une limite stridente de l'aigu où la trompette et l'instrument à cordes semblent se confondre. De grandes cymbales de cuivre, un gong. Étrange musique qui vous porte aussitôt, qui vous prend et vous entraîne comme sur un plateau tournant. Musique qui ne fait jamais grâce et qui donnerait l'illusion de je ne sais quel mouvement perpétuel, si les cymbales et le gong ne marquaient des temps. Étrange musique qui, maintenant, se fait implorante. Obsédante supplication, qui ne semble point monter, où les subtilités du sentiment n'ont pas de part. Les musiciens jouent, avec une sorte de calme détaché, ces airs découpés et frénétiques.

Les musiciens, maintenant, imitant des voix de femmes, récitent un dialogue comique qu'ils scandent, par intervalles, des cymbales et du gong. Je les regarde. Je suis perdu entre les coolies et les marchands, perdu dans la foule.

Je pénètre avec elle, plus loin dans la pagode. Ce n'est pas une foule semblable aux foules d'Europe priant dans un recueillement unanime, priant une prière en quelque sorte collective, une prière identique rassemblée entre deux moments du temps. Le temple n'interrompt point la vie. Comme dans les boutiques de Cholon le repos se mélange au travail, au temple la vie profane et l'adoration ne semblent point distinctes. Les hommes et les femmes fument la cigarette. Chacun circule à son gré. Il y a quelques sièges, mais comme dans un jardin public.

Ici, une femme se prosterne, s'allonge complètement sur les dalles et les touche de son front : une autre allume au cierge rouge un papier rituel. On apporte les offrandes : cochons de lait, poulets rôtis au miel, couleur d'acajou et d'or rouge, gâteaux, bananes. Sur un banc posé contre un mur, trois femmes causent. Les hommes se promènent, examinant les objets, les images et les statues du culte.

Cependant, dans la cuve de fer que surmonte un dais forgé, on jette les offrandes symboliques et on les enflamme. Ce sont, en papier monté sur de grêles carcasses de bambou, les malles et les souliers destinés aux ancêtres. On dirait des montgolfières de cotillon. On les coule dans la cuve, où brûlent déjà des papiers d'or et d'argent. La flamme monte, l'odeur du papier brûlé se répand.

Quelques hommes ont revêtu, par-dessus leurs vêtements de coolie, une sorte de dalmatique blanche brodée de rouge. L'un d'eux est coiffé d'un vieux chapeau de feutre mou.

Le prêtre en robe rouge, brodée or, vert et bleu, officie. Il est debout, nonchalant, devant un des autels. Il chantonne. Et tantôt il frappe avec une tige métallique sur une plaque de cuivre en forme d'écran, qu'il tient à la main, et tantôt il s'évente.

La foule continue à circuler. Ma cigarette n'était point allumée. Un Chinois s'est avancé pour me donner du feu. Mais nul ne s'occupe de moi. Pas un sourire ironique. Pas une marque d'étonnement. Aucune manifestation de curiosité. Dans une église de campagne européenne, un Européen étranger au village sentirait sur lui le poids des regards.

Quand je demande par signes si je puis pénétrer dans une sorte de chapelle latérale, on me répond par un sourire, on me précède, on me guide. Puis on me laisse seul. Souveraine, aristocratique politesse.

Je suis seul avec le bouddha d'or à barbe noire. Devant moi, dans un vase de cuivre, brûlent les bâtonnets odoriférants. Une fumée emplit ce retrait du sanctuaire. Le Bouddha me parlerait que je n'en aurais point d'étonnement.

L'autel supporte des vases de cuivre magnifiques. Mais au plafond pend une lampe de bazar européen. Je suis au point du rêve où la lampe est belle aussi.

Quand je sors du fumeux sanctuaire, c'est toute la nef, ses colonnes noires à caractères d'or, l'or des flammes dans la cuve et la foule circulante.

Comme je rentre à l'hôtel, je rencontre dans le couloir ma voisine de chambre. C'est une Marseillaise qui fait à Saïgon une saison de prostitution. Sa connaissance de l'Indochine est, toutes choses égales d'ailleurs, assez proche de celle des gouverneurs.

– On s'ennuie, dit-elle. Mais on vient pour la piastre.

Elle passe la journée dans sa chambre d'hôtel et chante inlassablement les refrains d'un innombrable répertoire de café-concert. Le soir elle va au café. Elle bavarde, comme un écureuil tourne dans sa cage. Elle se tient d'une race supérieure et méprise les Annamites. Mais elle n'est point sans quelque notion du sentiment de l'honneur :

– Pour marcher à dix piastres, dit-elle, il ne faut pas se respecter.

VIES

Je voudrais que l'épicier chinois me fît une petite caisse pour emballer quelques théières et quelques pots que j'ai choisis. Un complaisant métis, bavard et bêta, qui ne sait ni le français ni le chinois, me sert d'interprète.

Nous sortons ensemble de l'épicerie. Nous passons devant les maisons de prostitution chinoise. Les « dames » sont étendues, assises ou accroupies sur le trottoir, illisibles formes dans la nuit. La patronne est une rude Chinoise qui porte un bracelet de jade vert. Elle est assise devant la maison dans un fauteuil de rotin. À côté d'elle une vieille est assise sur une natte, une vieille qui n'a plus d'âge. De l'ombre émerge son crâne, un crâne qui n'est que sourire, un extraordinaire sourire immobile et tendu.

Je suis le métis. Nous entrons dans la maison. On nous offre le thé. Les formes tout à l'heure perdues dans la nuit passent devant nous sans nous regarder, en veste courte et pantalons d'étoffe grossière. Les chambres sont des manières de placard à porte coulissante, au long d'un couloir. Ce n'est qu'un pauvre lieu de débauche et de plèbe. Mais on y peut saisir le contraste du sourire et du sérieux chinois avec la puérile grâce annamite.

Ce fut le soir de l'incendie. Plusieurs compartiments chinois flambaient en un éblouissant brasier, cependant qu'en détonations crépitantes éclataient les pétards accumulés pour les réjouissances dans les épiceries. Madeleine errait dans la foule, pauvre petit squelette d'Europe qui ne participe plus aux grandeurs coloniales. Madeleine autrefois tint un bar. Elle eut son auto et de beaux bijoux. La dysenterie la coucha dans son lit. On lui vola ses bijoux. Elle but de l'alcool en ce climat où l'alcool ne pardonne pas et elle fuma l'opium sans sagesse avec un emportement européen. Maintenant on ne la rencontre guère que dans les bas-quartiers. C'est une pauvresse. Elle ne mendie pas et elle ne parle qu'aux marins qui font escale, quand ils sont ivres. Parfois un Européen, un de ses amis d'autrefois, un petit fonctionnaire qui aime les nuits de Saïgon, la rencontre et lui donne une piastre. Elle la fume.

C'est une fumerie de la rue d'Espagne ou d'une rue voisine. Les fumeurs ce soir sont tous jeunes, tous vêtus de blanc. Point de squelettes. Ils semblent goûter un repos parfait d'après le hammam.

Celle-ci est entre les épiceries, restaurants et buvettes chinoises du vieux marché. C'est le soir. Entre les deux lits de camp, entre les deux bas-flancs, un Chinois, vêtu d'une sorte de caleçon de bain, un grand Chinois tient par la queue un gros rat crevé et le balance dans l'espace. De loin, de la rue, c'est une vision de cauchemar que ce balancement, entre les deux rangées de fumeurs, de ce rat de ruisseau et d'hallucination. Mais, sur les bas-flancs, accroupis ou assis jambes pendantes, les Chinois qui ne fument pas encore rient à grands éclats, cependant qu'un vieux dort dans un allongement parfait et qu'un autre rêve, les yeux perdus sans qu'on sache s'il ne voit rien devant lui ou si le rat balancé entre dans le déroulement de ses images intérieures, s'y intercale, dépouillé par l'opium de son horreur, comme porté sur un plan lointain, sublimisé, évident, mais à la façon d'une barque en mer à l'horizon.

***

Je les vois de ma fenêtre, en groupe accroupi, au pied d'un lampadaire, entre deux tamariniers : quatre femmes, un garçon d'une dizaine d'années, un autre de trois à quatre ans. Ils sont là, aussi installés que des promeneurs au bois de Boulogne, sur leurs chaises.

Je sors. Il est dix heures du soir. Devant une maison du boulevard Bonnard, un jeune Indien, accroupi dans un fauteuil d'osier, chante doucement pour un vieillard, assis à côté de lui, sur un escabeau.

Un *coolie-xé* mange une banane devant la caisse d'une marchande.

Près du marché, les marchands pullulent au sol. Des Chinois fument leur longue pipe devant leur boutique à demi close. (À Cholon, la boutique serait ouverte.)

Un vieil Indien, géant barbu, s'appuie, immobile, sur son bâton.

Quatre Indiens sont accroupis sur les lits de camp de leur boutique.

Au trottoir sept Annamites sont couchés sur une natte et dorment, sept.

Et deux grands chapeaux pointus s'avancent à hauteur inégale. C'est le vieux mendiant chinois guidé par un enfant. Ils se tiennent par les bouts d'un bâton. L'enfant marche devant comme attelé au vieil aveugle, qui chante une monotone et rude psalmodie.

***

C'est à Singapour que je suis pour la première fois monté dans un pousse. Le sens de la dignité humaine, le sens tolstoïen souffrait en moi. J'avais envie de crier au coolie : « Ce n'est pas possible… Ou alors, chacun à son tour, chacun la moitié… Je descends et je me mets aux brancards. » Mais déjà le coolie tire et trotte. Car il trotte. C'est l'homme-cheval.

Un commerçant de Saïgon me disait : « La première fois que j'ai pris le bateau pour la colonie, j'ai déclaré devant mon père, qui était venu me chercher en France : " Me faire traîner par un homme, jamais je ne ferai cela…" Tout le monde a ri de moi et mon père m'a dit : " Tu parles de ce que tu ne sais pas…" Depuis, je suis devenu propriétaire de pousses… J'en ai cent. »

Un fonctionnaire travaillé d'idées morales m'a fait cette casuistique confidence :

– Je ne prends jamais un pousse pour me promener. Si je prends un pousse, c'est pour une course nécessaire, une démarche professionnelle.

Devant l'hôtel je descends du pousse. Au prix du tarif je lui dois trente *cents*. Le gérant de l'hôtel arrive et me dit :

– Donnez lui vingt-cinq *cents*… C'est bien suffisant.

Je donne quarante *cents* au coolie. Mais il réclame davantage, avec un sourire où il y a de la blague : « L'opium est cher… J'ai des gosses à nourrir. »

Le gérant revient, menace le pousse, prêt à le frapper.

Un colonial obèse, pesant près de cent kilos, prend un pousse. Ce colonial comprend quelques mots d'annamite. Le *coolie-xé* dit en passant devant un autre pousse : « Est-ce qu'il va longtemps se faire traîner, ce gros cochon? »

Le gros cochon garde le pousse plusieurs heures et, arrivé chez lui, rosse le coolie et ne le paye pas.

Au bout des histoires coloniales, même les plus féroces, on distingue toujours une satisfaction d'économie jointe au plaisir de cruauté.

Un de mes amis annamites m'a dit : « Nous reviendrons un matin de Cholon, ayant choisi deux *coolies-xé* jeunes et forts et nous regarderons leurs épaules et leurs dos bien musclés. »

Mon sens tolstoïen s'est-il affaibli ? Je suis capable de comprendre ce plaisir. Nous glissons sur la route. Le coolie est si léger qu'il semble aussi glisser. Son dos brun rouge est très beau, un peu féminin. Il trotte et ses épaules se soulèvent du même mouvement qu'une croupe de cheval. Il va les jambes en ligne comme un danseur qui allonge son pas.

En Europe il y a des vieux qui traînent des charrettes à bras.

Le coolie léger et souriant me gêne moins. Les Extrême-Orientaux ne semblent point tenir ce métier pour intolérable. Certains jours cependant, je souffre de sentir sur les coussins du pousse la répercussion du trot du coolie. Pour que je n'aie aucun scrupule, il faudrait qu'on mît dans les brancards le plus vénal des gouverneurs de l'Indochine ou l'assassin Darles.

J'ai voulu fuir Saïgon, ses villas, ses monuments, ses statues, ses coloniaux qui ne sont plus européens, ses Annamites qui ne sont plus extrêmes-orientaux, Saïgon la ville coloniale, la ville où colonisants et colonisés ont perdu leurs vertus et jusqu'à leurs apparences.

Je me suis réfugié dans la paillote de la vieille Ko-ba. Sa paillote est loin de la route. On franchit un petit pont sur un fossé. On suit un sentier mal dessiné entre des jardins et des paillotes disséminés.

Ko-ba, étendue sur le lit de camp, lit à haute voix chantonnante. Elle s'interrompt souvent, car elle ne lit pas très couramment. Elle lit dans un petit livre rose.

Je lui demande ce qu'elle lit. Elle me répond :

– Même chose théâtre…

Le livre contient en effet une histoire légendaire et des poèmes : « Une femme amoureuse de Trien-Tu et le poème d'une personne qui pense à un ami. » Le roman légendaire conte l'histoire d'une jeune fille qui devint amoureuse de l'acteur qui jouait le rôle du guerrier Trien-Tu. Mais – ironie et cruauté du sort – le beau guerrier qu'elle a vu sur la scène n'est qu'un vieux cabot opiomane. L'histoire ne m'est point étrangère. J'ai vu à Mytho, aux heures qui ne sont point celles du spectacle, la troupe ambulante qui n'a point d'autre domicile que le théâtre, qui y vit, qui y mange, qui y dort. Et tandis que les femmes préparaient le repas ou soignaient les enfants, tandis que de jeunes acteurs jouaient aux cartes, un vieil homme étendu sur le plancher de la scène rêvait, dormait son rêve et son sommeil d'opium.

Ko-ba lit pour elle et pour sa fille, posée en scribe égyptien sur l'unique escabeau de faïence de la paillote. Une femme très longue et mince, une paysanne, la tête enveloppée d'un foulard, est entrée sans rien dire et s'est assise à l'angle du lit de camp.

Ko-ba cesse de lire. La paysanne se lève, va vers la petite table, étend un peu de chaux rose sur une feuille de bétel, la plie et la met dans sa bouche.

Maintenant, toutes trois, elles causent. La paysanne part. Ko-ba et sa fille vivent à côté de moi une vie légère, charmante, une vie incompréhensible aux Européens, une vie « non encombrée ».

Et je pense que Ko-ba n'a même pas le souci de ses repas. Elle lit des romans légendaires et des poèmes, elle fume. Quand il fait nuit, elle va au bout de l'étroite allée, jusqu'à l'herbe du bord de route, à l'endroit où la marchande de soupe est accroupie. Alors elle mange une soupe de vermicelle et prend avec les baguettes, dans les petits bols, des choses menues et pimentées. Et aussi elle regarde la lune.

Par la porte entrouverte de la paillote, on voit les grandes feuilles des bananiers. Elles sont comme un écran sur lequel, parfois, passe légèrement une forme toute blanche. Et sur le lit de camp extérieur, accolé à la paillote, des enfants jouent.

C'est dimanche. Mais l'idée du dimanche est une idée d'Europe. Devant la paillote voisine, un enfant nu est allongé sur une natte. Le père, avec deux fines baguettes, joue du tam-tam sur une vieille boîte de cigares. On l'entend à peine. Il n'est pas question de faire du bruit. Les variations d'un rythme l'occuperont toute une après-midi.

Ko-ba, ce jour, est toute à la dévotion. Le soleil blanc entre par la porte ouverte de la paillote. Mais les cierges rouges brûlent sur l'autel et une mèche dans un récipient plein d'huile.

Tantôt Ko-ba s'incline et porte son front jusqu'à terre, tantôt elle lit sur un livre des paroles rituelles. Puis elle chantonne et rythme sa mélopée sur chaque syllabe, en frappant d'un bâton la tête du cachalot. Cela est scandé comme le « am-stram-gram » des enfants qui déguillent. Et parfois elle frappe sur le vase de cuivre qui rend un son de clochette.

Elle s'éloigne de l'autel des ancêtres. Dans la pièce voisine, sa fille, maintenant, chante en s'interrompant souvent, d'une voix dont les pincements et les vibrations font penser à la pénétrante sonorité du violon monocorde des orchestres.

Quand j'ai pénétré pour la première fois dans la paillote, les objets et les êtres étaient pour moi plus imprévus qu'en rêve. L'image qui pend derrière l'autel des ancêtres, je sais maintenant qu'on l'achète au marché. La tête de cachalot n'est qu'un pauvre objet dérivé d'une tradition morte et fabriqué par des mains ouvrières. Le fils de Ko-ba n'est pas un jeune prince d'Extrême-Orient. Il est employé ou secrétaire.

Je suis accoutumé. L'accoutumance a chassé le rêve, ce que nous appelons le rêve et qui n'est peut-être qu'une suppléance littéraire à notre inadaptation. Mais en vérité je suis chez moi. Quelque chose de moi s'est installé là. Et le regret que j'emporterai sera d'une vieille chose familière. Je n'aurai pas passé comme un touriste.

Bientôt je prendrai le paquebot. Bientôt je serai à Marseille. Pour la dernière fois peut-être je regarde la paillote de Ko-ba, pour la dernière fois avant de franchir la porte. Trois murs de planches, un mur de pisé. Mais comment détailler les objets? Ils sont revêtus d'une patine extrême-orientale. Ils sont cuits au four, ils sont comme des pommes au caramel. Et leur forme ne compte plus. Il n'est point vraisemblable le petit buffet à étagères, dont le dos se découpe en un style qu'un menuisier d'il y a trente ans emprunta à je ne sais quelle Europe, à je ne sais quel Annam. Contre le mur deux chaises de jardin, pliantes. L'autel est une haute table dont le plateau est à hauteur d'épaule. Et les photographies au mur sont deux agrandissements qui représentent Ko-ba jeune fille, puis jeune femme. Et la glace encadrée n'est rien d'autre qu'une glace semblable à tant de glaces de garni.

Je bois une dernière gorgée de thé. Je regarde, j'ouvre les yeux. Et je sens bien que l'humble paillote même et ses humbles objets ne m'ont point encore livré tout leur mystère.

Dans la nuit, passant en pousse, j'ai vu dans un compartiment bien éclairé, quelques femmes vêtues de blanc et une fillette. Elles sont debout autour d'une table. Je ne sais pas ce qu'elles font. Le pousse passe, m'emporte. Je n'ai jamais rien vu de si blanc, de si léger, de si aérien…

La paillote est si modeste que j'ai le sentiment que Ko-ba habite sous les arbres.

Les familiers de Ko-ba me connaissent. Ils ne parlent que l'annamite. Mais un sourire sert à notre contact. Une vieille femme vient, un peu cérémonieuse. Elle ne s'étend point sur le lit de camp. Elle s'approche de la chaise. Mais elle ne s'y assied pas. Elle s'accroupit sur le siège. Souvent aussi les amies de la fille de Ko-ba viennent lui rendre visite. Celle que j'appelle la Fanchette est d'un type annamite très atténué. On dirait une longue fillette d'Europe, nonchalante, alanguie. Et sa parole est un murmure guttural, très léger et très doux. Un petit enfant passe, très grave, tout nu. Mais il n'a pas oublié son collier et ses bracelets d'argent pour les chevilles.

Ko-ba a allumé la lampe de l'autel et une des baguettes odoriférantes.

Elle frappe un bol métallique avec un bâtonnet entouré de linge, qui donne un son de cloche légère, presque cristallisé. Elle s'incline et salue d'un mouvement des deux bras joints, baissant les mains et les portant à sa poitrine.

Elle porte un simple anneau d'or à son poignet. Ses mains sont admirables.

À travers la cloison, j'entends le coolie qui, dimanche dernier, jouait du tam-tam sur une boîte, je l'entends qui babille avec sa femme. Babillage, non point bavardage. Deux petites filles causent dans un jardin.

– Il gagne une piastre par jour, me dit Ko-ba.

Il est quatre heures de l'après-midi et il ne pense pas au système Taylor.

Ko-ba s'est endormie. La femme du coolie chantonne cet air que jouent toutes les guitares. À travers le vitrail vert des feuilles la lumière entre par la lucarne à barreaux de bois. Bruit d'un seau dans la citerne, voix d'enfants, chant de marchande, les sons viennent comme portés par cet étrange soleil qui semble traîner à terre.

Un lointain sifflet de locomotive. Comme la nuit dans les villes d'Europe. Un lointain sifflement. Rien d'autre qu'une idée de voyage.

Le marchand de gâteaux chante dans le sentier entre les paillotes et les bananiers. Il entre. Ses gâteaux à la farine de riz, au sucre noir, à la noix de coco sont enveloppés dans un morceau de feuille de bananier. C'est un petit vieux tout drôle, tout sec, coiffé d'un chapeau mou européen.

Tard dans la nuit je quitte la paillote. J'hésite dans le chemin. Je rejoins la route.

Tout contre la bordure des jardins, au sol de la route, deux lanternes, la marchande, ses paniers et la caisse où cuit la soupe, quelques herbes dans des soucoupes ou des bols (*keba** pour la couleur locale), de la viande découpée en minuscules lanières et ces œufs de canard qui paraissent si blancs. Et les tisons à la flamme desquels on passe la sèche, au soleil séchée.

Je fais signe à un *coolie-xé*. Il consent. Mais je devine un regret dans son regard. Il s'apprêtait à souper.

– J'ai le temps… mon vieux.

Je lui fais signe. Il comprend. Il s'accroupit au sol de la route. La marchande découpe et rassemble les herbes mystérieuses et prépare la soupe. Et moi aussi je m'accroupis. À côté d'une jeune femme qui soupe aussi aux étoiles. Il n'est pas nécessaire que je comprenne l'annamite pour saisir la finesse, la douceur et le calme de cette petite princesse plébéienne.

Je m'installe dans le pousse. Nous traversons le jardin de ville. Grâce à l'obscurité, on ne voit pas l'atroce monument. On ne voit pas le Gambetta colonial, ni son canon, ni la guerrière escouade en sculpture d'art des quatre hommes auxquels il commande. La nuit est d'une douceur absolue, qui ne fait pas mal, qui ne trouble pas, d'une douceur précise, à peine nocturne.

Arrivé devant l'hôtel, je descends du pousse. Mais je n'ai pas le cœur de remonter dans ma chambre. Je suis pris d'un irrésistible et déraisonnable désir de revoir la petite princesse qui soupait aux étoiles. Je remonte dans le pousse. Il me reconduit au bord de la route, à la croisée du sentier qui mène à la paillote de Ko-ba. Mais la princesse est partie. Il n'y a plus que la vieille marchande, qu'entourent maintenant, accroupis et vidant leurs bols, quatre *coolies-xé*.

⁂

Milieu familial annamite. Nguyen-An-Ninh m'introduit. Sur le lit de camp elles sont étendues en diagonales : Ko-Haï, la maîtresse de maison, une métisse chinoise et *Ko-huyen* (qui pourrait se traduire par madame la sous-préfète). Comme nous entrons, elles lèvent la tête, repoussent le petit oreiller rond et descendent du lit de camp. Elles sourient. Ko-Haï m'offre une cigarette et nous apporte du thé. Les deux plus petits des enfants – deux ans et trois ans – jouent aussitôt avec moi. Mais une petite fille, l'aînée, qui a bientôt sept ans, me sourit de loin, à peine timide, à peine coquette, tantôt me regardant et tantôt détournant les yeux.

Ils n'ont pas encore peur de l'Européen.

Et la coutume des enfants ne varie point comme celle des hommes. Ceux-ci ont près du visiteur les mêmes attitudes qu'auraient les enfants d'Europe.

La pièce n'est meublée que du beau lit de camp au plateau très épais et d'une laide armoire européenne. Sur une petite table est installé le service à bétel. Aux murs beaucoup de photographies sont accrochées. Il y a toujours beaucoup de photographies dans les maisons annamites. Un portrait d'aïeule aux ongles longs, austère visage tel qu'on en voit en France à beaucoup de femmes âgées de la bourgeoisie provinciale. Une autre photographie représente un *doc-phu* et sa femme, assis dans leur jardin, sur des fauteuils de rotin, séparés par une petite table sur laquelle sont posées deux tasses à café. Bien que le *doc-phu* ait la poitrine barrée de décorations européennes et soit en costume annamite, on dirait le repos dominical dans un jardin des environs de Paris.

Aisance, simplicité, calme sourire et douceur. Beaucoup de noblesse et d'aristocratie jusque dans la gentillesse. Justes distances, justes rapports. Et ce que nous avons surpris, quand nous sommes entrés, n'était ni sommeil, ni bavardages, mais le repos et le silence finement perçus et goûtés. Quelque chose enfin que nous n'avons point interrompu à la façon d'une causerie qui s'arrête, dont l'arrêt laisse un vide à combler. C'était on ne sait quoi de subtil qui disparut comme l'ombre d'une pièce close, à la campagne, quand on ouvre la porte donnant sur l'ombre du jardin.

Quand le maître de maison, qui est employé de commerce, revint de son bureau, il nous invita à dîner pour le lendemain. Ce fut un délicieux repas annamite : *nam**, *mam*, crevettes. Avant le dîner, le *huyen** fit une brève apparition. Il n'assista pas au repas, prétextant une invitation antérieure. On ne le vit pas non plus dans la soirée. En vérité, le *huyen* ne pouvait dîner avec moi ou passer la soirée avec moi sans être suspect. Après la circulaire adressée par le gouverneur aux administrateurs de province à l'occasion de mon voyage dans l'Ouest cochinchinois, c'eût été un acte d'indiscipline que de dîner avec moi. Et il faudrait mal connaître Saïgon pour imaginer que la police du gouverneur ne l'eut point immédiatement averti que le *huyen* avait compromis en dînant avec moi le magnifique effort civilisateur de cinquante ans de colonisation. J'ajoute que je ne tiens point le fait du *huyen*. Un Annamite et un fonctionnaire annamite ne livre point des secrets d'État à un Européen qu'il voit pour la première fois.

Je fus placé à table en face de *Ko-huyen*. L'avouerai-je? Cette soirée ne fut pour moi que la contemplation de *Ko-huyen*. Femme de *huyen*, elle reçoit l'administrateur et le gendarme français, M. le commissaire aux longues moustaches, qui parle avec l'accent des cognes et des guignols. Ainsi le veut la carrière. Que *Ko-huyen* est longue et absolument aristocratique ! Tant de finesse est dans les traits de son visage que ces traits ne dessinent qu'eux-mêmes, sont hors du type et semblent à peine de forme asiatique. À peine si je retrouve en elle le type annamite. Ils le dépassent comme ils dépassent tout type. Dans toutes les races il y a de nobles visages qui sont au-delà de la race, de la moyenne, du composite de la race. C'est l'exemplaire unique. Les dominantes qui permettent à la foule de classer les visages ont disparu ou ne comptent plus. Et devant moi étaient ces mains, les belles mains dont la longueur n'est point maladive, dont la maigreur n'est point sécheresse, ces mains parfaites. *Ko-huyen* impose, au-delà du désir, impose immédiatement une religieuse curiosité.

ASIE... EUROPE

À Thudaumot, l'eau du fleuve est jaune. Mots d'Europe. L'eau ici est un bourbeux mélange d'eau et de soleil. Le fleuve est au niveau de la terre. Les *cai-nhàs* sont alignés près du fleuve. Le fleuve ne passe pas, ne traverse pas comme un fleuve d'Europe. Il est là, voilà tout, et pénètre la terre. Il tourne en amont, il tourne en aval et, au bout du village, il entre à angle droit dans les terres. Là on voit d'une passerelle un paysage en contrebas d'aréquiers et de cocotiers, qui poussent au bord de l'eau. Ce coin de forêt sert d'atelier à des menuisiers annamites.

Au bout d'un labyrinthe de cases et de palmiers, un petit vieux, une petite vieille, stylisés comme des pantins, me font d'extraordinaires révérences. Ils me prennent sans doute pour un grand conquérant. Je suis étonné d'abord, parce que leurs gestes ne sont pas les gestes d'Europe. Et ce ne sont pas les gestes non plus des Annamites de Saïgon. Ce ne sont même pas peut-être les salutations de l'ancien Annam. Je crois que ces petits vieillards en sont restés au temps de la conquête. L'apeurement et la précipitation de leurs salutations signifient la soumission au vainqueur. Ils croient peut-être que je vais leur couper la tête.

Il y a trois fumeries dans le village. Et toujours dans le tambour d'entrée, la Chinoise au parfait visage.

L'auto suit, pour le retour à Saïgon, la route au long de l'eau, bordée de *filaos*, qui sont de grands arbres au feuillage d'asperges.

***

Biennoa est le Saint-Cloud de Saïgon. On y peut danser aux sons d'un jazz. On y peut aussi, au soleil déclinant, contempler un paysage de palmes et bambous, une végétation qui par tant de verts saturés s'amincit en transparences de vert bouteille inconnues en Europe.

Il y a à Biennoa une école d'art... Je ne l'ai pas visitée. Je n'ai pas eu le courage. L'art chinois est mort. L'ébéniste annamite combine un style Faubourg Saint-Antoine d'Extrême-Orient et le style Faubourg Saint-Antoine d'Europe. À l'Annamite prodigieusement habile de ses doigts mais qui a perdu la vieille culture chinoise et qui travaille à vide, on se demande ce que peut bien apporter une Europe qui régénère ses objets usuels par le lyrisme de la raison et qui cherche dans le calcul et la mécanique des formes nouvelles qu'elle pressent à peine encore. Je n'entrerai pas dans cette école. J'ai trop peur d'y trouver comme modèles régénérateurs la flore de Gallé ou une flore d'inspecteur d'académie.

***

Nous sommes arrivés la nuit chez l'ancien *doc-phu* de Baria. Nous entrons dans une salle magnifique soutenue par d'énormes colonnes nues en bois de trac. Elle est meublée d'un immense lit de camp et d'extraordinaires meubles européens d'un style second Empire aggravé. Les armoires sont surmontées de statuettes de Saint-Sulpice. On me dit que le *doc-phu* appartient à une famille qui se convertit au catholicisme au temps des Missions, avant la colonisation. Je ne sais pas si ce détail d'époque est exact. Peut-être a-t-on triché un peu sur la date. Car il est encore certaines familles annamites où l'on ne manifeste point une particulière estime pour les convertis du temps de la conquête. C'est que ces convertis de la première heure donnaient au vainqueur une preuve de leur loyalisme et se voyaient attribuer, outre le bénéfice d'une foi nouvelle, le bénéfice plus tangible d'importantes concessions. Quelques fortunes annamites ont cette origine.

Les statuettes de piété sont si nombreuses qu'on se croirait dans un magasin de la rue Saint-Sulpice ou de la rue Bonaparte. Quelques atroces chromos européens pendent aux murs. Une vitrine contient des statuettes de bazar européen, des objets d'art extrême-oriental, tels qu'on en trouverait rue de Rivoli. Et une tasse de jade blanc, cadeau d'un empereur.

Si un Européen avait tenté de sourire de ce bric-à-brac, je l'inviterais à examiner quelques salons ou quelques salles à manger de Paris. Cette perte du « sens des objets » n'est point un fait extrême-oriental. Mais ici la juxtaposition des choses d'Extrême-Orient et des choses d'Europe et surtout les belles colonnes de bois sombre le rendent plus sensible et plus cruel à l'œil.

Nous sommes donc arrivés la nuit chez le *doc-phu.* Nous avions peur de réveiller toute la maison. Mais de la belle salle à colonnes, nous apercevons en contrebas une salle plus petite, où la famille du *doc-phu* joue aux cartes. Mais ce sont des cartes chinoises grandes comme un ticket de chemin de fer.

Le *doc-phu* me parle de l'opium, comme un vieux Bourguignon du marc de son pays. Le lendemain, étendu sur un lit de camp, où j'ai passé le reste de la nuit, je vois à mon réveil, sur le grand lit de camp, les femmes de la famille jouant aux cartes et chiquant du bétel.

Nous sommes rentrés à Saïgon sous un ciel d'orage, sous cet éternel ciel d'orage qui ne signifie pas l'orage, entre des arbres d'un vert de bocal pharmaceutique, dans une lumière de hammam. Plus loin derrière ces arbres il y a, me dit-on, des panthères et des tigres. L'auto file. Heureusement personne ne songe à les coloniser.

⁂

Je me suis promené seul dans Saïgon, loin du centre. Des hommes sont couchés sur des nattes dans la rue, sur des lits de camp devant les maisons, partout enfin où on ne se couche pas en Europe. Je passe devant des kiosques où l'on vend du soda et des cannes à sucre. Plus loin des chiens aboient, comme des chacals, ou gémissent.

Un pousse s'arrête devant moi et ne comprend pas ce que cherche cet Européen qui flâne dans la nuit et refuse ses services.

⁂

Laï-Tiou est un des villages où des potiers fabriquent ces rustiques poteries qu'on trouve dans toutes les épiceries et sur tous les marchés. Les potiers, le tour entre les jambes, s'aident pour racler la glaise et faire des creux d'un simple morceau de tôle courbé à angle droit.

Des femmes et des petites filles ornent les pièces, au pinceau, avec une adresse et une agilité surprenantes. Elles répètent le même motif indéfiniment. L'exécution automatique du dessin n'est qu'une suite de mouvements distincts, correspondant chacun à un trait ou à une courbe. Elles ont aussi leur taylorisation. Elles n'achèvent point une pièce séparément. Un même trait, une même courbe sont successivement portés sur toutes les assiettes étalées devant elles. Puis une autre courbe, un autre trait.

Une petite Annamite et une vieille Chinoise travaillent ensemble. Le petit bras, la main qui tient le pinceau, le poignet cerclé d'un bracelet d'or, le joli visage rond de la petite fille sont d'une finesse et d'une douceur absolues. La Chinoise, au beau front proéminent, a les pieds serrés dans des bandelettes. C'est le pied vieux style, le sabot de biche posé dans une pantoufle pointue, un pied de bête habillée dans une image de conte de fées. Le bras noueux, la main sèche contrastent avec ce pied qu'un artifice compliqué martyrisa. Le corps de la vieille Chinoise est courbé et usé et elle ne porte d'autre ornement qu'un ruban rouge roulé en gaine pour tenir son chignon.

Palmiers d'eau dressés, encadrant des mares, plantations de cannes à sucre semblables à des roseaux, bras d'*arroyos* pas plus larges que les sampans et les barques qui y sont mouillés. Et près de Saïgon des autos occupées par des Européennes pneumatiques et des Européens qui ressemblent tous à des nouveaux riches de l'alimentation. C'est sur cette route que j'ai rencontré dans la même auto que le consul d'Italie, Darles le tortionnaire, Darles qui passait en liberté.

J'avais un but ce jour-là. Je cherchais dans les boutiques de Cholon l'image chinoise accrochée derrière l'autel dans la paillote de Ko-ba. Ko-ba la désignait vaguement du nom de Bouddha. Mais c'est l'image d'une déesse ou d'une personne pieuse semblable à celle qui fut portée par le cachalot. Et je cherchais aussi une image de Confucius, que j'avais aperçue dans l'ombre d'une pagode, en je ne sais plus quel bourg de l'Ouest. Je trouvai facilement l'image de la déesse. C'était une image de piété assez répandue. Le marchand en avait des exemplaires nombreux et de couleurs différentes. Mais pour trouver l'image de Kon-Fu-Tseu, il nous fallut beaucoup d'obstination et de foi. Personne ne savait qui était ce Confucius, ce Kon-Fu-Tseu. M. Ninh demanda Kon-Fu-Tseu en annamite et en chinois. Mais les marchands chinois ignoraient Confucius autant que les boutiquiers et les bourgeois d'Aix-en-Provence peuvent ignorer Cézanne. Nous ne trouvâmes point Confucius dans les boutiques des petits marchands, mais avec beaucoup de peine et après beaucoup d'explications dans une librairie chinoise. L'image était moins belle que dans l'ombre de la pagode, qui dissimulait sur la tête du vieux sage un modelé vulgaire de chromo européen.

Il faisait très chaud. Nous passions devant une épicerie chinoise, qui était aussi une sorte de café.

– Avez-vous soif ?... demandai-je à M. Ninh.

– Vous voulez boire... monsieur Werth ?

Plus tard, nous nous connaîtrons mieux. Et par la simplicité de l'amitié. Mais déjà il y a entre nous intimité d'esprit et camaraderie de promenade.

– Monsieur Ninh... je vous demande si vous avez

soif. Ma tête d'Européen éclate, si je vous entends répondre à ma question en me la retournant. Entendez bien qu'il ne s'agit point spécialement de la question de savoir si nous boirons ou ne boirons pas un verre de limonade. C'est que je touche ici, sans prétendre la comprendre, cette réticence annamite à laquelle les Européens d'ici font allusion sans cesse. Et il est vrai qu'il y a chez certains hommes d'Europe un souci de s'exprimer avec clarté, de dire simplement les choses simples et les autres avec précision. Chez quelques-uns d'entre eux vous trouveriez une tension sans ménagement et sans réserve, vers ce qu'ils peuvent saisir de la vie. Partout où j'ai été en Europe, j'ai trouvé quelques-uns de ces hommes. Ils sont l'élite de l'Europe. En vérité ils sont l'Europe. Pourquoi ne voulez-vous pas me dire si vous avez soif ?

– Mais vous-même ?...

– Monsieur Ninh... c'est une question que je vous pose. Répondez-y... je vous en conjure.

– Peut-être désirez-vous vous asseoir ?...

– Je désire savoir si vous avez soif.

– Oui.

Mais ce « oui », je l'obtins par viol.

Assis devant deux verres de soda, nous reprenons le thème.

– Vous avez, dit M. Ninh, vous avez en Europe le culte de la vérité. Nous ne l'avons point sous une même forme. À vous de découvrir chez les Extrême-Orientaux leur vérité, leur sens de la vérité. Si vous la découvrez, ils ne feront point effort pour vous le cacher. Mais ils n'ont point le goût de la confession.

– C'est d'idées seulement qu'il s'agit. Et d'idées assez universelles pour qu'il ne puisse être question de pudeur sentimentale.

– Les Extrême-Orientaux que vous avez vus vous ont montré un aspect d'eux-mêmes qu'ils choisissaient. X., Y., Z., vous ont montré l'Annamite tel qu'il résulte du contact avec l'administration.

– Si vraiment on ne se méfiait point de moi, si vraiment on ne me confondait pas avec les gens de l'administration, que de précautions et d'enveloppements…

– Nous avons eu, nous avons un culte de l'amitié que l'Europe n'a jamais connu. L'amitié fut pour nous une religion. Elle était dans nos mœurs.

– Mais la réticence ?…

– Un de nos rois vaincus devint l'esclave de son vainqueur. La légende dit que, pour surveiller la santé du maître, il consentait à respirer l'odeur de ses excréments et qu'il trouvait dans cette servitude le moyen de le dominer. Croyez bien que cette histoire me paraît dégoûtante. Mais comprenez que l'Annamite, hors les complications propres à l'Extrême-Oriental, a toujours vécu avec des maîtres, avec ce que l'on est convenu d'appeler des maîtres, et que la domination française n'a point diminué le besoin qu'il avait de se défendre en se cachant.

Nous rentrons en pousse par la porte basse de Cholon. Sur la berge une vieille femme est étendue qu'on vient de retirer de l'eau et qui voulut se suicider. Un Annamite lui élève et lui abaisse rythmiquement les bras. Mais comme on veut la mettre la tête en bas et les pieds en l'air, je proteste au nom de la science européenne. Elle a mis trois pantalons, parce que les Annamites ont une grande pudeur dans la mort.

Elle respire. Elle est sauvée. Nous repartons. Je ne sais pourquoi elle s'est jetée à l'eau. Je ne sais pas si le cercle d'Annamites qui l'entoure a l'indiscrétion de vouloir le savoir.

« Avez-vous soif ? » « Voulez-vous boire ? » Cette même façon de répondre, je l'ai bien souvent entendue en Europe. Je n'en tirais pas de conclusion, parce que nous réfléchissons peu sur les pays qui nous sont familiers. Une Européenne délicate en ses sentiments et d'une éducation nuancée, qui la laissait naturelle, me dit un jour à ce propos : « Mais tous les êtres un peu fins répondent ainsi... En vérité, l'angle des murs et l'angle des idées ici ne coïncident pas. Et je crois bien que depuis mon retour d'Extrême-Orient, mon dégoût s'est encore accru du bon garçon qui ne se gêne pas. »

Nous quittons Cholon un peu avant sept heures du soir. Déjà la lune et pas de nuit. Le jour est bleu, l'ombre bleue et les tuniques blanches des Annamites semblent la seule lumière vive. Un jour ? Un soir ?... on ne sait pas, d'une douceur excessive, d'une douceur dont se méfient les sens Européens.

DÉPART

Je pars. Il est temps.

Dix heures et demie du soir. À l'angle de la rue Pellerin et de la rue où est la pagode des *Chettys**, un énorme colonial à grosse nuque, du type monstre gonflé, saute de son pousse et gifle deux fois un Annamite, son boy je pense, en lui criant :

– Saligaud… tu me fais poireauter depuis midi.

L'Annamite n'a pas bougé. On eût dit qu'il avait pris rendez-vous pour ces gifles.

Le gifleur remonte dans son pousse.

Ils sont loin déjà.

Et je commence à être habitué.

Il est temps que je parte. Il est temps. Je ne peux plus. Je n'ai rien de commun ni avec la brute qui frappe, ni avec celui qui se laisse ainsi frapper.

Mais je suis injuste. Et je pense aux cadavres de Yaback, aux trente francs pris sur la masse, aux exécutions après les révoltes, à tout l'ordre qui pèse sur le peuple conquis, aux injures qu'un jeune Français, il y a une vingtaine d'années, pouvait supporter à la caserne. Et je songe que l'Européen aussi est capable d'immobilité et du silence impassible.

On m'envoie un menuisier annamite pour emballer mes écuelles et mes pots qui encombrent ma chambre et qui me valurent l'indulgente ironie des coloniaux qui se font ciseler chez le bijoutier des bagues d'Exposition universelle, aux ornements entortillés.

Il contemple la caisse. Puis il semble rêver. Je ne comprends pas son atroce français encombré de « moyen » et de « content ». Je m'irrite. J'ai de la peine à me dominer. Je l'abandonne.

Quelques minutes après je reviens. Je me penche vers lui, en lui souriant, en lui parlant très doucement. Il me comprend. Je comprends ses réponses.

Il eût suffi tout à l'heure de comprendre son rythme et de ne point l'aborder avec ces principes de système Taylor, qui règlent, à l'insu de lui-même, l'activité d'un Européen et la conception qu'il a de l'activité des autres.

Le menuisier a relevé son *cài-quàn* de façon à lui donner les dimensions d'un caleçon de bain. Il travaille avec nonchalance et précision. Rien ne sera cassé.

Le boy brosse mes vêtements européens avec un air de les caresser par complaisance.

La pagode, la dernière pagode. Elle brûle à l'intérieur. Elle brûle une foule composée presque uniquement de femmes. Pour mon départ, la pagode aux trois races. Des Annamites, des Chinoises, une vieille Hindoue que des enfants accompagnent. Sous la terrible musique, des Chinoises implorantes, debout, mains jointes et levées, avec une grâce immobile et tendue.

Je sors. Deux jeunes Chinoises viennent à la pagode, légères, décidées, se tenant par la main, d'un contact léger et balancé, faisant chaîne avec leurs bras.

C'est la nuit. Un Indien est comme accroché aux panneaux d'une porte close, couché sur une étroite planche, posée haut, fixée on ne sait où. L'homme-lézard.

Au petit matin, avant d'embarquer, j'ai voulu revoir les marchands et les marchandes, les bananes et les mangoustans dans les paniers au trottoir, la soupe de vermicelle annamite, la soupe de poisson chinoise chauffant au creux d'une caisse, les gâteaux gélatineux et la chaux rose, d'un ton magnifique, pour la chique. Au trottoir les joueurs jouent déjà, les dormeurs dorment encore.

Une fillette dort, la tête délicatement appuyée sur la poitrine d'un enfant plus petit, dort, non pas, mais joue dans son sommeil au jeu subtil de trouver une place à sa tête.

Sur le pont du paquebot, gratte-ciel et palace, Ninh est venu me dire adieu. C'est par un matin rouge que j'ai quitté Saïgon. Étrange clarté rougeâtre qui ronge, corrode et brûle à travers une saupoudrante brume et qui cependant prête aux objets une magie lunaire. Les bateaux lointains se dessinent comme au clair de lune.

La lunaire clarté rouge disparaît. De lourds nuages flottent sur le fleuve labyrinthique et les palétuviers d'inondation.

La voici de nouveau, sa grande courbe à l'horizon, la voici de nouveau, ses vagues et ses couleurs, ses formes et ses mouvements qui passent les uns dans les autres, la voici de nouveau, sa nudité, son unité.

GLOSSAIRE

Arroyo : Rivière.
Bat-quaï : Représentation d'une figure symbolique.
Càcké : Gros lézard.
Cài-ào : Haut d'un vêtement.
Cài-ào-dài : Tunique.
Cai-nhà : Cabane, cahute.
Cài-quàn : Culotte, pantalon.
Chetty : Ressortissant de l'Inde Anglaise adonné aux commerces des textiles et de l'argent.
Choum-choum : Vin blanc (saké).
Congaï : Fille.
Coolie-xé : Porteur.
Doï : Surveillant.
Doc-phu : Titre d'un délégué en province d'un poste administratif.
Huyen : Sous-préfet.
Kaï : Maître d'hôtel.
Keba : Bol.
Laï : Salut par inclinaison du buste.
Lapvo : Canal.
Luc-binh : Plante aquatique sans racine.
Mam : Nourriture marinée.
Mang : Mangue.
Nam : Champignon.
Nem : Pâté de porc.
Nha-qué : Paysan.
Nho : Enfant.
Nuoc-mam : Saumure de poissons de mer.
Paddy : Riz non décortiqué.
Panka : Grand éventail.
Quoc-ngu : Transcription du vietnamien en caractères latins.
Saksuma : Porcelaine.
Têt : Fête du nouvel an.

TABLE

CET OUVRAGE
A ÉTÉ ACHEVÉ D'IMPRIMER
SUR ROTO-PAGE
PAR L'IMPRIMERIE FLOCH
À MAYENNE EN MAI 2008

N° d'éd. 168. N° d'impr. 71288.
D.L. octobre 2005.
(Imprimé en France)